原本

제10권

천하통일의 길

아이템북스

제10권 천하통일의 길 ··

육손의 병법 • 11

공명의 간절한 기도 • 45

오장원에 별이지다 • 52

요동을 정벌하라 • 86

조상 삼형제의 투항 • 107

강유의 재출진(再出陳) • 135

사마 형제의 천하 • 149

강유와 등애 • 165

강유의 팔괘진 • 193

하후패의 죽음 • 221

후주의 항복 • 260

천하가 진나라로 • 287

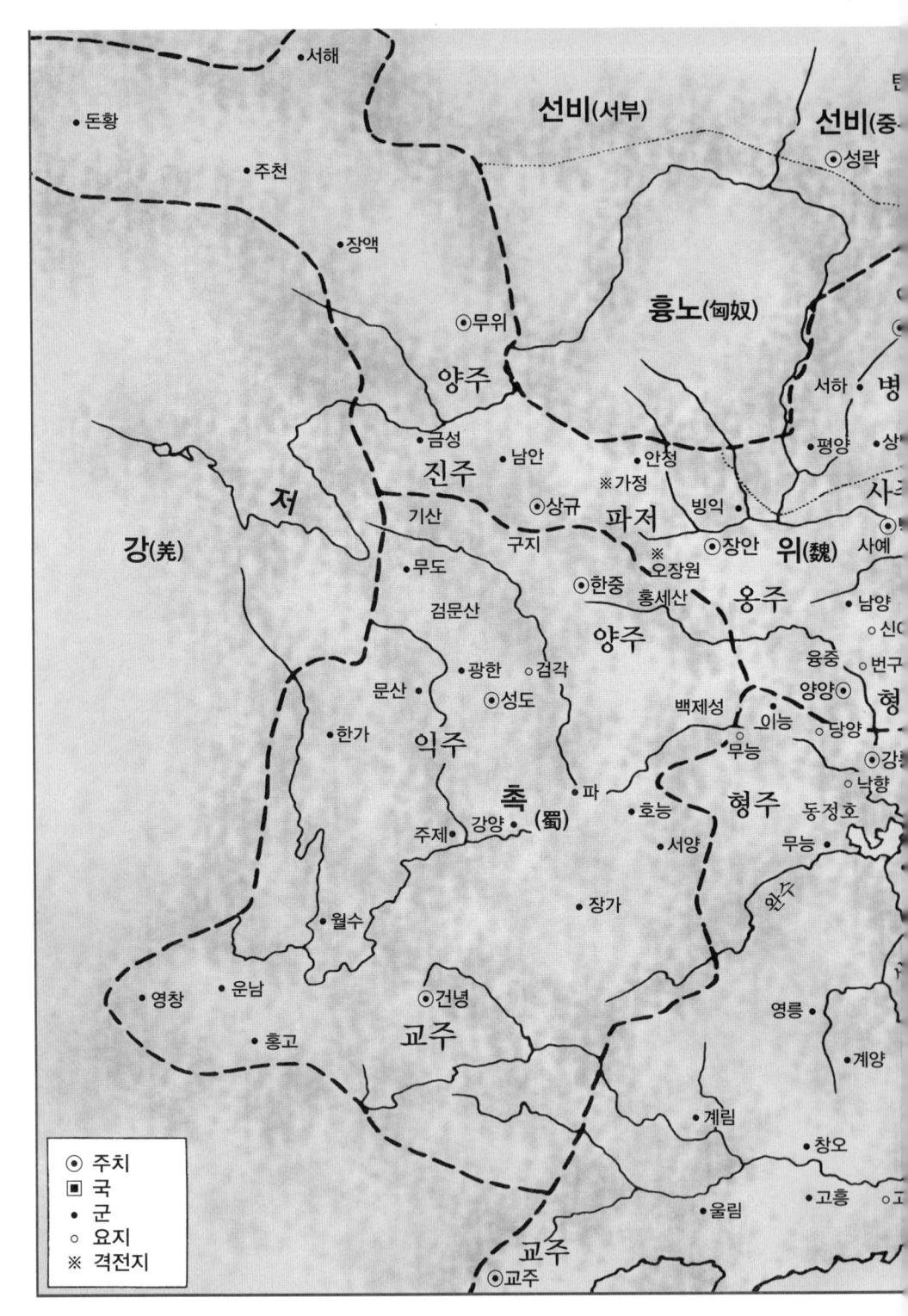

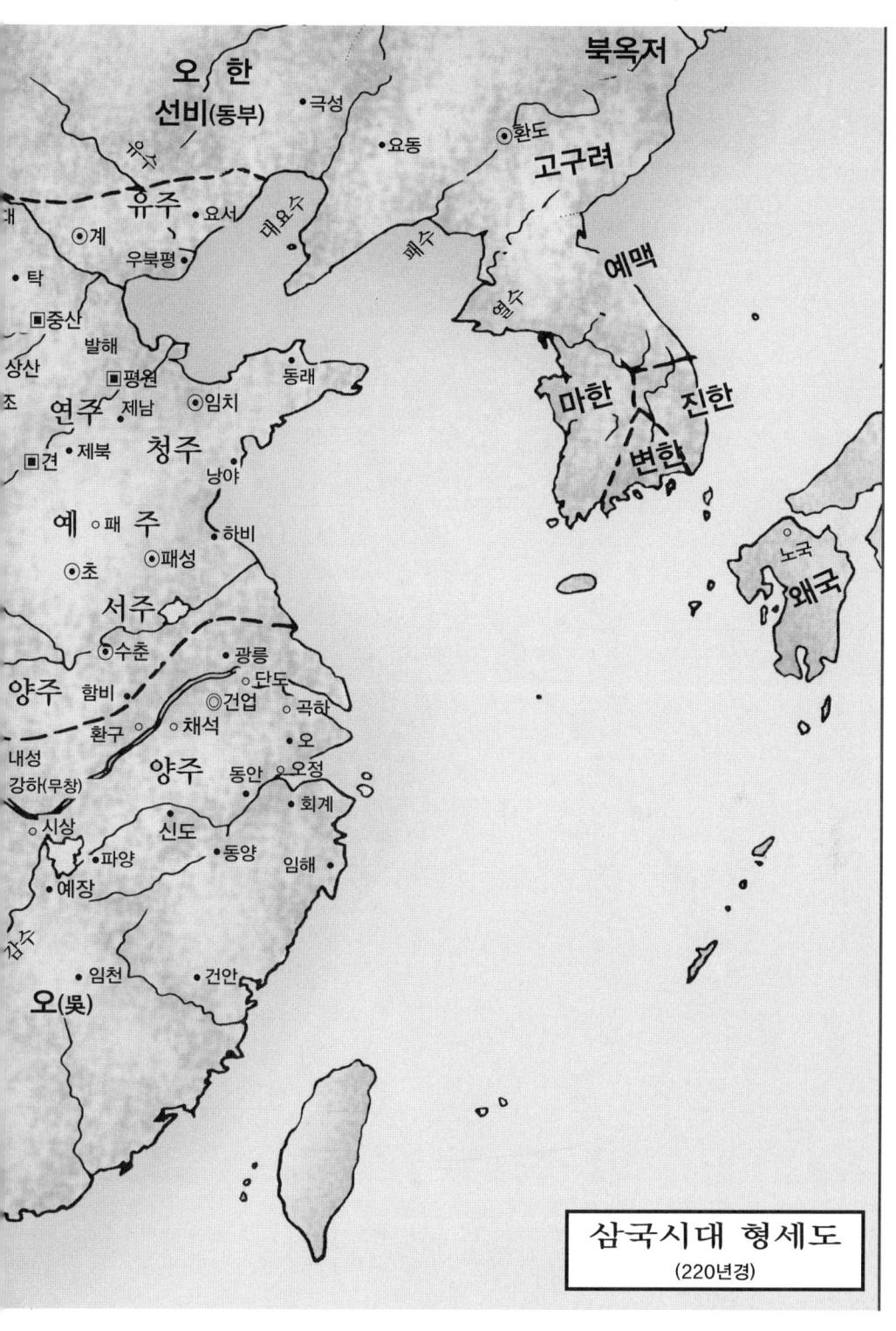

육손의 병법

 한 나라가 어려움에 처할 때는 또한 다른 나라도 못지 않은 괴로움이 있다는 것은 틀림없으리라.
 이때를 전후하여 위국 조야에는 촉한보다 더 심각한 위기가 닥쳐왔다. 그것은 촉오동맹 조약이 발동하여 동오군이 북상해 온다는 믿을 만한 소문 때문이었다.
 더욱이 소문에 의하면 일찍 보지 못하던 대규모의 수륙 양군으로 공략할 것이라 하였다.
 "대위국의 안위는 오늘에 달렸다."
 조예는 서둘러 사자를 위수에 파견하였다.
 이 위국을 당하여 촉군의 계책에 떨어진다면 그것은 즉 위국 전토가 위태하다는 것을 뜻하는 것이니, 섣불리 나서지 말고 수비로만 하라고 사마의에게 엄명을 내렸다.
 또 한편 조예는 시국이 경각에 달려 있음을 직감하였다.

"지금은 앉아서 이 전국이 수습되리라고 생각할 수 없다. 선제의 가르침대로 짐도 친히 3군을 이끌고 진두에 나설 것이다. 동오를 섬멸하지 않고 어찌 편히 잠을 잘 수 있단 말인가?"

유소(劉邵)를 대장으로 삼아 강하 방면으로 급히 떠나보내고, 전예(田豫)에게 일군을 주어 양양을 구원하게 하였다.

그리고 조예는 스스로 만총과 그외 여러 장수들을 이끌고 급히 합비성을 향하여 길을 떠났다.

이 작전에 앞서 조예가 스스로 싸움터에 나가기 전에 열린 어전회의에서는 의견이 분분하였다. 그러나 선제 이래 불패의 예로 되어 있는 요로 작전을 답습하자는 것으로 결론을 내었다.

선봉에 나선 만총은 소호 변두리까지 와서 뒤를 살펴보았다. 동오의 대병선이 항구에 꽉 차서 깃발을 날리고 있었다.

"아, 사기가 충천해 있구나. 위와 촉은 이 몇 해째 기산과 위수에서 막대한 군비와 병력을 소비해 왔으나 동오만이 별다른 피해를 보지 않았어. 호남 이동의 전세를 볼 때 이들이 대거 쳐들어온다면 이 강군을 물리치기란 쉽지 않을 것이다."

만총은 싸우기도 전에 동오 전세에 기가 죽었다.

이 광경을 돌아와서 조예에게 빠짐 없이 고했다.

조예는 위국 황제로서는 그릇이 컸다. 만총의 말을 듣자 오히려 껄껄 웃으며 말했다.

"잘 먹고 자란 멧돼지는 기름이 많아서 얼핏 보기에는 건장한 것같이 보이나 산야의 습성을 잃어서 몸이 무거운 법이다. 짐의 군사는 서경 북변에서 여러 해를 싸우고 고난 속에서 단련된 군사들이다. 무엇을 두려워하겠느냐?"

조예는 즉시 여러 막장을 불러 군의를 열었다.

이 군의 결과 적의 방비가 허실함을 보아서 공격한다는 기습작전을 취하게 하였다. 풍장 장구(張球)는 강력한 경병 5천 기로 호구를 치게 했는데, 등에다 무수한 거화(炬火)를 지고 있다가 던지도록 하였다. 또한 만총에게는 그날 밤 이경이 되자 5천 기를 두 부대로 나누어 수채에 가까이 있도록 군령을 내렸다.

부둣가는 물결이 잔잔하고 달이 낮과 같이 밝았다. 이따금 기러기의 울음소리만이 한가롭게 들려오는 밤이었다.

이경이 가까웠다. 금고 소리가 천지를 흔들더니 동시에 함성이 터져 나왔다.

"야습이다!"

"위군이 들어왔다!"

동오군은 당황하여 어쩔 줄을 몰랐다.

조예가 이미 예견한 대로 동오군은 진용 속에서 마음을 턱 놓고 있었던 것이었다.

무기를 찾아 헤매며 아우성을 치는 사이에 벌써 불벼락이 군선에 쏟아졌다. 삽시간에 한 군선에서 다음 군선으로 불이 옮겨 붙어 불꽃은 하늘을 찌를 듯이 솟아올랐다.

바로 이 동오군의 대장은 제갈근이었다.

적벽대전 이래 선단의 화공을 받아 섬멸당한 것은 실상 위군이었다. 그런데 그와는 반대로 첫 싸움에서 그 실패를 동오가 맛본 것이었다.

이날 밤 동오군의 피해는 이만저만이 아니었다. 병선과 군기가 헤아릴 수 없는 주검을 남기고 제갈근은 간신히 패잔군을 수습하여 달아났다.

겨우 면구까지 달아나와서 우군에게 구원을 청하였다. 이때 조예는 만면에 웃음을 띠며 다음 작전을 상의하였다.

촉한에 공명, 위국에 사마의, 이에 견줄 만한 인물을 동오에서 구한다면 그것은 육손이다.

이때 육손은 동오의 총수로서 형주를 향하여 진격하고 있었다. 그러나 소호의 제갈근이 패전하였다는 소식을 듣고는 처음 작전대로 새로운 진용을 깊이 생각하였다.

"이거 큰 일났구나!"

위군의 출격이 생각하였던 것보다 빨랐고, 그 전투력이 강한데는 육손도 당황하지 않을 수 없었다.

"위수에서 그처럼 군수 병력을 소모해 왔으나 아직도 그만한 여력을 가지고 있구나!"

육손은 새삼스럽게 위국의 국력에 대해 놀랐다.

'서전에 패한 것은 제갈근의 죄과라기보다도 동오의 위국에 대한 인식이 부족했던 때문이옵니다.'

육손은 이런 표문을 오제에게 상주하였다.

그리고 신성(新城)을 공격하는 우군으로 위군의 뒤를 돌아 조예 본진을 멀리 포위하자는 비책을 건의하였다.

처음 육손과 제갈근은 위군의 주력이 신성을 공격할 것이라는 데에만 신경을 써서 그 방면으로 전력을 기울이려 하였다. 이렇게 예상하였던 것이 소호의 패인이 되었고, 육손에게 작전 변경을 하게끔 하였던 것이다.

그런데 어찌 된 일인지 이 제2 단계 작전의 기밀도 적에게 누설되어 버렸다. 제갈근은 면구 진중에 서한을 보냈다.

'지금 우리 군사의 사기는 약하고, 반대로 위군의 기세는 날이 갈수록 왕성합니다. 사기가 문란하여 군기도 적에게 누설되는 사태여서 매우 우려됩니다. 일단 본국에 돌아가 진용을 새로이하여 때를 엿보아 다

시급 북상함이 좋을까 합니다.'

육손은 제갈근의 서한을 보자 다시 되돌려 보냈다.
"너무 심려치 말라고 제갈근에게 전하라. 나에게도 따로 계책이 있으니…"
이런 정도의 말에도 제갈근은 마음이 놓이지 않았다. 사자에게 여러 가지로 물었다.
"본진의 군기가 바르고, 진격할 태세를 갖추고 있더냐?"
"말씀드리기 황공합니다만, 군기는 문란하고 싸우려는 기색조차 보이지 않았습니다."
"그렇다면 진격하지 않고… 대체 어떤 생각으로 그렇게 있을까?"
성격이 곧은 제갈근은 자신이 직접 육손을 만났다.
제갈근이 육손의 본진에 가 보니 많은 병졸들이 진문 밖에서 콩을 심고 있었다. 그리고 육손은 시름없이 장수들과 바둑을 두며 앉아 있었다.
'이게 웬일일까?' 제갈근은 속으로 걱정하였다.
이날 밤의 주연이 끝난 다음 제갈근과 육손 두 사람만이 마주 앉았다. 제갈근은 우군과 적군의 세를 비교하여 그의 어떤 방책이 없나를 재촉하여 보았다.
"특별한 계책이란 게 있겠소!"
육손은 제갈근의 말에 머리를 끄덕이고 나서 말했다.
"나도 일단 퇴각하는 것이 상책이라고 생각하지만 일단 퇴군에 만전을 기해야겠소. 급히 퇴각한다면 반드시 위군이 급히 추격해 올 것이고 또 적극적으로 진격하려던 나의 작전이 누설되었으니 조예를 포위해서 잡을 기회도 없어진 것이오."

이들이 바둑을 두며 한가로운 나날을 보내며 군졸들에게 콩을 심게 한 것은 물론 위군의 눈을 속이려는 데에 지나지 않은 것이었다.
동오군이 해가 바뀌는 것과는 관계 없이 오래도록 진을 치고 있을 것이라는 태세를 보이기 위해서였다.
제갈근이 면구로 돌아가고 얼마 지나지 않아서였다. 동오 수륙 양군과 육손의 중군은 하룻밤 사이에 장강으로 급히 전군을 퇴각시켜 버렸다.
"육손은 과연 동오의 손자다!"
그후에 이 소식을 들은 조예는 머리를 끄덕이며 감탄하였다.
이때 위군은 후속부대와 합세하여 동오군을 섬멸하고자 제2의 작전을 하고 있을 때였다. 조예는 적의 일이면서도 그 퇴각하는 태세를 보고 오히려 찬탄하였다.

동오는 잠시 출격하였다가 퇴각하고 말았다.
동오군의 총퇴각은 동오군이 약한 것이 아니라 동오의 국책이라고 볼 수밖에 없었다.
동오는 처음부터 적극적으로 싸우려 하지 않았다. 촉한으로 하여금 위의 목을 누르게 하고 위국으로 하여금 촉한의 목을 할퀴게 하여 양국이 지쳐 버리는 것을 보고 있자는 속셈이었다.
더욱이 촉과 오의 동맹조약이 있어 촉한의 요청을 받아들이지 않을 수 없었다. 그러나 출병하여 위군과 맞서 싸워 보자는 쪽으로 생각이 바뀌었다.
'아직도 여력이 있구나!'
육손은 소호에서 피해를 입었으나 오히려 값싼 것을 얻었다고 생각하며 바람같이 퇴각하고 만 것이었다.

이에 비하여 촉한은 달랐다. 머지않아 위와 오 양국이 야욕을 갖고 이분하여 나누려고 공격해 올 것이 틀림없었다. 앉아서 망하느니보다는 나아가 촉의 활로를 얻으려는 것이 공명이 제창하는 대의명분이기도 하였다.

싸우는 길 외에는 촉한의 운명을 개척할 길이 없다고 공명은 생각한 것이었다. 이리하여 기산과 위수의 대진은 촉한의 존망에 있어서나 공명 일신의 숙명적인 결전장이 될 수밖에 없었다.

이곳을 퇴각하면 촉한이 사는 생명선은 없어지는 것이었다. 그럴 즈음 위진은 낙양의 엄명을 받고 수비에만 전력을 기울이고 있었다. 함부로 적을 자극시키며 군령이 없이 진선을 넘는 자는 참수한다는 엄명마저 내리고 있었다.

움직이지 않는 적을 치는 것은 어려운 일이었다.

공명은 계책을 써 볼 도리가 없었다. 그러나 공명은 그대로 앉아 있는 것이 아니었다. 그 사이에 군량 문제를 해결하기 위하여 점령지 백성을 선무하기 시작했다.

둔전병 제도를 만들어 병졸로 하여금 밭을 갈게 하고, 목축에 힘을 기울이게 하였다.

이 둔전병이란 백성을 도와준다는 것을 원칙으로 삼고 촉군과 함께 농사를 짓는 것으로 수확에 있어서도 백성이 3분의 2를, 군이 3분의 1을 차지한다는 것을 원칙으로 하였다.

'법칙 이상을 추구하여 백성에게 가혹하게 하는 자. 사권(私權)을 휘둘러 백성들의 원한을 사며 밭의 잡초를 뽑지 않는 자. 군농(軍農) 사이에 불화를 일으키는 자는 참수함.'

이 세 가지 조목 밑에서 위국 백성과 촉병의 협력과 화합이 이루어졌다.

한밭에서 씨를 뿌리며 일하였다. 일하는 촉병들의 등에 업힌

아이는 위국 농부의 아이였다. 밭과 개간지에서 일을 하다가도 함께 물을 끓여 마시는 그런 단란한 풍경도 보였다. 각처에서 웃음을 풍기는 아름다운 풍경은 익어가는 벼, 보리 이삭과 함께 성장되어 갔다.

"요즘 기산 지방에선 모두 농사를 짓는다고 해."

각처에 흩어졌던 백성들은 공명이 덕이 있다는 소문을 듣고, 이 지방으로 돌아오기 시작하였다.

이러한 광경을 살피고 돌아간 사마의의 아들 사마사는 어느 날 아버지가 있는 장막을 찾았다.

"오, 사냐! 며칠 보이지 않더니 어디 몸이라도 아픈 것이냐?"

보던 책을 덮어놓으며 물었다.

"아버님, 이곳은 싸움터입니다."

"그렇지."

"몸이 안 좋다고 누워 있겠습니까? 농부로 변장하여 적지를 살피고 돌아왔습니다."

"그래, 잘했구나! 네가 본 촉진 사정이 어떻더냐?"

"공명은 장구책을 쓰고 있습니다. 백성들이 돌아와 촉병들과 함께 화목하게 밭을 갈고 있습니다. 위수 지방은 촉의 국토가 되어 갑니다. 아버님께서도 잘 아실 줄 믿습니다만 어찌하여 위군은 이런 대군을 가지고 있으면서, 헛되이 시간만 보내고 있습니까? 저는 알 수가 없습니다."

젊은 사마사는 몹시 불만스러워했다.

"나도 잘 알고 있다. 그러나 굳게 지키고 있으라는 낙양 칙령을 어길 수가 없구나."

사마의가 괴로운 듯이 말하자 사마사가 웃으며 말했다.

"그러나 아버님께서 생각하시듯 위군 장수들은 그렇게 여기지 않습니다. 낙양 칙령이란 게 언제나 당장 편안한 것만 찾는 안일주의가 아닙니까?"

"하면 어떻게 생각한단 말이냐?"

"대도독께서 공명에게 압도되어 수비만 하고 있다고 떠듭니다."

"그 또한 사실이다. 나의 지모로는 도저히 공명을 따를 수가 없구나."

"지자(智者)는 지혜를 쓰고 그렇지 못한 자는 힘을 쓰라는 말이 있지 않습니까? 위군 백만은 촉군의 약 세 배의 병력입니다. 이 대군과 장비, 지리에 우세를 가지고 있으면서 수비에 잠겨 장수들의 원한과 비웃음을 사시는 까닭을 소자는 모르겠습니다."

"승산이 없다. 아무리 노심초사해 보아도 공명에게 승리할 허실은 좀처럼 보이지 않는다. 나는 지금 패전하지 않는 것을 위주로 삼고 있단다."

"아버님께선 지금 몹시 지쳐 계십니다."

사마사는 마음 속의 불만이 풀리지 않았으나 그 이상 아버지를 괴롭히고 싶지 않아 장막을 나왔다.

이런 일이 있은 지 며칠이 되었다.

진영 앞에서 병졸들이 웅성거리고 있었다. 강가에 있던 척후병이 무엇을 알린 모양이었다. 장수들도 나가서 바라보았다.

"무슨 일이냐?"

사마사도 나가서 바라보았다.

위수 저쪽 강가에서 촉병들이 이쪽을 향하여 무어라고 함성을 지르고 있었다. 많은 병졸들이 모여선 가운데 긴 기축이 세워져 있고 기축 끝에는 눈이 부실 듯한 황금 투구가 걸려 있었다. 그것을 휘두르며 욕설을 퍼부었다.

"이놈들아, 이것이 무언지 아느냐?"

"너의 도독 사마의 투구다. 전번 싸움에 기겁하여 투구까지 버리고 달아났다."

"이놈들아, 원통하면 와서 가져가거라!"

"이 비겁한 놈들아, 덤비지 못할까?"

투구를 흔들며 와! 하고 웃었다.

사마사는 이빨을 부드득 갈았다. 여러 장수들도 땅을 구르며 사마의의 장막으로 몰려갔다. 그리고 촉병들의 말을 전하고, 출진하기를 간청했다.

사마의는 웃을 뿐이었다. 그리고는 움직이지 않았다.

"성현의 말씀이 생각난다. 작은 일에 참지 못하면 큰 뜻을 그르치기 쉽단다. 지금은 지키는 것이 상책이다. 혈기로 용을 즐겨선 안 된다."

이때 여러 달 동안 호로곡에 가서 공명의 설계대로 참호와 목책을 구축하던 마대가 돌아왔다.

"분부하신 대로 참호를 파고 산채 여러 곳에다 나뭇단을 쌓고, 유황 초연도 깊숙이 숨겼으며 화약선은 산 위에 올려 보이지 않도록 해놓았습니다."

"틀림이 없겠지?"

"그러하옵니다."

"음, 사마의를 이끌어 불에 태워 죽이자. 그대는 호로곡 뒤에 가서 숨어 있어라. 사마의가 촉군을 추격하여 계곡에 들어오는 걸 보아 군사를 돌려 호로곡 앞을 봉쇄하게. 그때 불을 던지면 만산천곡, 모두 불이 되어 사마의 전군이 타죽어 버릴 것이다."

마대가 나가자 위연과 고상을 불렀다. 그리고는 어떤 비책을 주어 각 방면으로 떠나게 하였다.

공명의 장막에는 활발한 움직임이 일었다. 더욱 공명의 표정에는 굳은 결의가 엿보였다. 사마의를 사지에 이끌어 숙원인 중원 제패를 달성시키려는 생각에서였다.

이윽고 공명도 일군을 편성하여 스스로 호로곡 방면으로 향했다. 행군에 앞서 그는 남은 군대에게 훈시한 다음, 자세히 작전을 지령하고 떠났다.

"그대들은 마음을 합하여 기산을 굳게 지켜라. 사마의의 휘하군이 공격해 올 때는 거짓 패하고 사마의 자신이 공격해 온다고 느끼면 목숨을 걸고 싸우다가 틈을 엿보아 위수 적진을 우회하여 적의 본진을 쳐야 한다."

이런 다음 공명은 그 본진을 호로곡 가까이에 옮겼다.

포진이 끝나자 호로곡 뒤로 돌아가 복병으로 대기하게 했던 마대를 다시 불렀다.

"이제 싸움이 벌어지면 계곡을 싸고 있는 남쪽 일봉에다 낮에는 칠성기를 꽂고, 밤이면 일곱 개의 등불을 밝혀라. 이는 사마의를 유도하려는 비책이니 절대 방심하지 마라. 그대의 충의를 믿고 이 큰 일을 맡기는 것이니 나의 믿음에 실수가 없도록 하라."

마대는 감격하여 절하고 돌아갔다.

한편 위군은 이렇게 움직이기 시작한 촉군의 동정을 놓치지 않았다.

하후혜(夏侯惠)와 하후화(夏侯和) 두 형제는 곧 사마의를 찾아갔다.

"저희들 두 사람에게 진격을 허락해 주십시오. 촉진의 약점을 찔러 그 근거를 분쇄시킬 자신이 있습니다."

"어떻게…?"

사마의는 역시 움직이지 않으려는 태도였다.

"촉군이 아무 이유 없이 병력을 분산하고 있습니다."

"하하하… 그건 계책이다."

"도독께선 어찌하여 공명을 그처럼 두려워하십니까?"

"두려운 자는 두려워해야 한다. 나는 그것을 별로 부끄럽게 생각하지 않는다."

"하오나 하늘이 내리신 기회를 보고 놓친다면 그 깊으신 신념도 의심하지 않을 수 없습니다."

"지금이 그렇게 다시없는 기회란 말이냐?"

"물론입니다. 촉군이 호로곡 험지에다 오랫동안 산채를 구축하고 있음은 난공불락의 기지를 만들기 위함에 틀림없을 것입니다. 또한 촉군이 기산을 중심으로 하여 널리 밭을 갈고 농민을 독려하여 농사를 힘써 짓고 있는 것은, 자급자족을 하기 위함이 아니고 무엇이겠습니까? 그 자급과 장구계책이 이루어져서 공명이 그 본진을 서서히 기산에서 옮겼다고 봅니다."

"음, 그렇지!"

"인공과 천연의 지형으로 굳어진 호로곡에 본진을 옮겨 군량에 곤란을 받지 않는다면, 다시금 그를 토벌하려고 한들 도저히 불가능한 것입니다. 기산을 전위 진지로 하고, 호로곡을 철벽 요새로 삼는다면…."

"그대들은 나의 곁에 있게. 대신 다른 장수를 보내보자."

사마의는 갑자기 이렇게 말하고 나서 하후패와 하후위 두 장수를 불렀다. 그리고 각각 1만 기를 주어 촉진을 향하여 공격하기를 명령했다.

두 장수는 급히 기산으로 진격하였다. 그러나 도중에서 촉장 고상이 이끄는 수송부대와 마주쳐 싸움은 벌판에서 벌어졌다.
　이리하여 위군은 촉병들이 버리고 달아난 많은 목우유마와 금고 깃발들을 노획하여 개가를 올리며 위수 본진으로 돌아왔다.

　위군 일부는 그 다음날도 출정하였다. 그날도 싸움은 위군에게 유리하여 얼마간의 전과가 있었다.
　이런 다음부터 출전할 때마다 위군은 승리하였다. 그뿐만 아니라 호로곡으로 군량을 수송하는 촉군을 엄습하여 군량과 수송차 그 밖의 노획품이 위군 진문 앞에 산처럼 쌓이고, 포로는 매일같이 헤아릴 수 없을 만큼 사로잡혔다.
　"포로는 모두 돌려보내라. 그런 따위를 죽여 보았자 전력을 잃을 적이 아니다. 오히려 돌려보내어 위국이 인자하다는 것을 촉군 사이에 전하게 하는 것이 나을 것이다."
　사마의는 서슴지 않고 포로를 놓아 보냈다.
　위군의 사기는 하늘을 찌를 듯하였다. 오래 갇혀 있던 장졸들은 서로 공에 주려서 사마의의 군령이 내리는 대로 앞을 다투어 싸움터로 달려나갔다.
　또 하나같이 전공을 다투고 나가면 반드시 승리하였다. 이렇게 연전연승하여 거의 20여 일이 지났다.
　"나아가 싸우면 이기지 않는 날이 없어."
　위군 장수는 이렇게 자신에 차 있었다.
　실상 지난날의 모습을 찾아볼 수 없을 만큼 촉군의 사기는 떨어져 보였다. 그 까닭이 있다면 많은 병졸을 농사와 토목과 선무하는 데에만 썼던 탓으로 사기가 줄어든 것이리라.
　또한 진을 이동하여 병력이 분산되었다는 데에도 그 까닭이 있는 것이라고 위군은 보았던 것이다.

이러한 생각은 모르는 사이에 사마의마저 알고 마음 속으로 수긍하게 되었다.
 '전황은 매우 유리하게 전개되고 있다.'
 어느 날 포로들을 살펴보다가 촉장이 있음을 보자 만면에 희색을 띠고 사마의는 으쓱하였다.

사마의는 그 촉장에게서 공명이 지금 진을 치고 있는 곳을 확실히 알아내었다. 호로곡 서쪽 10리 가량 되는 지점에 있으며 그 산채 안으로 많은 군량을 수송하고 있다는 것도 알았다.
 "짐작하건대, 기산에는 공명 이외의 몇 장수가 지키고 있는 데에 지나지 않아!"
 사마의는 드디어 싸울 것을 마음먹고 주먹을 불끈 쥐고 일어섰다. 이리하여 기산 총공격 명령이 내려졌다.
 이때 사마의의 아들 사마사가 아버지의 장막을 찾았다.
 "어찌하여 공명이 있는 호로곡을 공격하지 않고 기산을 공격합니까?"
 "기산은 촉군의 근거지야."
 "그러나 공명은 촉군 전체의 생명이나 다름없지 않습니까?"
 "그렇기에 일시에 기산을 무찌르고, 나는 후진을 이끌고 나갈 것이나 급히 방향을 돌려 호로곡을 엄습하여 공명의 진을 치고 산채에 쌓아 놓은 군량을 불질러 없앨 생각이다. 병기(兵機)란 비밀 위에 또 비밀을 요하는 법이다. 너무 걱정하지 말아라."
 "과연 그렇군요."
 그 아들은 아버지의 말에 감탄했다. 사마의는 또 악림과 장호를 불렀다.
 "나는 후진을 이끌고 가니, 그대들은 나의 뒤를 따르라. 또한 유황과 염초를 충분히 가지고 오라."
 이때 공명은 매일같이 호로곡에 가까운 고지에 서서 멀리 기산과 위수 사이를 바라보고 있었다. 거의 한 달 동안이나 우군이 패전하는 모습만 보고 있었던 것이다.
 그 위험한 중간 지대에서 고상이 수송부대를 이끌고 수시로 왕래하고 있었다. 그 수송부대가 귀중한 군량을 빼앗기는 것이나 싸우면 패하고 있는 것은, 이미 공명의 계책에 의해 이루어진 일이라 그는 조금도 사태를 암담하게 보지 않고 있었다.

그날 일찍이 볼 수 없었던 위의 대군이 진을 쳐서 구름같이 기산을 향하여 진격하고 있는 것을 멀리서 바라보았다.

"중달이 드디어 움직이기 시작하였다."

공명은 자신도 모르게 부르짖었다.

공명의 얼굴에는 미소가 흐르고 있었다. 그가 기다리고 기다렸던 일이 눈앞에 전개되었기 때문이다.

공명은 좌우에 있는 한 장수를 뽑아 이미 작전에 알려준 대로 태만하지 않도록 기산 우군에게 전달시켰다.

위수의 물이 막힐 정도로 위의 대군들이 물을 건너고 있었다.

그것이 한두 군데가 아니었다. 물론 촉군도 나무를 베어 이미 채를 구축하여, 적을 막기에 전력을 기울였다. 그러나 물밀듯 휩쓸어오는 적 앞에는 아무 소용이 없었다. 그 한 군데를 막으면 다른 한 군데를 뛰어 넘어오는 것이었다.

삽시간에 위수 일대가 안개에 싸인 듯하더니 촉군은 흩어져 기산 들판에서 산쪽에 있는 진중으로 달아나기 시작했다.

"후환이 되어 온 촉의 뿌리를 뽑는 날은 오늘이다!"

크게 외치는 사마의의 지휘는 여느 때의 그와 다르게 의기가 충천했다. 따라서 위군의 사기는 기산 들판을 뒤흔들어 금고 소리는 천둥이 치는 듯하였다.

기치 창검의 빛이 실로 눈부셨다.

윙윙 소리를 내어 부는 바람을 타고 촉군은 전력을 다하여 총공격을 했으나 기산에 나온 이래로 이처럼 무서운 적의 공격을 받아보기는 처음이었다. 이르는 곳마다 시체 위에 시체가 쌓이는 대격전이 벌어졌다.

본디 위군은 희생을 각오하여 총공격을 하는 것이어서 말 무릎에서 피가 흘러도 아랑곳없이 험로를 뛰어넘어 촉군 중핵을 향하여 육박해 왔다.

"지금이다. 빨리 뒤를 따르라!"

이러한 난군을 예상하였던 사마의는 중군 뒤에서 갑자기 방향을 돌려 호로곡을 향하여 급히 대군을 몰아갔다. 사마의의 목표는 처음부터 이 방향이었다.

그의 뒤를 따라 악림과 장호의 군과 중군의 정예군 2백여 기가 따르고 사마사와 사마소 두 아들이 바짝 뒤따르고 있었다.

기산 촉군은 구름같이 휘몰아 오는 위군에게 육박당하여 분전하기에 여념이 없어 사마의가 호로곡으로 방향을 돌렸다는 것을 눈치채지 못하고 있는 것같이 보였다.

"작전이 예상대로 진행되고 있다!"

질풍같이 목적한 방향을 향하여 급히 말을 몰았다.

그 도중에서 여러 차례 촉군과 부딪쳤다. 그러나 아무런 방비도 없이 한 합에 달아날 생각부터 먼저 하는 약하디 약한 군졸들 뿐이었다.

그 중 2, 3백 기의 소대도 있었다. 7, 8백 기 가량 되는 부대도 있었다.

수효로 따져서 보면 이런 정도의 적은 병력은 말발굽 밑의 먼지보다도 힘없는 적이었다.

유린에서 유린의 진격이었다. 사마의의 부자 앞에는 적병과 화살 하나 날아오지 않았다. 이곳이 어떻게 적지인가 싶게 의심스러울 정도였다.

마치 무인지경에 말을 달리는 것과 같았다. 그러자 강력한 일표군이 남쪽에서 움직이며 금고 소리와 함성이 일어났다.
"사마의는 어디를 가는가?"
선봉에 우뚝 나서며 호통을 치는 대장이 보였다.
촉한의 맹장 위연이었다.
"기다리고 있었다!"
사마의의 두 아들과 중군을 에워쌌던 정예들이 무리가 되어 달려나갔다. 사마의도 긴 창을 겨누고 위연을 한창으로 찌를 듯한 기세로 고함을 치며 급히 말을 몰아갔다.
위연은 전력을 다하여 분전했다. 과연 위연의 용맹은 무서웠다. 많은 장수를 대적하여 싸우는 것이었으나 일진일퇴를 할 만큼 위연은 용맹한 장수였다.
그러나 사마의의 뒤에는 악림과 장호의 2만 기가 뒤따르고 있었다. 이 대군이 몰려오자 위연은 말을 솟구쳐 달아났다.
"추격하여 사로잡아라!"
사마의가 외쳤다.
이날처럼 사마의가 기세를 올리는 것도 처음 보는 일이었다. 드디어 호로곡에서가 아니면 볼 수 없는 험악한 봉우리 가까이까지 육박해 왔다.
위연은 달아나다가도 군졸이 수습되면 다시금 뒤돌아서 항전해 왔다. 그럴 때마다 얼마간의 시체를 남기고 또다시 달아나 버렸다.
이렇게 잡힐 듯 잡힐 듯한 위연을 향하여 사마의의 대군은 험로를 안개처럼 주름잡아 달려왔다. 이것 역시 공명의 작전대로 움직였음은 물론이었다.
투구마저 떨어뜨리며 이미 공명이 일러준 대로 '낮에는 칠성기, 밤에는 일곱 개의 등불을 밝혀라' 하던 그 목적지를 따라 달아나기 시작했다.

"섰거라! 이 지형이 심상치 않다!"

계곡 입구에 이르자 사마의는 급히 말을 멈추어 중군 정예 수백 기와 두 아들을 돌아보았다.

그리고 좌우를 바라보며 급히 명령했다.

"누가 앞서 계곡 안을 살피고 오라!"

2, 3기가 급히 계곡 안으로 말을 몰아갔다. 여러 인마가 한꺼번에 들어갈 수 없을 만큼 좁은 험로였다.

"보고 왔습니다."

살피고 돌아온 장수들은 이렇게 보고했다.

"계곡 안에는 여러 군데 참호와 산채가 보입니다. 새로 지은 책문과 군령 창고가 보입니다만, 수비병은 남산 봉우리를 향하여 달아나고 있습니다. 그 봉우리에는 칠성기가 보이니 모르면 몰라도 공명도 계곡 밖 본진에서 옮겨간 것같이 생각됩니다."

그러자, 사마의는 말 안장을 두들기며 명령했다.

"적의 군량을 불지를 시기는 지금이다. 촉군의 생명은 군량이다. 공명이 오래 축적한 군량창고를 태워 버리면 촉군 수십 만을 죽이기에 창칼을 쓸 필요가 없다. 급히 불을 지르고 퇴각하라."

사마사와 사마소도 그 아버지의 추상 같은 명령이 떨어지자 좁은 험로를 앞을 다투어 달려들어갔다.

"빨리 쳐들어가거라!"

"저기 위연이 칼을 비껴들고 있군. 잠시 멈추어라."

사마의는 달려들어 가는 장수들에게 말 위에서 멈추게 했다.

저만큼 위연의 일군이 있는 것도 마음에 걸렸다. 부근 군량창고와 산채 옆에 하나같이 마른 나뭇단이 쌓여 있었기 때문이었다.

여느 때라면 촉군 자신이 불을 엄금하는 뜻에서도 창고 부근에다 마른 나뭇 섶을 두지 않았을 것이다. 더욱이 산처럼 쌓여 있는 까닭을 알 수 없었다.

아까 살피고 돌아온 장수들은 거기까지는 생각지 못하였으나 사마의의 눈을 속일 수는 없었다.

"두려워할 적은 아무도 없으니 위연을 추격해 버리는 사이에 아버님께서는 군졸을 독려하시어 불을 지르고 급히 밖으로 퇴각하십시오."

두 아들이 권하는 것을 사마의가 가로막았다.

"기다려라! 지금 지나온 협로야말로 위험해. 계곡 속에서 움직이는 사이에 만일 적의 일군이 입구를 막는다면 우리들은 나갈 길이 없어. 전멸을 당할 것이다. 빨리 퇴각하라!"

"어찌 헛되게 돌아갑니까?"

"빨리 퇴각하여라. 야단났구나. 많은 후속 부대가 몰려오는군. 빨리 뒤로 돌아서라고 명령하라."

사마의 자신이 고함을 질러 퇴각하기를 명령하나, 휩쓸어오는 대군이라 뒤에까지 그 소리가 미치지 못했다.

이렇게 혼란을 일으킬 때 갑자기 이상한 냄새가 코를 찔렀다. 눈을 바로 들 수도 없고 목구멍이 꽉 막혔다.

"이게 무슨 연기냐?"

"불을 놓지 마라!"

그러나 불을 놓은 것은 위군이 아니었다.

그럴 뿐만 아니라 명령이 갈팡질팡하여 달려오는 자, 돌아나가려는 군졸들이 계곡 입구 오솔길에서 뒤섞여 혼잡을 일으켰다.

이 순간이었다. 계곡을 뒤흔드는 폭음이 들려왔다. 그런가 하면 아슬아슬한 절벽에서 큰 바위가 쏟아져 내려왔다.

입을 벌린 채 인마가 깔려 죽었다. 계속 큰 돌이 떨어져 삽시간에 좁은 길목이 꽉 막혀 버렸다.

돌이 굴러 떨어지는 정도는 아무것도 아니었다.

불화살이 날아와 어느 사이에 계곡 안이 불바다가 되어 버렸다. 볼 속에서 우왕좌왕하며 협로를 찾는 사마의 이하 전 위군이 어쩔 줄을 모를 때였다. 천지가 떠나갈 듯한 폭뢰가 일어나면서 나무와 풀 할 것 없이 타오르며 불길은 하늘을 찔러 댔다.

위군의 태반이 불에 타 죽었다. 말이 미친 듯 뛰어오르는 바람에 밟혀 죽는 수효도 이루 헤아릴 수 없었다. 불기둥과 검은 연기가 계곡 밑에서 오르고 아비규환이 하늘까지 닿았다.

이 광경을 바라보며 어슬렁어슬렁 움직이기 시작한 것은 사마의 군을 이곳까지 유도한 위연군이었다.

"계략대로 들어맞았다. 이제 퇴각하자!"

그런데 이미 계곡 입구가 막혀서 그 위연마저도 빠져 달아날 길이 없었다.

"야단났다. 내가 나갈 신호도 보기 전에 앞길을 막다니…."

위연은 크게 당황하였다.

그의 부하 군졸들도 불 속에 싸여 눈앞에서 차례로 죽어갔다. 위연의 갑옷에도 불이 붙었다.

"아뿔싸! 공명이란 놈이 평소의 감정을 가지고 나마저 사마의와 함께 태워 죽이려고 하였구나. 아아, 여기서 내가 죽다니!"

위연은 불 속에서 이빨을 뿌드득 갈며 공명을 저주했다.

계곡 안은 불가마 속같이 뜨거워 이제 살아 있는 사람의 소리마저도 들리지 않았다. 사마의 부자 셋은 참호 속에 들어가 서로 껴안고 통탄했다.

"아, 우리 세 부자가 이곳에서 죽는구나!"

그러나 천운이 있었던지 때아닌 큰비가 쏟아졌다. 펄펄 끓어오르던 불이 삽시간에 꺼졌다.

검은 연기가 소용돌이쳐 하늘을 찌르고 올랐다. 광풍이 휙 하니 몰아치자 불은 다시금 피어오르려 했다. 그러자 또 쏴 하고 소낙비가 산골 물이 범람하도록 세차게 내렸다.

"아버님… 아버님."

"오! 사야, 소야, 꿈이 아니냐?"

"아니옵니다. 천우신조로 살아 있습니다."

"그러냐?"

사마의는 눈을 떠보았다.

간신히 참호에서 기어나와 어디가 어딘지를 의식하지 못하면서 계곡 밖으로 도망쳤다.

마대의 일군이 이것을 보자 사마의 부자인 줄도 모르고 추격해 갔으나 그 사이에 위의 일군이 휘몰려와서 퇴각해 버렸다.

이리하여 사마의 부자는 겨우 목숨을 구했다. 그 위군 속에는 장호와 악림 두 장수도 끼어 있었다.

한편 위수의 본진에 돌아오자 이곳에도 이변이 생겼다. 동쪽 한 곳을 촉군에게 점령당하였던 것이다. 그것을 격퇴하려고 곽회와 손례의 일군이 부교를 중심하여 격전하고 있는 중이었다.

그러나 사마의를 옹위한 일군이 돌아오는 바람에 촉군은 퇴로가 염려되어 급히 퇴각하여 위수 남쪽으로 달아났다.

이 광경을 보자 사마의는 명령했다.

"부교를 태워 적의 진지를 차단하라!"

이리하여 즉시 양군 사이의 교전로를 태워 버렸다. 본디 이 부교는 다른 곳에도 여러 개 있었기 때문에 기산을 향하여 달아나던 촉군은 조금도 어려움이 없었다.

이 방면에서 돌아오는 위군도 거의 패잔병들이었다. 위군 진중에서는 온밤을 화톳불을 피워가며 부상자와 패잔병을 채 안에다 수용하고 있었다.

"이때를 엿보아 촉군이 하류를 넘어 본진을 우회할지도 몰라."

사마의는 그 방면에다 병력을 배치했다.

이날 위군이 입은 손해란 물적, 정신적으로 개전 이래 최대의 것이었다. 그러나 이 전과를 보고 촉군 중에서 한 사람이 탄식하며 통곡했다.

"대사를 도모함은 사람에게 있고, 대사가 이룩됨은 하늘에 있느니라. 아! 드디어 그를 놓쳐 버렸구나. 인력으로 어쩔 수 없는 일이다."

말할 것도 없이 공명이었다.

그가 사마의 부자를 사로잡을 날은 오늘이라고 굳게 마음먹은 계책은 뜻하지 않게 쏟아진 소나기로 인하여 아주 수포로 돌아간 것이었다.

사람들은 촉군의 표면에 나타난 승리를 어디까지나 대승이라고 믿었다. 그러나 공명의 가슴 속에는 살을 에이는 듯한 쓰라림이 가득 차 있었다.

더욱이 공명은 전군을 위남(渭南)에다 수습한 다음 일이었다. 촉군 진중에는 불온한 공기가 떠돌았다.

공명이 그 까닭을 물었다.

"위연이 격노하고 있습니다."

공명은 즉시 위연을 불렀다.

"그대가 원성을 퍼뜨리고 있다니 무엇이 불평인가?"

위연은 노기를 띠고 서슴지 않고 말했다.

"그것은 승상 자신의 가슴에다 물어 보십시오."

"잘 모르겠는데…."

"그럼 말을 할까요?"

"서슴지 말고 말하라."

"사마의를 호로곡에다 유도하라고 명령을 하셨지요?"

"그랬었지."

"다행히도 그때 큰 비가 쏟아지지 않았다면 저의 생명이 어떻게 되었을까요. 저도 사마의와 함께 타 죽을 수밖에 도리가 없었을 것입니다. 생각컨대 승상께선 저를 미워하여 사마의와 함께 태워죽일 계책이 아니었습니까?"

"그래서 노했었는가?"

"당연한 일입니다."

"이상한 일이군."

"이 위연이 이상하다는 말입니까?"

"아니야, 마대를 두고 하는 말이다. 반드시 그런 실수가 없도록 불을 놓을 때 신호를 하도록 이미 마대에게 명령했었다. 마대를 즉시 불러오라!"

공명이 노기를 띠어 보이기 때문에 위연도 뜻밖에 쭈뼛하였다.

마대는 공명의 부름을 받고 와서 그 앞에서 꾸짖음을 받았다. 그리고 옷을 벗긴 채 태형 50대를 맞았다. 그 직위도 대장으로부터 강등하여 한 작은 부대의 책임을 맡게 되었다.

마대는 자기 진중에 돌아가자 병졸들에게 얼굴을 보이지 않고 비분에 떨며 울었다. 그러자 밤이 되어 공명의 측근에 있는 번건(樊建)이라는 사람이 몰래 찾아왔다.

"실상은 승상의 말씀을 전하러 왔소."

번건이 위로했다.

"사실 위연을 제거하실 생각으로 했으나 불행히도 큰 비가 쏟아져 사마의 마저 놓치고 그를 없앨 계책도 이루지 못했다고 하오. 그렇다고는 하나 지금 위연이 모반을 한다면 촉군의 붕괴를 면치 못할 것이오. 그 때문에 아무 죄도 없는 귀공을 욕을 보이고 오명을 입혔으나, 이것 역시 촉한을 위하여 한 것이니 부디 눈을 감아 달라는 승상의 간절한 부탁이오. 원컨대 참아 주시오. 그 대신 후일 이번 귀공의 공을 제일로 삼아 반드시 백 배 이상의 공훈을 가지게 하여 여러 사람의 앞에서 귀공의 욕을 풀어 준다고 약속하셨소이다."

마대는 분한 생각이 풀렸을 뿐만 아니라, 공명의 고충에 오히려 눈물을 머금었다.

심술궂은 위연은 마대가 한낱 무장으로 떨어진 것을 기다렸다는 듯이 공명에게 청을 드렸다.

"마대를 저의 부하로 있게 해주십시오."

공명은 듣지 않았다. 그러나 지금 공명의 존재를 허술하게 보는 위연은 굳이 청하는 것이었다.

이 말을 들은 마대는 스스로 위연의 부하가 되었다.

"아니올시다. 위장군 밑에 있다면 저도 부끄러움이 없겠습니다."

물론 참고 참아서 행한 일이었다.

이때 위군 진중에서도 좋지 않은 공기가 떠돌았다. 이곳에서도 참을 수 없다는 여론이 떠돌아 진중을 불안하게 하였다. 내분이 일었다거나 사마의를 두고 원한을 품은 것이 아니라 그것은 대패한 데서 온 촉군에 대한 적개심에서 일어난 것이었다.

'한 명이라도 제한된 전선에서 나가는 자는 참수함. 또한 진중에 격론을 일으켜, 함부로 싸움을 적에게 거는 자도 참수함.'

이런 방을 진문 위에다 높이 달아 놓았다.

말하자면 방어주의와 소극적인 작전의 군법이 위병의 행동을 제압시켰기 때문이었다.

건흥 11년도 넘어서 그해 2월이 되었다.

위수의 얼음도 풀렸으나 양군은 그대로 대진하고 침묵을 지키고 있었다.

"우리 도독은 귀머거리가 되었어."

위군들이 말할 만큼 사마의는 장수들의 말이거나 주위의 상황에 무감각해 있었다.

어느 날 곽회가 사마의를 찾았다.

"제가 보기에는 아무리 생각해도 공명이 한발 더 나아가 다른 곳에다 진을 옮기려는 계책을 쓰는 것 같습니다."

"그대도 그렇게 생각하는가. 나도 그렇게 보고 있어."

사마의는 어떤 생각을 해서인지 이렇게 말했다.

"만일 공명이 야곡 기산병을 수습하여 무공(武功)으로 나가 산을 타서 동진한다면 우려할 바나 서쪽의 오장원(五丈原)으로 나간다면 우려할 바가 없어."

과연 사마의의 짐작은 뛰어났다.

사마의가 이런 말을 한 지 며칠이 지나지 않아서 촉군은 이동하기 시작하였다. 더욱이 선택한 땅을 무공이 아니라 오장원이었다.

사마의가 보기에 만일 공명이 무공으로 나온다면 전군이 분쇄되지 않으면 한 합에 대승을 노리는 대모험을 감행할 것이어서, 위군으로서도 이만저만한 대비가 있지 않아서는 안 되겠다고 믿어서 은근히 두려워하였다.

그러나 공명은 그 모험을 피하여 더욱 지구전으로 개편한 오장원으로 옮긴 것이었다. 오장원은 보계현(寶鷄縣) 서남 30리에 위치한 곳으로 이곳도 역시 철리를 사이로 바라보는 위수의 남쪽에 있었다.

종래의 진지에 비하면 훨씬 멀리 나와 중원을 바라보는 뾰족한 지형이었다. 더욱이 여기에선 적국 장안부나 동관, 낙양도 그리 멀지 않은 곳이었다.

'이번에야말로 이 땅의 흙이 되든가 적국의 중핵을 찔러 들어가든가 하릴없이 다시금 한중에는 돌아가지 않으리.' 하고 마음속 깊이 생각하고 있는 공명의 기백은 그 포진한 곳과 진용을 보아도 짐작할 수 있었다.

촉군이 이동해 오장원으로 가는 것을 보자 사마의는 만면에 희색을 띠었다.

"이것을 두고 우군의 행운이라는 것이야."

장기전이라면 사마의도 자신이 있기 때문이었다. 다만 곤란한 점이 있다면 대국에 눈이 어두운 휘하 무리들이 사마의 자신의 말을 가볍게 듣지 않을까 하는 점뿐이었다.

그렇기 때문에 사마의는 일부러 조정에다 표문을 올려 싸움을 허하는 청을 드렸다. 조정에서는 다시금 신비를 칙사로 진중에 보냈다.

'부디 자중하고 다만 지키기에만 힘쓰라.'

조정은 칙명을 내려 전군에 경계시켰다.

이것을 정보를 듣자 촉의 강유는 공명에게 고했다.

"또다시 신비가 위무차 내려온 모양입니다. 위군의 전의도 일단 좌절된 것이 아닙니까."

"아니, 자네가 보는 것이 틀렸어. 한 총수가 대군을 이끌었을 때엔 칙명도 기다리지 않을 수가 있어. 적어도 중달에게 촉군을 제지시킬 자신이 있다면 어찌하여 유유히 중앙을 내왕하며 칙명을 기다리고 있을 것인가. 실상 그 자신은 싸울 생각이 없으면서도 일부러 그 위무를 전군에게 보이기 위한 위계에 지나지 않은 것이다."

또 어느 날이었다.

위군 진중에서 만세를 부르는 소리가 드높이 일어났다고 알리는 자가 있었다. 공명은 그 까닭을 노련한 첩자에게 알아볼 것을 명령하였다.

"동오가 위군에 항복하였다는 소식이 전해졌다 합니다."

늙은 첩자는 서슴지 않고 말했다.

그러자 공명은 껄껄 웃고 나서 오히려 꾸짖었다.

"지금 동오가 항복했다는 말은 어디를 보나 거짓이야. 그대는 나이가 많아도 그 따위 말을 믿는 눈밖에 없는가?"

공명은 오장원에다 진을 옮기고 여러 가지로 계책을 써서 적을 유도해 보았으나 위군은 꼼짝도 하지 않았다.

적국 땅에 깊이 들어가 공명이 스스로 적극적으로 싸우지 않고 오히려 위군의 망동을 유도하는 소극적인 전법을 쓰고 있는 것은 그 병력과 장비가 부족한 탓이었다.

후방 연락이 마음대로 될 수 있고 지세가 유리한 위군은 움직이지 않는 사이에도 놀라운 수효의 군졸이 가세되었다. 공명이 보기에 지금은 촉군의 여덟 배가 넘는 대병력임을 짐작하고 있었다.

그럼으로 해서 그 수효에 있어 비할 바 아닌 촉군으로서는 유도하여 가까이 오는 것을 섬멸시키는 방법밖에 없었던 것이다.

더욱이 사마의는 공명의 진로마저 알고 있었다. 그렇듯 전략을 지닌 공명으로서도 아무 반응 없이 움직이지 않는 적을 두고는 어찌할 방책이 없었다.

"이것을 적진의 사마의에게 주고 오라."

어느 날 공명은 사자를 택하여 자필로 쓴 서한과 아름다운 우

피(牛皮) 상자 한 개를 내주었다.

　사자는 즉시 가마를 타고 위진을 향하여 길을 떠났다.

　가마를 타고 가는 사람에게는 무기를 쓰지 않는다는 것이 진중 예법으로 되어 있었기 때문이었다.

　"어떤 사자일까?"

　위군 장수는 의심스럽게 생각하면서도 진문을 통과시켰다.

　이윽고 촉진 사자는 사마의의 장막에 인도되었다. 사마의는 상자를 열어 보았다. 상자 안에서는 요염스러운 건귁(巾)과 고의(縞衣)가 나왔다.

　"이것이 무엇이냐?"

사마의의 흰 수염이 부르르 떨렸다. 노기로 금세 얼굴이 일그러졌다. 그러나 시선은 손에 잡은 괴상한 물건에 쏠리고 있었다.

건귁이라는 것은 비녀를 꽂은 나이도 차지 않은 소녀가 머리를 장식하는 천이다. 또한 고의는 여자의 옷이다.

이 수수께끼는 도전을 해도 응하지 않고 다만 진문을 굳게 하여 나오지 않는 사마의는 마치 부끄러움을 타서 밖이 두려워 집 안에서만 교태를 떠는 여자와 같다고 야유한 것이라고 사마의는 생각했다.

다음으로 사마의는 공명의 서한을 뜯어 보았다. 그가 풀어 본 수수께끼는 틀림없었다.

공명의 서한은 늙은 사마의의 마음을 불붙게 하였다.

'일찍이 보지 못한 대군을 가지고 있으면서도 그대의 태도는 늙 어가는 여자와 같이 약함은 어인 일인가? 장수의 이름을 아끼고 몸이 사내 대장부라는 것을 안다면 나와서 깨끗이 결전을 하라.'

"하하하…. 짓궂은 장난이군."
마음 속의 분노와는 반대로 그는 홍소를 터뜨렸다.
촉한 사자는 기급하여 사마의의 얼굴을 쳐다보았다.
"이렇게 귀중한 것을… 모처럼 주는 선물이니 받아두지."
사마의는 사자에게 후히 술을 베풀며 물었다.
"공명은 잘 자는가?"
자신이 받들고 있는 촉한 승상의 이야기가 나오자 사자는 술잔을 상 위에 놓고 한마디의 대답을 하여도 단정히 앉아서 했다.
"네, 촉한 제갈 승상께서는 새벽에 기침하시며 밤중에 주무시고, 군중 일에 태만하시는 모습을 찾아 뵐 길이 없습니다."

"상벌은?"

"엄하십니다. 벌 20조 이상을 친히 재결하십니다."

"아침 저녁때 식사는?"

"진지는 극히 적게 드십니다."

"흐흐흐… 그래 가지고도 오래 몸을 지탱하는군."

크게 감탄하는 것같이 보였으나 사자가 돌아가자 여러 장수들에게 말했다.

"공명의 목숨도 머지 않았다. 그 격무와 심로에 번거로우면서도 음식을 그처럼 적게 먹는다니 매우 약해진 모양이다."

사마의는 기뻐했다.

공명은 군 진영에서 돌아온 사자에게 그 진영 모습과 사마의가 하던 말을 물어 보았다.

"중달이 노했던가?"

"웃고 있었습니다. 그리고 모처럼 호의로 보내는 선물이니 받는다고 했습니다."

"사마의가 그대에게 어떤 말을 물었는가?"

"승상께서 기침하시는 것을 물었습니다."

"그리고?"

"진지를 드시는 것을 말하자, 좌우 막료들에게 용케 지탱하신다고 감탄하였습니다."

이런 말을 들은 공명은 고개를 끄덕이며 크게 감탄했다.

"사마의 같이 나를 잘 아는 자는 없을 것이다. 그는 나의 수명마저 재고 있다."

공명이 말하자 양영이라는 주부가 공명에게 말했다.

"저는 직무상 언제나 승상의 일지를 볼 때마다 생각합니다. 사람의 정력은 한도가 있고 한 가정을 거느리는 데도 상하 분별이 있습니다. 저의 어리석은 말을 들어 주신다면 우견을 말씀드리고 싶습니다."

"나를 두고 하는 말이라면 이 공명도 기쁘게 들어 주리라."

"한 가정을 예로 든다면, 노비가 있다면 노는 나가 밭을 갈고 비는 안에서 밥을 짓습니다. 닭은 때를 알리고 개는 도둑을 지키며 소는 짐을 끌고 말은 먼 길을 가는 것이옵니다. 그 모두 쓰임에 있어서 분별이 있습니다. 주인은 때로는 조용히 높이 베개를 베고 마음을 널리 가지며, 심신을 휴양하여 안팎을 살피면 그만입니다. 앉아서 도를 논함을 삼공(三公)이라 하며, 일어서서 일을 행함을 사대부라 한다는 고인의 말이 일리가 있습니다. 그러하온데 승상께선 여가가 없어 보입니다. 어찌 심신이 견디어 내겠습니까? 더욱이 이 앞날 더위가 다가온다면 쇠약하실 터이오니 원컨대 휴양하시길 빕니다."

"아, 잘 말해 주었소."

공명은 소리 없이 눈물을 흘렸다.

"나도 모르는 바 아니오. 선제의 유조가 마음에 걸려 밤잠을 제대로 자지 못 하오. 또한 사람은 천수가 있는 법이오. 내 목숨이 있는 동안 대사를 이룩해야 하기 때문에 급히 서둘렀으나 이제부터는 나도 가끔 한가히 휴양할 터이오."

나직이 말하는 공명의 말에 여러 장수들도 뜨거운 눈물을 흘렸다. 그러나 이때 이미 몸에 병이 들어 있다는 것을 누구보다도 공명 자신이 알고 있었다.

공명의 간절한 기도

　공명의 병은 과로에서 온 것이었다.
　그러나 공명은 자리에 누워 있거나 쉬는 일이라곤 없었다. 오히려 병이 무거워질수록 곁에서 말리는 말도 물리치고 군무에 온 정력을 기울이는 것이었다. 이때 위군 진중에서는 사기가 왕성한 장수들이 사마의를 비난하는 일이 많았다.
　"그런 도독을 대위국 총수로 삼을 수 없다."
　너무 소극적인 그를 두고 불평들이 많았다.
　이것은 공명이 선물로 보낸 여자의 건괵이 위의 전군을 모욕한 것이라는 것을 그후 장졸들이 알았기 때문이었다.
　"사마의 도독은 공명이 서한을 보내어 약한 여자와 같다는 모욕을 주었으나 오늘날까지도 그 답장을 하지 않으니 대체 우리들은 허수아비냐 말이야. 어찌하여 백만 대군을 거느리고도 촉군에게 모욕을 받고 있어야 한단 말이오?"

이런 말들이 위군 진중을 싸고돌았다.

일대 결전을 하자는 주전론자들이 주동이 된 것이다.

공명은 병중에 있으면서도 '적이 움직이면 나가 싸울 것이다' 하고 마음 속으로 비책을 구상하며 급히 첩자를 불렀다.

"위군이 출진하는가를 살피고 오라."

공명이 무슨 기미를 느꼈음인지 명령했다.

"적의 진중에 소연한 공기가 돌고 있다는 것은 확실하였습니다. 그러나 진영 문에 한 노부가 황금갑옷을 입고 서 있고, 손에는 황월을 지팡이 삼아 짚고 사방을 쏘아보며 장졸들의 영문 출입을 일체 금하고 있었습니다."

공명은 저도 모르게 백우선을 떨어뜨리며 말했다.

"아, 그것이야말로 위국 조정에서 군감으로 보낸 신비가 틀림없다. 그처럼 싸우려는 것을 엄하게 경계하고 있는 것이다."

그는 탄식해 마지않았다.

그 한 몸을 촉한에 바치어 이미 병이 깊어가고, 언제나 촉군의 부족함에 애써 왔던 공명에게 이 일도 적지 않게 타격을 주었다.

전국은 그대로 교착되어 있었다. 그러나 이미 아침저녁으로 싸늘한 기운이 도는 가을이 되었다.

"촉군 진중에 심상치 않은 일이 일어난 것 같군."

사마의는 어느 날 촉진을 바라보며 혼잣말같이 중얼거렸다. 그리고 한 장수를 시켜 촉진을 살피기를 명령했다. 그 보고를 받은 다음 기습을 하려고 사마의는 스스로 갑옷을 입고 기다리고 있었다.

그러나 거의 사경이나 되어 적진에 갔던 장수가 이마에 흐르는 땀을 씻어내며 고했다.

"촉진의 정기(旌旗)는 의연 숙연한 데가 있었습니다. 밤중에도 공명이 가마에 앉아 진중을 시찰하며 여느 때와 다름없이 윤건을 쓰고 손에는 백우선을 들고 있었습니다. 참으로 놀라운 군기였습니다. 요즈음 공명이 칭병한 것도 적이 일부러 소문을 퍼뜨린 것 같습니다."

그러자 사마의는 무릎을 치면서 감탄했다.

"공명은 참으로 천고의 명사다. 명사란 그와 같은 사람을 두고 하는 말이다."

이에 앞서 공명이 동오와의 동맹 조약을 따라 펴도록 요청하였던 일은 아직 아무런 소식이 없었다. 그러나 이미 이때 오월에 동오의 수륙 양군이 삼로로 위국을 공격하였다. 소호에서 대패를 보아 그대로 퇴각하였던 것이다. 동오는 이것으로 촉과 오의 동맹조약을 이행한 거나 다름없다고 생각하였다.

공명은 동오군이 측면을 공격하여 전국이 유리하게 전개되기를 바라고 있었다는 것은 말할 것도 없는 일이었다.

이러할 때 성도에서 비위가 공명의 진중으로 왔다.

"동오는 지난 5월경부터 30만 대군을 동원하여 삼로로 북상해 위국을 위협하자 조예가 합비성까지 출진하여 만총·전예·유소 등을 잘 독려하여 드디어 동오군을 소호에서 대패케 하였습니다. 이에 육손이 손권에게 표문을 올려서 적의 뒤를 우회하려 하였으나 적이 이 기밀을 알았기 때문에 동오군은 아무 전과도 없이 총퇴각해 버렸습니다. 참으로 믿을 수 없는 동맹국입니다만…."

"……."

"아, 승상! 어쩐 일입니까. 갑자기 혈색이 좋지 못하시니…."

"염려 마시오."

"매우 혈색이 좋지 않습니다."

비위는 놀라서 의원을 불렀다. 여러 사람이 달려왔을 때 공명은 옷소매로 얼굴을 가리고 백우선 위에 엎드려 있었다.

"승상! 승상…."

"승상! 어쩐 일입니까?"

여러 장수들까지 몰려와서 공명을 부축하여 침실로 옮겼다.

시의(侍醫)가 곁에서 떠나지 않고 있었다. 이윽고 공명의 얼굴엔 핏기가 돌았다.

그러자 여러 사람의 눈이 공명의 얼굴 위로 쏠리고 있었다.

공명은 힘없이 눈을 떴다. 가슴 속이 물결치고 있음을 공명은 느꼈다. 한 사람 한 사람의 얼굴을 조용히 바라보았다.

"생각컨대 병에 져서 혼미해진 것 같네. 이는 병이 도진 징조야. 나의 여생도 오래지 못할 것이오."

겨우 들릴락 말락한 목소리로 공명이 말했다. 저녁 무렵이었다.

"마음이 매우 상쾌해. 나를 밖에서 쉬게 해 달라."

공명이 부탁했다.

이리하여 시의와 장수들이 부축하여 나왔다.

"아! 아름답군."

공명은 맑고 드높은 가을 하늘을 우러러봤다.

짧은 시간이 흘렀다. 공명은 갑자기 앞으로 몸을 굽혀 오한이 일어난다고 하며 도로 침실로 들어와서 시신에게 급히 강유를 불러오라고 명했다.

이윽고 강유는 황망히 공명의 옆에 와 머리를 숙이고 앉았다.

"아까 천상을 바라보고 이미 나의 명이 없다는 것을 알았다. 사람의 죽음이란 본연의 자태로 돌아가는 것이니 기이할 것도 없어. 내가 전할 말도 있고 하여 갑자기

불렀으니 슬피 생각 말고 명심하여 들으라."

일찍이 들어 보지 못한 약한 목소리였으나 그 어조에는 추상 같은 엄격함이 있었다.

"승상! 어찌하여 그처럼 심려하십니까? 강유가…."

싸늘한 공기가 흐르는 속에서 말을 잊지 못한 채 흐느껴 울고 있었다.

"왜 우느냐?"

공명은 자식을 질책하듯 했다. 마속이 없어진 오늘 공명의 총애는 강유에게 쏠리고 있었다. 항상 강유의 재질을 보아 무르익기를 바라며 가르친 인자함이 이 순간에도 엿보였다.

"황송합니다."

강유는 머리를 들었다.

"강유야, 나의 병은 천상에 나타나 있어. 객성(客星)은 밝고 주성(主星)이 빛을 잃었다. 더욱 흉한 빛이 농후하고 의변이 역력해. 그리하여 나의 목숨이 경각에 있음을 알았다."

"승상! 그러시면 어찌하여 기도를 올리지 않습니까. 옛날부터 하늘에 기도를 올리는 법이 있지 않습니까?"

"아, 그렇군. 나도 기도법은 알고 있었으나 나의 목숨을 위하여 기도할 것을 깜박 잊었어."

"일러주십시오. 제가 봉행하여 갖추겠습니다."

"음, 우선 갑옷을 입은 장수를 49명 뽑아 모두 검은 깃발을 들리고 검은 옷을 입혀 기도하는 장막 밖을 지키게 하라."

"네."

"장막 안을 정결히 하고, 제단을 세우는 것은 내 스스로 하겠다. 그리고 북두칠성에 재를 올리는데 만일 7일간 등이 꺼지지 않는다면 나의 목숨은 다시금 열두 해가 연장될 것이다. 그러나 기도하는 도중에 등이 꺼진다면 나의 목숨은 끊어지리라. 그렇기 때문에 장막 밖을 지키게 하는 것이니 뭇 사람이 엿보지 못하게 하라."

공명은 나직이 일렀다. 강유는 자리에서 물러났다. 그리고 동자 둘에게 온갖 제물과 제기를 날라오게 하였다. 공명은 목욕재계를 한 다음, 장막 안을 맑게 거두고 제단을 세웠다.

기도에 대한 일체의 일은 제사장에게 시키지 않았다.

이윽고 공명은 북두칠성에 재를 올리는 장막 안에 들어가 엎드렸다. 하루, 이틀, 사흘이 지났다. 싸늘한 바람이 장막을 흔들며 제단에 스며들었다. 은하수가 하늘에 걸려 있었다.

축축한 이슬에 젖어 정기도 움직이지 않고, 고요함이 깊어갈 뿐이었다. 강유는 49명의 장수들과 함께 장막 밖에 서서 공명의 기도가 끝날 때까지 식음을 하지 않고 서 있으리라고 마음먹었다. 장막 안에 있는 공명은 제단에다 일곱 등잔에 불을 켜고 있었다.

그 언저리에는 49개의 작은 등불이 놓여 있고 가운데에 주등 한 개가 놓여 있었다. 온갖 제물을 괴어 놓고 향을 피우고는 쉴 새없이 주문을 외웠다. 그러다가도 가끔 정화수를 갈아 놓았다.

갈아 놓을 때마다 일곱 번을 절하고 하늘에 비는 것이었다.

오장원에 별이 지다

나날이 무료하기만한 위군 병졸들은 망아지 떼처럼 풀 위에 뒹굴고 있었다.

일 년 중에 가장 덥지도 춥지도 않은 8월 밝은 밤을 즐기고 있는 것이었다.

"아, 저게 무엇이냐?"

"이상한 유성이다."

"셋이 흘러가다 둘이 돌아온다. 하나는 촉군 진중에 떨어졌다."

"이런 기이한 일은 처음이다. 잠자코 있으면 문책당할 거야."

군졸들은 영문에 돌아와 바로 상장에게 보고했다.

이윽고 이러한 말이 사마의의 귀에도 들어갔다.

또 이때 사마의의 앞에서 천문을 보는 관상감에게 그 기이한 현상에 대한 보고가 들어왔다.

'장군별이 있어 붉고 광망함. 동서에서 날아와 공명의 진중에 세 번 떨어져서 두 번 돌아옴. 떨어질 때는 광망이 크고 돌아올 때는 빛이 적고, 그 하나는 아주 떨어져 돌아오지 않음. 양군이 대진해 있을 때, 대유성이 진 위를 흘러 진중에 떨어지면 그 군은 파멸의 징조라 함.'

군졸들이 목격하였다는 말과 보고서는 똑같았다.
"하후패를 불러오라!"
명령하는 사마의의 눈에서는 광채가 나고 있었다. 하후패는 어찌된 영문인지를 모르고 급히 사마의 앞에 나왔다. 사마의는 진문 밖에 나가 하늘을 우러러보다가 하후패를 보자 급히 명령했다.
"공명이 위독한 모양이다. 혹은 그 죽음은 오늘밤일지도 몰라. 천문을 보니 장군별도 이미 그 위치를 잃고 있어. 그대는 1천 기를 이끌고 급히 오장원에 가서 적진을 살펴라. 만일 촉군이 쳐나온다면 아직도 공명의 병이 가벼운 증세라고 보아야 할 것이다. 위태하기 전에 퇴각해 오라."
이리하여 하후패는 1천 기를 몰아 오장원으로 떠났다.
이날 밤은 공명이 기도를 올리기 시작한 지 엿새째의 밤이었다. 이제 하룻밤이 남았다. 아직도 주등에 켜 있는 불은 변함없이 타오르고 있었다.
'아, 나의 염원이 하늘에 통하고 있는 것일까?'
마음 속으로 소원을 외우며, 공명은 제단 앞에 엎드려 있었다.
장막 밖에서 지키고 있는 강유도 그러한 마음이었다. 다만 걱정되는 일은 기도하는 도중에 공명이 숨을 거두지 않을까 하는 일 뿐이었다.
강유는 가끔 장막 안을 살며시 엿보았다.

공명은 머리를 풀어 헤치고 보검을 잡은 채 제단 앞에 엎드려 있었다.

"아, 그처럼…."

강유는 솟아오르려는 눈물을 억지로 참았다.

공명의 모습이 그대로 정의의 화신처럼 보이기 때문이었다.

이미 밤이 깊어 갔다. 갑자기 진문 밖에서 함성이 일어나고 있었다.

강유는 주뼛하여 함께 지키던 한 사람에게 명령했다.

"보고 오너라!"

이와 동시에 뛰어들어오는 장수가 있었다.

위연이었다. 급히 달려온 위연은 강유마저 물리치고 장막 안으로 뛰어들어갔다.

"승상! 승상! 위군이 엄습했습니다."

위연이 소리치며 공명의 앞에 무릎을 꿇는 순간이었다.

무엇이 닿아 제단 위의 제물이 와르르 땅에 굴러 떨어졌다.

"이런 큰 일이…."

위연이 낭패하여 뒤돌아 서려 할 때 발 아래에 떨어진 주등을 밟아 불이 꺼지고 말았다.

이때까지 화석처럼 기도를 올리고 있던 공명은 갑자기 보검을 던졌다.

"아! 나의 목숨은 드디어 끝이 났구나!"

강유도 뛰어들었다. 허리에 찼던 칼을 번쩍 빼어 들었다.

"에잇… 네놈이 일을 저질렀구나!"

강유는 울부짖으며 위연을 베려고 했다.

"강유! 가만 있지 못할까?"

공명은 겨우 강유를 꾸짖었다.

비통한 기백이 강유로 하여금 불붙게 하였던 것이다.

"주등이 꺼진 것은 아니고 천명이다. 어찌하여 위연의 실수로 생각하는가. 진정하고 냉정하라!"

공명은 자리에 쓰러져 누웠다. 누워 있으면서도 공명은 진문 밖에서 떠들썩하는 금고 소리와 함성을 엿듣고 있었다.

공명은 갑자기 머리를 들었다.

"적이 야습해 온 것은 사마의가 이미 나의 병이 위독하다는 것을 알고 그 허실을 알고자 갑자기 일군을 보낸 데에 지나지 않아. 위연, 그대는 나가서 적군을 몰아 보내라!"

머리를 푹 떨어뜨리고 서 있던 위연은 그제야 갑자기 몸을 날려 밖으로 뛰쳐나갔다.

위연이 급히 말을 몰아 적진에 뛰어들자, 금고 소리와 함성도 딱 그치고 말았다. 드디어 싸움은 뒤집어져서 적은 기겁하여 달아나기 시작했다.

공명의 병은 이때부터 정신적으로도 다시금 회복될 수 없게 되었다. 다음날 공명은 사뭇 중태에 빠져 있으면서도 강유를 가까이 불렀다.

"내가 오늘까지 배우고 실천해 본 것을 책으로 저술해 놓은 것이 24편이 있다. 나의 말과 나의 병법, 또한 그 모습도 이 책 속에 있다. 지금 내가 바라보건대 촉군 장수 가운데 그대를 빼놓고는 이를 물려줄 사람이 없구나!"

공명은 서적을 강유에게 내주었다.

"후사를 그대에게 맡긴다. 이 세상에서 그대를 만난 것을 다행으로 생각한다. 촉한은 그 어느 길이나 험하여 내가 없다 하더라도 과히 우려할 일은 아니다. 그러나 다만 음평(陰平) 한 곳만이 약하다. 그 방비를 평소 세심히 하여 촉나라가 오래 융성하기를 힘써라."

강유는 눈물에 젖어 있었다.

"양의를 불러오라!"

공명은 나직이 일렀다.

곧 양의가 들어왔다.

"위연은 이후 반드시 모반할 것이다. 그의 용맹은 높이 사야 할 것이나 그 성격이 고약해. 처단해 버리지 않으면 나라에 크게 해로움이 있을 것이다. 내가 이 세상을 떠나면 그가 반드시 모반할 것이니 그때에 이것을 펴 보면 스스로 대책을 얻을 것이다."

공명은 붉은 주머니를 양의에게 주었다.

이날 밤부터 공명의 병은 한층 심해졌다. 그러나 혼수상태에 빠졌다가도 다시 깨어나기를 여러 날 계속하였다.

오장원에서 한중, 다시 한중에서 성도로 밤낮을 헤아리지 않고 사자가 말을 몰았다.

촉한의 서울은 멀고 더욱이 기다리는 사람들에겐 한없이 멀게만 생각되었다.

"칙사가 올 때까지 생존해 계실는지…."

사람들의 초조한 생각은 한결 같았다.

누구나 할 것 없이 불길한 예감을 가지지 않을 수 없었다. 이때 성도에서는 상서 이복(李福)이 내려오고 있었다.

후주 유선의 놀라움은 이루 말할 수 없이 컸다. 칙명을 띠고 이복이 밤낮으로 오고 있다는 소식도 들어왔다. 그러나 오장원에는 좀처럼 나타나지 않았다.

그러나 다행히 비위가 오장원에 와 있었다. 공명은 자신이 세상을 떠난 다음 그에게 맡길 일이 많음을 생각하였다.

그리하여 하루는 비위를 불러놓고 간곡히 부탁했다.

"후주께서도 이제 겨우 성인이 되셨어. 그러나 유감되게도 선제께서와 같은 고난을 모르시고 계시다. 그렇기 때문에 세상을 바라보심이 너무 얕으시고 백성들의 마음을 살피시기에도 어두워. 그런 고로, 보필하는 사람들이 심혈을 기울여 후주의 덕망을 높이고 사직을 굳게 지키며, 따라서 선제의 유덕을 언제나 거울로 삼아 나라를 다스린다면 틀림이 없으리라 생각하네. 재기가 뛰어난 신하를 등용시켜 갑자기 경솔히 옛것을 타파하고 신기(新奇)한 정책을 쓴다면 위태한 근원이 될 것이야. 내가 부탁한 사람을 잘 써서, 그 단점과 결점이 있다 하여 함부로 버리지 마라. 그 중에 마대는 충의롭기를 중인을 뛰어넘은 장수니 더욱 중히 써라. 여러 부문 일은 그대가 총괄하라. 또한 나의 병법 기밀은 모두 강유에게 맡겨두었으니, 전진국방(戰陣國防)은 아직 젊다고 하나 그를 믿어도 크게 우려할 바 없을 것이다."

나직이 유언을 하는 공명의 얼굴에서는 비로소 괴로움이 가시어 보였다.

하루, 이틀이 또 지났다.

공명은 중태에 빠져 눈을 지그시 감고 있었다. 어느 날 아침이었다. 공명은 어떤 생각을 하였음인지 좌우에 있는 시신들에게 명령했다.

"나를 부축하여 수레에 앉게 하라!"

사람들은 이상히 생각하여 어디를 가겠느냐고 물었다.

"진중을 순회할 터이다."

공명은 몸을 일으키려 했다.

창의를 갈아입었다. 그 목숨이 지려는 순간까지도 군무에 신경을 쓰고 있는 공명의 모습에 여러 장수와 시의는 소리 없이 눈물을 흘렸다.
 천군만마를 왕래하던 네 바퀴 수레가 이르렀다. 공명은 백우선을 잡고 수레 위에 앉아 진중을 평소와 같이 순회했다.
 이날 아침, 하얀 이슬이 빛나고 가을 바람이 얼굴을 스쳐 싸늘한 차가움이 혀에 스며듦을 느끼지 않을 수 없었다.
 '아, 정기는 아직도 싱싱하구나. 내가 없다한들 갑자기 무너지지 않을 것이다' 하고 공명은 마음 속으로 생각했다. 그리고 진중을 다 돌아보고는 맑고 드높은 하늘을 우러러보았다.
 "유구, 언젠까지나 유구하도록…."
 공명은 혼자 중얼거리고 나서는 탄식하는 것이었다.
 "인명은 어찌하여 이처럼 짧고, 이상은 너무나 멀구나…."
 병석에 돌아와 자리에 누웠으나, 이날 이후로 말이 별로 없고 외마디에 죽음을 연상케 하는 그림자가 서려 있었다.
 양의를 불러 다시금 간곡히 부탁했다. 또한 왕평, 요화, 장익, 오의 등 여러 장수를 불러 제가끔 뒷일을 부탁하는 말을 했다.
 강유는 밤낮을 헤아리지 않고 공명의 곁에서 시중을 들었다.
 공명은 강유를 보고 명령했다.
 "책상에다 향을 피우고, 벼루와 먹을 갖추어라!"
 이윽고 강유는 목욕재계하고 책상 앞에 꿇어앉았다. 이것이야말로 촉한 천자에게 보내는 유표(遺表)였다. 유표를 쓰게 한 다음 여러 장수들을 돌아보았다.
 "내가 죽어도 발상을 거행하지 마라. 틀림없이 기회를 얻었다 하여 사마의가 전군을 휘몰고 올 것이다. 이런 경우를 생각하여 이미 나의 목상을 두 개 조각하게 하였다. 좌상이니 수레 위에 올려놓고, 주위에 푸른 면사를 덮어 결코 가까이 오기를 금하여, 공명이 아직도 살아 있다는 것을 우군도 알게 하라. 그런 다

음 때를 엿보아 위군 선봉을 쫓고 퇴로를 열어놓은 후 비로소 나의 상례를 치른다면, 큰 과실이 없이 전군이 귀국할 수 있을 것이다."

공명이 훈시한 다음 잠시 숨을 몰아쉬고 나서 다시금 말했다.

"나의 좌상에는 좌단 앞에다 등잔 하나를 밝히고 활 일곱 개와 물을 조금 입에다 물려라. 또한 시체는 전차 안에다 눕히고, 그대들이 좌우를 호위하여 나간다면, 그 아무리 천리를 간다 한들 진세가 흩어지지 않을 것이다."

또한 퇴로와 퇴진법을 가르쳐 주었다.

"이제 아무 할 말이 없다. 모두 한마음이 되어 나라를 위하고, 그 직분을 다해 주기를 바란다."

공명은 고요히 입술을 다물었다.

여러 장수들은 말 없이 흐느껴 울었다. 공명은 눈을 감고 있었다. 여러 장수들은 그가 다시 눈을 뜨기를 마음 속으로 바라고 있었다. 그러나 오랫동안 같은 표정이었다. 싸늘한 가을 바람이 그 위로 스며들어 스칠 뿐이었다.

흐느껴 우는 장수들의 애끓는 울음소리도 이젠 듣지 못하고 있는 모양으로 검고 긴 눈썹만이 살아 있는 것 같았다. 숨을 아주 거두어 버린 것이다.

때는 촉한 건흥 13년 가을 8월 23일. 그때 공명의 나이 겨우 54세였다.

공명의 죽음은 촉군을 고국에 돌아가게끔 하였고, 촉한의 국책마저 변동이 일지 않을 수 없을 만큼 충격이 컸다. 또한 한 사람의 마음에 이르기까지 그 영향이 두루 미쳤다.

한때 촉한의 장수교위를 하였던 요립(廖立)이라는 사람은 자기의 재질을 뽐내었다.

"공명이 나 같은 사람을 등용하지 않는 것은 사람을 쓰는 눈이 없기 때문이다."

그는 동료들에게 떠들고 다니기까지 하였다. 그러나 그 패기와 자부가 지나쳐 공명은 관직을 박탈하고 문산(汶山)이라는 벽지로 쫓아서 근신케 하였다.

이런 요립이 공명이 죽었다는 소식을 듣자, 자기의 전도마저도 막힌 듯 애통해하였다.

"결코 옷깃을 왼쪽에 달지 않으리라."

또한 유배를 가 있던 한때의 군수상이었던 이엄도 길게 탄식하며 눈물을 흘렸다.

"공명이 이 세상에 있는 한 언제든 나를 부르리라고 믿고 있었으나, 그 사람이 세상을 떠났다니 어찌 남은 명에 뜻이 있으랴."

이엄은 그 길로 병이 들어 공명의 뒤를 따르는 몸이 되었다.

어찌 되었든 공명의 죽음은 촉한의 하늘과 땅을 어둡게 할 만큼 빛을 잃게 하였다.

강유와 양의 두 사람은 공명의 유명을 받고 상례를 치를 것도 숨기어, 그 일군을 고요히 퇴각시킬 준비를 하고 있었다.

어느 날 밤 사마의는 천문을 보고 손뼉을 치며 좋아했다.

"공명이 죽었다!"

좌우 장수들과 두 아들을 바라보며 말했다.

"지금 천문을 보니 큰 별이 광채를 잃고, 칠성이 앉아 있던 자리가 무너졌다. 이번만은 기필코 틀림없다. 오늘 저녁에 공명이 죽었다."

여러 사람은 숨을 죽이고 사마의의 얼굴을 쳐다보았다. 적이면서도 천하의 공명이 죽었다고 느끼자, 어딘지 텅 빈 것 같은 마음에 사로잡혔다. 사마의도 그러한 한 사람이었다.

그러나 사마의는 오랜 숙원이 단숨에 이루어진 것처럼 패검을 잡고 급히 군령을 내렸다.

"촉군을 전멸시킬 시기는 이때다. 전군을 수습하여 총공격하라."

그러나 사마의의 두 아들은 아버지가 갑자기 흥분하는 모습을 보자, 오히려 신중한 태도를 가졌다.

"잠시 진정하십시오."

"어찌하여 말리느냐?"

"전날에도 있었습니다. 공명은 팔문둔갑법을 얻어 육정육갑의 술법을 쓰고 있습니다. 그러하오니 혹은 천문에 기변을 나타내게 해서 우리를 속였는지도 모릅니다."

"그 무슨 소리냐? 눈을 현혹하게 하여 주야의 흑백을 모르게끔 하는 술법은 있어도, 저 밝은 성좌를 변하게 하는 수는 없는 것이다."

"만일 공명이 죽었다면 촉군이 패한다는 것은 틀림없을 것입니다. 그러면 하후패에게 명하여 오장원을 엿보도록 하는 것이 좋지 않겠습니까?"

사마의의 두 아들의 이러한 의견은 여러 장수들의 심경과 같았다. 본디 아들의 자랑이 많은 사마의는 오히려 만족한 모습이었다.

"음! 과연 그렇기도 해. 그러면 하후패, 적이 모르게 오장원에 가서 적진을 살피고 돌아오라."

하후패는 즉시 20여 기를 이끌고 들판을 달려 오장원을 향하여 급히 말을 몰아갔다.

촉군 외곽선은 위연이 지키고 있었다. 여기서 공명이 죽었다는 것은 아무도 모르고 있었다.

다만 위연은 어젯밤 이상한 꿈을 꾸었는데 종일 그것이 머리에서 떠나지 않았다. 낮에 위연의 진중으로 그의 친구인 행군사마

조직(趙直)이 찾아왔다.

조직에게 꿈 이야기를 하였다.

"그건 길몽이 아닌가. 오히려 축하할 일일세."

위연은 겨우 머리가 가벼워졌다.

위연이 꾼 꿈이란 자신의 머리에 뿔이 나서 보이더라는 이상한 꿈이었다. 이것을 조직은 그럴 듯하게 풀었다.

"기린의 머리에도 뿔이 있어. 창룡도 뿔이 있고, 범상한 사람에겐 흉몽이나 자네 같은 용맹한 장수로 볼 때엔 큰 길몽일세. 이것은 괘를 짚어 보면, 좋게 변화해 가는 상이 되기 때문이야. 그러니 이후 자네는 일대 비약이 있고 영달케 될 것이 틀림없어."

조직의 말에 위연은 매우 만족해했다. 조직은 위연의 진중에서 후대를 받고 돌아오는 길에 상서 비위를 만났다.

"어딜 갔다 오는 길인가?"

비위가 물었다.

조직은 속임 없이 위연의 꿈 이야기와 해몽해 준 뜻을 말하였다.

"지금 위연의 진중에 갔다 오는 길인데, 위연이 침통해 있기에 까닭을 물었더니 꿈 얘기를 해서 해몽을 해주고 오는 길이오."

"그 판단은 사실인가?"

"아니오. 실은 흉몽이어서 그로선 우려할 일이나 그 위인에게 참말을 한다면 원한을 살 뿐이니 멋대로 해석해 준거요."

"어찌하여 흉몽인가?"

"뿔각(角) 자를 풀어 보면 칼을 쓴다는 뜻이 나와 머리에 칼을 쓴다면 그 목이 떨어질 것은 당연한 일이오."

"그럼, 이 말은 누구한테도 말하지 말게!"

"물론입니다."

조직을 도중에서 만난 척도 하지 않고, 이날 밤 비위는 위연의 진중에서 그와 마주 앉았다.

"오늘밤 찾아온 것은 다름이 아니오. 어젯밤 드디어 승상께서 세상을 떠났소. 그 보고차 온 것이오."

"무엇이, 그것이 사실이오?"

평소에 공명을 눈 위에 혹처럼 생각하고 있었던 위연으로서도 소스라쳐 놀랐다.

이윽고 위연은 험상궂은 눈을 껌벅이며 물었다.

"언제 상례를 치르시오?"

"상례를 잠시 중지하라는 유언이 있었소."

"승상을 대신하여 군권을 잡은 장수는 누구요?"

"양의요. 또 병법 밀서 구전은 강유에게 맡겼소."

"그 따위 애송이에게… 그건 또 그렇다 하고 양의는 문관이 아니오. 공명이 없다 한들 이 위연도 있지 않소. 양의는 영구를 이끌고 귀촉하여 장사를 치르는 역할이면 끝나는 거요. 이 오장원에 있는 촉군은 이렇게 말하는 위연이 통솔하여 위군을 격파해 보이겠소. 공명 한 사람이 없다 하여 국가 대사를 중지할 순 없소."

위연은 서슬이 푸르러 호통을 쳤다. 비위는 조금도 그런 내색을 보이지 않고 위연의 말에 머리를 끄덕였다.

"원래 이 위연의 헌책을 공명이 들었다면, 지금쯤 장안에 들어가 앉아 있을 것이오. 그러나 공명은 나의 말이라면 머리를 흔들었소. 호로곡에선 내가 타 죽을 뻔했소. 그렇지만 그가 먼저 죽어 간 이상 원망을 하진 않소. 다만 양의 밑에서 따를 만한 이 위연은 아니오. 그 따위는 한낱 장사(長史)에 지나지 않소. 나로 말

하면 전서대장군 남정후가 아니오."

"심경은 잘 알겠소."

"그대는 나를 도울 생각이 없소?"

"힘이 되지요."

"백만 벗에 앞서서 서약서를 쓸 수 있겠소?"

"물론 쓰겠소."

비위는 서슴지 않고 서약서를 써서 위연에게 주었다.

"자, 축하합시다."

비로소 위연은 주연을 베풀었다. 비위는 위연의 잔을 받았다.

"그러나 피차에 망동은 삼가해야 하오. 사마의에게 당할 우려가 있으니까."

"그건 물론이오. 그러나 양의가 말을 듣지 않을걸."

"그건 내가 설복시키지."

"잘 부탁하오."

"믿어 주시오. 전후 결말은 내가 곧 전해 드리지요."

비위는 주연이 끝나자 본진으로 돌아왔다. 그리고 슬픔에 잠겨 있는 여러 장수들을 모아놓고 상의했다.

"승상의 말씀처럼 위연은 틀림없이 모반할 생각으로 오히려 때가 왔다고 기뻐하고 있소. 일이 이렇게 된 이상 승상께서 유언하신 대로 강유를 후진으로 삼고, 우리들도 정해진 대로 퇴각하는 수밖에 없소."

이미 예정하였던 일이라 아무 이의 없이 퇴각하기로 결정하였다. 그리고 비밀리에 전군을 수습하여 다음날 밤이 되자 총퇴각하기 시작했다.

이때 위연은 목을 늘이고 비위에게서 올 반가운 소식을 기다리고 있었다.

"어찌 된 일일까?"

위연은 초조해 있었다. 마대를 흘끗 바라보았다.

자신의 마음 속에 깊이 간직하였던 말을 마대에게 낱낱이 말했다. 그러자 마대가 말했다.

"잘못 생각하신 것 같습니다. 어제 아침 비위가 진문에서 말을 타자 매우 당황해서 채찍질해 갔습니다."

"그런 거동이 보였는가?"

이때 척후병이 들어와 알렸다. 어젯밤 우군 본진이 총퇴각하기 시작하여 그 태반이 퇴각하고 후진인 강유마저 뒤를 따르기 시작한다는 것이었다.

위연은 크게 놀랐다.

그대로 모르고 있었다면 위연은 오장원 전선에 버림을 받을 뻔하였다. 마음 속으로는 놀랬으나 분을 참지 못하여 위연은 주먹을 불끈 쥐고 흔들었다.

"비위, 이놈 두고 봐라! 여우새끼처럼 나를 속여먹다니. 반드시 목을 자르리라!"

위연은 질풍같이 격분했다. 그리고 급히 전부대에 군령을 내려 장막을 접고 산처럼 쌓인 군량마저 버린 채 본진을 뒤따랐다. 이때 사마의의 명령을 받고 오장원에 정찰을 갔던 하후패가 말을 채찍질하여 돌아왔다.

기다리고 있던 사마의는 하후패를 보자 급히 물었다.

"어찌 되었는가?"

"좀 이상합니다."

"이상하다니?"

"촉군은 몰래 퇴각할 준비를 하고 있었습니다."

"그것이야!"

사마의는 손뼉을 치며 부르짖었다. 그리고 커다란 눈에다 패기를 띠고 여러 장수를 훑어보았다.

"공명은 죽었다. 이제야말로 촉군을 섬멸할 시기가 온 것이다. 칼과 창이 피를 싫어하도록 싸워라. 하늘이 기회를 준 것이니 급히 출진을 알리는 금고를 울려라."

사마의는 전군에 군령을 내렸다. 갑자기 일어나는 금고 소리에 천지가 뒤흔들렸다. 진문마다 기치 창검이 쏟아져 나왔다.

소용돌이쳐 흐르는 강물처럼 터져 나오는 전 위군은 앞을 다투어 오장원을 향하여 진격했다.

"아버님, 젊은 장수들에 싸여 그렇게 앞에 나서지 마십시오."

두 아들은 늙은 아버지의 패기에 찬 모습이 심상치 않아, 좌우에서 뒤따르며 간했다.

"무엇이! 나는 대장부다. 사마의 중달은 아직도 늙지 않았다."

"여느 때와 달리 어찌하여 이처럼 급히 서두르십니까?"

"혼이 빠지고 오장이 썩은 사람은 제 아무리 애쓴들 재생은 못하는 법이다. 공명이 없는 촉군은 마음대로 쥐고 펴고 할 수 있어. 이 어찌 통쾌하지 않겠느냐!"

사마의는 곁눈질도 하지 않고 말을 급히 몰아갔다.

이때 하후패가 또 간했다.

"도독, 너무 가볍게 나가시지 마십시오. 선봉에선 장수가 더 앞에 나가기까지 고삐를 늦추십시오."

"병법을 모르는 자는 쓸데없는 주둥일 놀리지 마라."

사마의는 흘끗 뒤돌아보며 꾸짖었다. 그리고 조금도 말고삐를 늦추려 하지 않았다.

이미 오장원 촉진에 가까이 왔다. 위군 선봉이 쏟아져 들어갔으나 촉군의 그림자도 보이지 않았다.

사마의는 마음이 조급해졌다. 적이 얼마 가지 않았다는 것을 누구보다도 굳게 믿었던 때문이었다.

사마의는 두 아들을 바라보았다.

"너희들은 후진을 이끌고 오너라. 진은 그리 멀리 가지 않았다. 내가 스스로 퇴로를 차단하여 함몰시킬 테니 뒤를 따르라!"
 사마의는 숨을 돌릴 사이도 없이 급히 말을 몰아갔다. 이때 숲 사이에서 떠나갈 듯한 금고 소리가 갑자기 들려왔다. 사마의는 문득 말을 멈추었다.
 한 떼의 군마가 휘몰려오는 가운데 촉군 깃발과 승상기가 바람에 펄펄 나부꼈다. 또 눈에 익었던 네 바퀴 수레가 바람같이 밀려오고 있었다.
 "앗!"
 사마의는 하늘을 우러러보았다. 죽은 줄만 알았던 공명이 수레 위에 백우선을 쥐고 앉아 있었다. 수레의 좌우를 호위하고 있는 것은 강유를 비롯하여 수십 기의 장수들이었다.
 창을 들고 있는 모습에는 상(喪)을 당한 자취는 보이지 않았다.
 "아, 또 몰랐구나. 공명은 아직 살아 있었구나. 그의 꾀에 빠져서… 빨리 퇴각하라!"
 사마의는 놀라서 급히 뒤돌아 달아나기 시작했다.
 "사마의는 어딜 달아나느냐! 반적 중달은 목을 놓고 가라!"
 촉장 강유는 창을 겨누고 급히 말을 달려 사마의를 추격했다.
 갑자기 대도독 사마의가 말머리를 돌려 달아나자 선봉에서 밀려오던 위군 장수들도 기절초풍하여 사마의의 뒤를 따랐다.
 "공명이 살아 있다!"
 "공명은 아직 있다!"
 위군은 앞 다투어 달아났다. 뒤를 따르던 위의 대군과 선봉이 부딪쳐 말과 말이 짓밟고 병졸들이 짓밟혀 갑자기 아비규환의 일대 혼란이 벌어졌다.
 이 틈을 엿보아 촉군은 닥치는 대로 죽였다. 강유는 난군을 헤치고 창을 휘두르며 사마의의 뒤를 바짝 추격했다.

"사마의, 사마의! 어디까지 달아날 생각인가? 이 비겁한 반적아, 모처럼 대군을 이끌고 와서 한 합도 싸우지 않고 돌아가는가, 섰거라!"

강유는 뒤쫓아가며 고함쳤다. 그러나 사마의는 뒤돌아보지도 않았다. 병졸들이야 죽든 말든 오른손에 잡은 채찍으로 말 엉덩이를 내리쳤다. 곁눈도 팔지 않고 마음 속으로 하늘이 도와 이 함정을 빠져나가기를 수없이 빌었다.

그러나 가도가도 뒤쫓는 말발굽 소리가 들렸다. 거의 50리를 달려나왔다. 천하의 준마도 거품을 물고 녹초가 되어 비틀거리는 것이었다. 아무리 채찍질을 하여도 말은 한 곳에 머물러 있는 것 같았다.

"도독… 도독, 저희들입니다. 이제 예까지 왔으니 염려 없습니다. 두려워하지 마십시오."

말소리에 사마의는 뒤돌아보았다. 추격해 온 장수는 적이 아니라 하후패와 하후위 두 형제였다.

"아, 그대들이었던가?"

사마의는 그제서야 어깨로 긴 숨을 내쉬었다. 그러나 물 흐르듯 하는 땀으로 눈이 쓰려 주위를 분별치 못했다.

사마의가 이처럼 기절초풍하여 달아났으니, 위의 대군의 피해란 이루 말할 수 없었다.

이때 하후패 형제는 사마의에게 간했다.

"촉군이 급히 퇴각한 모양인데, 이때 우군을 다시 수습하여 맹격하면 어떠하오리까?"

그러나 공명이 살아 있다고 믿어서 기겁한 사마의는 다시 추격할 결심을 하지 못하였다.

드디어 전군에다 퇴각 명령을 내려 하릴없이 위수 본진에 돌아왔다. 패주하여 피투성이가 된 장졸들이 차례로 진중으로 돌아왔다. 그리고, 여러 군데서 들어오는 보고를 들었다.

그 가운데에는 백성들의 말도 들어 있었다.

촉군 태반이 하루 앞서 오장원을 퇴각하였고, 후진인 강유의 일군만이 남아 있다는 것이었다.

오장원 서쪽을 먼저 떠나간 촉군의 선봉은 흰 조기와 검은 상기(喪旗)를 들고, 영구차 하나를 몰고 갔으며 군졸들의 울음소리가 밤이 새도록 그치지 않더라는 것이었다.

또한 네 바퀴 수레 위에 앉은 공명은 푸른 면사를 쓰고 있었으나, 목상 같다고 말하는 것이었다. 이러한 보고를 듣고서야 사마의는 공명의 죽음이 참말이라는 것을 비로소 깨달았다.

이리하여 사마의는 다시금 급히 촉군을 추격해갔다. 그러나 구름이 산허리에 흐르고 있을 뿐 촉군은 자취도 보이지 않았다.

"이제 추격해야 이로움이 없다. 장안에 돌아가 나도 쉬고 싶을 뿐이다."

적안파(赤岸城)에서 되돌아오며, 공명이 진을 쳤던 아래를 살펴보았다. 그가 출입한 길, 여러 영문 할 것 없이 자국마다 질서 정연히 진법을 따르지 않은 것이 없다.

사마의는 말을 세워 물끄러미 서서 살아 있을 때의 공명을 생각하며 중얼거렸다.

"참으로 그는 천하의 기재였다. 적어도 이 땅 위에서 다시금 그러한 사람은 볼 수 없으리라."

깃발도 빛을 잃었다. 사람도 말이 없었다.

촉한의 험한 검각은 애도에 잠겨 퇴조하며, 오장원에의 원한을 영구차에 싣고 힘없는 발길을 성도로 옮기고 있는 것은 촉한의 대열이었다.

"앞에서 연기가 오르고 있어. 이 산중에… 이상하다, 누가 보고 오라."

양의와 강유 두 장수는 척후병에게 명령했다.

길은 벌써 잔도의 험로에 접어들었다. 1보, 2보, 척후병은 차례로 뛰어들었다. 그 보고를 들어보면 잔도에다 불을 지르는 일군이 있는데 그것은 위연이 틀림없어 보인다 했다.

"이를 어찌 하오?"

양의가 파랗게 질려 강유를 바라보았다.

"걱정할 것 없소. 날짜가 걸리나 기산(機山) 간도를 빠져나간다면 잔도를 가지 않고도 남곡(南谷)을 나갈 수 있소."

아슬아슬한 험로를 멀리 돌아 전군은 겨우 남곡을 막고 있는 위연군의 뒤에 나섰다.

도중에서 양의는 이 앞뒤 일을 성도에다 보고하였다. 그런데 양의에 앞서 위연으로부터 상소문이 있었다.

'양의와 강유의 도배가 승상이 돌아가자 병권을 횡탈하여 반란을 획책하기에 나는 그들을 토벌하나이다' 하는 뜻으로 보낸 것이 위연의 상소문이요, 그 뒤를 이어 들어온 양의의 상소문은 그와는 반대였다.

공명이 세상을 떠났다는 소식을 듣자 성도 궁중 내외는 깊은 슬픔에 잠겨 있었다. 더욱이 후주 유선과 그 황후는 식음을 전폐하고 공명의 죽음을 슬퍼하였다.

이럴 때 또 뜻하지 않은 상소문을 받자 유선은 어찌할 바를 모르고 있었다.

장완이 후주의 앞에 나아가 위로했다.

"승상께서 살아 계실 때에 위연의 모반을 걱정하셨사옵니다.

평소 혜안이 있는 승상이었사오니 반드시 사후 대책을 양의에게 주셨을 것이옵니다. 잠시 다음 보고를 기다려 보시옵소서."

장완은 사태를 잘 판단했고, 공명의 유지를 헤아린 바 있었다.

위연은 수천 기를 이끌고 잔도를 태워 버리고, 남곡 사이로 매복하여 기다리고 있었다.

"양의와 강유는 갈 데가 없다."

멀리 남곡을 돌아올 줄은 위연은 꿈에도 생각 못하고 있는 것이었다. 위연의 패기도 어찌할 수 없었다.

그 태반을 천 길 계곡에 떨어뜨린 채 패잔병을 휘몰아 달아났다. 이러한 가운데에도 당황한 기색도 없이 위연을 뒤따른 것은 상처도 받지 않은 정병을 이끌고 있는 마대였다.

위연은 그 전날 마대에게 오만을 부리던 일도 까맣게 잊고 마대에게 물었다.

"어찌할 것인가? 위국에 달아 조예에게 항복하는 것이 어떨까?"

"어찌하여 그렇게 소심해지십니까? 동서 양천의 인사들이 공명이 없는 날 위연 장군이 촉한을 등에 지고 갈 것이라 촉망하고 있지 않습니까? 또한 장군께서도 그 기백으로 잔도를 불지르지 않았습니까?"

"글쎄, 그렇기는 했지만…."

"어찌하여 초지를 꺾으려 하십니까? 이 마대도 뒤따르고 있지 않습니까?"

"그럼 귀공도 끝까지 행동을 함께 할 것인가?"

"그 한때 한 깃발 밑에서 꿈을 함께 꾸며 자던 인연으로 본들 어찌 장군을 떠나겠습니까?"

"고마우이. 그러면 남정을 엄습하자!"

패잔군을 수습하여 급히 남정을 향하여 길을 떠났다.

남곡을 넘어 위연군에게 일격을 주고 난 양의와 강유가 앞을 다투어 영구차를 남정성에 안치하였다. 그리고 척후병이 돌아오기를 기다려 위연군의 동정을 살피고 있었다.

"뭐? 또 공격해 오다니… 적은 일군이라 하나 촉중에 뛰어난 용맹, 더욱이 마대가 위연을 돕고 있어 만만히 볼 수 없어."

강유가 경계하자 양의는 그제서야 머리에 떠오르는 것이 있었다. 그것은 공명이 임종시에 위연의 모반이 있을 때 보라 하던 붉은 주머니였다.

주머니 속에는 종이에다 글씨를 쓴 것이 들어 있었다. 공명의 필적임은 말할 것도 없었다.

겉봉에는 '위연이 모반을 일으키면 그 역모를 칠 때까지 이를 열어 비밀이 새지 않도록 도모하라'라고 쓰여 있었다.

양의와 강유는 공명이 남긴 계략대로 급히 작전을 변경하였다. 굳게 닫혔던 성문을 열어 강유는 눈이 부실 듯한 갑옷을 입고 말 위에 올랐다. 그리고 긴 창을 옆으로 비껴 들고 2천 기를 이끌고 드높이 개가를 올리며 성 밖으로 나갔다.

위연은 멀리서 이 광경을 보자 금고를 울리며 진세를 갖추어 몰려왔다. 이윽고 검은 말 위에 높이 앉아 용아도(龍牙刀)를 휘두르며 뛰어드는 것은 위연이었다.

우군으로 있을 때에는 그렇게까지 생각하지 않았으나 이처럼 적으로 돌리고 보니 천하의 용맹한 장수임에 틀림없었다. 강유는 마음 속으로 공명의 영혼에 빌면서 소리를 질렀다.

"승상의 몸도 식기 전에 모반을 일으키는 악당은 촉한에는 없을 것이다. 지난날을 생각하여 스스로 목을 잘라 영구 앞에 바치려고 왔느냐!"

"강유, 이놈! 웃기지 마라!"

위연은 침을 탁 뱉으며 비웃었다.

"우선 양의를 내놓아라. 양의부터 먼저 처치해 버린 다음 너는 생각하기에 따라 해줄 것이다."

그러자 뒤에서 양의가 급히 말을 몰아 나왔다.

"위연! 네가 야망을 가지는 것도 좋으나 몸을 돌아볼 줄 알아라. 한 말짜리 독에다 백 말을 부어넣으려는 자가 있다면 그야말로 바보가 아니겠는가?"

"이 바보 놈아!"

"원통하면 하늘에 맹세해라. 누가 나를 죽일 수 있을 것인가?"

"무엇이 어째?"

"누가 나를 죽일 수 있느냐고 세 번 소리를 지르면 한중을 그대에게 주겠다. 비겁한 위연이 어찌 그렇게 말할 수 있겠는가? 그러한 자신은 없을 테지."

"주둥일 닥쳐라. 공명이 이미 죽은 오늘 천하에 나와 어깨를 견줄 자가 누구냐! 세 번 아니라 3천 번이라도 할 것이다."

위연은 말 위에 앉은 채 큰 소리로 외쳤다.

"누가 나를 죽일 것인가? 누가 나를 죽일 것인가… 있으면 나오라!"

위연의 말이 떨어지기가 무섭게 그의 등뒤에서 큰 소리가 들려왔다.

"여기 있는 것을 모르느냐? 보아라, 이렇게 죽여 보일 테니."

"앗…!"

뒤돌아보는 위연의 머리 위에는 서릿발같은 대검이 번쩍했다. 돌아서 싸울 사이도 없었다. 위연의 목은 선지피를 뽑으며 굴러 떨어졌다.

와! 하는 함성이 우군과 적군 사이에서 일어났다. 피가 뚝뚝 떨어지는 칼을 후려치며 양의와 강유에게 가까이 온 자는 마대였다.

공명의 생전에 마대는 비책을 받고 있었던 것이다.

위연의 모반은 그 부하 전체의 본심은 아니었다. 그리하여 위연을 따르던 군졸은 마대와 함께 귀순하고 말았다.

이리하여 공명의 영구차는 무사히 성도에 이르렀다. 사천(四川) 오지는 벌써 겨울이었다. 촉한 궁중에는 음산한 구름이 덮여 있어 사뭇 슬픔을 자아내고 있는 것 같았다.

후주 유선 이하 문무백관은 상복을 입고 나와 맞았다.

공명의 유해는 정군산(定軍山)에다 안장하였다. 이날 궁중 상례를 거행하고 만백성이 제사를 올려 길이 명복을 빌었다.

후주가 궁중으로 돌아왔더니, 양의는 자기 손으로 자기 몸을 결박하고 나서 승낙도 없이 후퇴해 온 것을 사죄하였다.

후주는 좌우 측근자에게 명령하여 그 결박한 줄을 풀도록 명령하고, 양의에게 말하였다.

"만약에 경이 승상의 유명(遺命)을 완수해 주지 않았다면 영구가 무사히 돌아올 수도 없었을 것이고 위연을 거꾸러뜨릴 수도 없었을 것이오. 이 대사를 보전시킨 건 오로지 공의 힘이었소."

양의에게 중군사(中軍師)의 자리를 주고, 마대에게도 역적을 무찌른 공로로 즉석에서 위연의 작위를 그대로 내렸다.

양의가 공명이 임종시에 썼던 유표(遺表)를 올리니 후주는 그것을 다 보고 나서 또 한번 대성통곡을 하고 칙지(勅旨)를 내려 좋은 땅을 택해서 안장하도록 했다.

비위가 아뢰었다.

"승상께서는 임종시에 명령하시기를 정군산에 매장할 것과 벽

돌로 담을 쌓지도 말고 일체의 제물을 올리지도 말라고 하셨습니다."

후주는 그 말대로 하기로 하고, 그해 10월 길일을 택하여 친히 영구를 정군산에 모시어 안장했다. 또 후주는 조명(詔命)을 내려서 제사를 지내게 하고 시호를 충무후(忠武侯)라 했으며, 면양에 묘를 세우고 춘하추동으로 제사를 지내라 명했다.

후주가 성도로 돌아오자 근신 중 한 사람이 아뢰었다.

"변정(邊庭)의 보고에 의하면 동오에서 전종(全綜)에게 명령하여 병사 수만 명을 거느리고 파구(巴丘) 경계선에 주둔케 하였다 하옵는데, 무슨 의도인지 알 수 없다 합니다."

후주는 깜짝 놀랐다.

"승상이 세상을 떠난 지도 얼마 안 되는데 동오가 동맹을 어기고 경계선을 침범한다면, 이를 어찌하면 좋겠소?"

장완이 나서서 말했다.

"왕평과 장의에게 수만 명의 군사를 주어 영안(永安)에 주둔하면서 불시의 침공을 방비케 하심이 좋을까 합니다. 또 폐하께서는 사신을 동오로 보내시어 장례를 알리고 그 동정을 탐지하십시오."

"누구든 설변이 능란한 사람을 사신으로 보내야겠소."

말이 떨어지기가 무섭게 자진해서 나서는 사람이 있었다.

"소신이 가고자 합니다."

여러 사람이 바라보니 바로 남양(南陽) 안중(安衆) 사람 종예(宗預)였다.

그때 그의 벼슬자리는 참군우중랑장(參軍右中郎將)이었다.

후주는 크게 기뻐하며 즉시 종예에게 동오로 가서 장례를 알리고 허실을 탐지해 오라는 명령을 내렸다.

종예는 명령을 받고 금릉(金陵)으로 달려가서 오주 손권(孫權)을 만났다. 인사를 끝내고 보니, 좌우의 사람들이 모두 소복(素服)을 입고 있었는데 손권이 정색하면서 말했다.

"오나라와 촉나라는 이미 한집이나 다름없는데 경주(卿主)는 어찌하여 백제(白帝)에 수비를 견고히 하는 것이오?"

"신의 생각으로는 동쪽에서 파구의 수비를 견고히 하면, 서쪽에서 백제의 수비를 견고히 하는 것은 부득이한 일인가 합니다."

손권이 웃으면서 말했다.

"경은 먼저 우리나라에 왔던 사신 등지에 비해서 손색이 없는 사람인걸! 짐은 제갈 승상이 귀천하셨다는 소문을 듣자 매일 눈물을 흘렸고, 관료들에게 명령하여 빠짐 없이 거상을 입게 했소. 짐은 위나라 상사(喪事)의 틈을 노려서 촉나라를 침범하지나 않을까 걱정이 되어서 파구에 수병(守兵) 1만 명을 증원하여 구원하려고 한 것이지 별다른 뜻은 없었소."

종예는 일어나 몇 번 절을 하였다.

손권은 말을 이었다.

"짐이 이미 동맹을 승낙한 이상 어찌 의리에 배반함이 있겠소?"

"천자께서는 승상께서 돌아가신 지 얼마 안 되는지라 특히 소신에게 명령하시어 보상(報喪)하도록 하신 것입니다."

손권은 금비전 한 자루를 잡아서 꺾어 버리면서 맹세하였다.

"짐이 만약에 전의 맹약에 어긋나는 일을 할 때에는 자손이 절멸하리라!"

그리고 사신에게 명령하여 향백(香帛)을 가지고 예의를 갖추어 서천(西川)으로 조문의 제사를 지내도록 했다.

종예는 오주에게 감사의 절을 하고 오나라의 사신과 함께 성도로 돌아와서 후주를 만나 보고 아뢰었다.

"오주께서는 승상이 세상을 떠나시자 친히 눈물을 금치 못하셨고, 여러 신하들에게 모두 거상을 입도록 명령하셨다 합니다. 파구에 병력을 증원하신 것은 위나라 사람들이 허를 노리고 침범할까 걱정하신 것이며, 다른 뜻은 없으셨다고 화살을 꺾어서 맹세를 하셨고, 앞으로도 맹약에 어긋남이 없겠다고 하셨습니다."

후주는 크게 기뻐하여 종예에게 큰 상을 내리고 오나라의 사신을 후대하여 돌려보냈다.

그리고 공명의 유언에 의하여 장완을 승상 대장군에 승진시켜서 녹상서사(錄尙書事)를 삼고, 비위를 상서령(尙書令)에 승진시켜 장완과 함께 승상의 일을 다스리도록 했다.

그리고 오의를 거기장군(車騎將軍)에 승진시켜 한중을 총독케 하고, 강유를 보한장군(輔漢將軍) 평양후(平襄侯)에 봉하여 각처의 군사를 통솔케 하고, 오의와 함께 한중에 주둔하면서 위군의 침범을 막아내게 했는데, 그 밖의 장수들은 구직(舊職)대로 있게 했다.

양의는 임관된 햇수가 장완보다 오래 되었다고 생각하고 있었다. 그런데 자리는 장완보다 아래이며 또 자기의 공로를 높이 생각하고 있었는데 큰 상이 없었는지라 원망을 하면서 비위에게 이러한 말을 했다.

"지난날에 승상이 돌아가셨을 적에 내 군사를 전부 거느리고 위나라에 투항하였던들 오늘날같이 허전하지는 않았을 것을…."

비위는 이 말을 그대로 표로 작성해 가지고 후주에게 밀주(密奏)했다. 후주는 격노하여 양의를 투옥하고 심문하라고 명령했으며, 그의 목을 베려고 했다.

장완이 간하였다.

"양의가 비록 죄를 범했다 할지라도 승상을 모시고 많은 공로를 세웠으니 참하시면 안 됩니다. 서인으로 떨어뜨리심이 좋을까 합니다."

후주는 그의 말대로 양의를 서민으로 떨어뜨려서 한중 가군(嘉郡)으로 귀양살이를 보냈다. 양의는 수치스러움을 참지 못하여 스스로 목을 찔러 자살하고 말았다.

촉한 건흥 13년, 즉 위주 조예의 청룡(靑龍) 4년, 오주 손권의 가화(嘉禾) 10년이었다.

이 해에는 세 나라가 다 같이 군사를 동원하지 않았다. 위주의 이야기만 하자면, 그는 사마의를 태위에 봉하고 군마를 통솔시켜 각처 변경지대를 지키도록 했다.

사마의는 배사하고 낙양으로 돌아왔다. 위주 조예는 허창에 있으면서 토목을 총동원하여 궁전을 세우고 낙양에 조양전(朝陽殿)과 태극전을 건축하고 총장관(總章觀)도 세웠는데, 모두

그 높이가 10장이나 되었다.

또 숭화전(崇華殿)·청소각(青宵閣)·봉황루(鳳凰樓)·구룡지(九龍池)를 만들어서 박사 마균(馬鈞)에게 감사케 했는데 그 화려함이 비길 데 없고, 조각을 해서 빛나는 기둥, 푸른 기와, 금빛 벽돌이 햇볕에 반사되어 눈부시었다.

천하의 이름난 기술자 3만여 명과 백성 30여만 명이 밤낮을 가리지 않고 만들었는데 백성들이 기진맥진해서 원성이 끊일 사이가 없었다.

조예는 또 칙지를 내려서 방림원(方林園)에 토목공사를 시작했는데, 공경들까지 흙과 나무를 나르게 했다. 사도(司徒) 동심(董尋)이 표를 올려 간곡히 간하였다.

'엎드려 생각하옵건대, 건안 이래 야전에 사망하고 문호를 탕진한 사람이 무수하오며, 비록 생존한 자 있다 하지만 혼자 남은 사람들과 노약한 자뿐입니다. 이제 궁실이 협소하시어 넓히고자 하옵시면 마땅히 농사에 방해가 없는 때를 택하셔야 할 겁니다. 하물며 무익지물을 만드심에 있어서야… 폐하께서 군신을 높이 다루심에 있어서 관면(冠冕)을 씌우시고 문수(文繡)를 입히시고 화려한 수레에 타게 하심으로써 소인과 다르게 하시었사온데 이제 또 나무를 지고, 흙을 떠메어 몸과 발을 흙투성이로 만드시니, 나라의 빛을 더럽히시고 무익한 일을 숭상하심은 더 말할 것도 없는 일입니다. 공자께서 말씀하시길 '임군이 신하를 씀에 예로써 하고(君使臣以禮) 신하가 임군을 섬김에 충의로써 한다(臣事君以忠)'고 하셨사오니, 충도 예도 없이 나라가 무엇으로써 지탱해 나가겠습니까? 신이 이런 말씀을 여쭈면 반드시 죽을 줄 아오며, 스스로 몸을 소(牛)의 털 한 가닥에 비기오니 살아서 이로움이 없고 죽어도 손해가 없습니다. 붓을 잡으니 눈물이 앞을 가리오며 마음은 세상을 떠나갑니다. 신에게는 여덟 아들이 있사온데 신이 죽은 뒤에는 폐하께 폐를 끼치게 되겠습니다. 전율(戰慄)을 금치 못하오며 목숨을 다하기만 기다립니다.'

조예는 표를 다 읽고 나더니 격분했다.
"동심은 죽음도 무섭지 않다는 것이냐?"
좌우 측근자들이 명령을 내려서 참하라고 주청하였다.
"그자는 평소 충의의 마음이 컸으므로 우선 서인으로 떨어뜨려 두었다가 다시 망언을 하면 그땐 반드시 참하기로 하겠소!"
이때 태자의 사인(舍人) 장무(張茂)도 또한 표를 올려서 간곡히 간했다. 그러나 조예는 그를 참하고 그날로 마균(馬鈞)을 불러서 물었다.
"짐은 고대누각을 세워놓고 신선과 내왕하여 장생불로지법(長生不老之法)을 알고 싶소."
"한조 24제(帝) 가운데서 오직 무제께서만 향국(享國)이 가장 오래셨고 춘추가 극히 높으셨사온데, 이는 하늘 위의 일정월화(日精月華)의 기운을 잡수셨기 때문입니다. 장안 궁중에 백량대(柏梁臺)를 세우셨는데 대 위에는 한 동인(銅人)이 있고, 그 손에는 쟁반을 받들고 있었습니다. 이름하여 승로대(承露臺)라고 했습니다. 이것으로 밤 삼경에 북두에서 떨어지는 물을 받았는데 그 물을 이름하여 천장(天漿), 또는 감로라고 했습니다. 이 물을 받으셔서 미옥을 가루로 만들어 섞어 잡수시면 늙음을 물리치시고 젊어지실 수 있습니다."
조예는 크게 기뻐하였다.
"이제 그대는 인부를 데리고 밤을 새워서 장안에 이르러 그 동인을 떼다가 방림원(方林園)에 옮겨놓도록 해주시오."

마균은 명령을 받고 인부 1만 명을 인솔하고 장안으로 가서 백량대 주위에 나무시렁을 만들어 올리고 그 위로 올라가라고 명령했다. 그리고 시간을 지체치 않고 5천 명이 동아줄을 연결시켜서 그것을 붙잡고 빙글빙글 돌아서 그 위로 올라갔다.

그 백량대는 높이가 20장(丈), 구리기둥의 굵기가 열 발이나 됐다. 마균이 먼저 동인을 떼어 내게 하니 여러 사람들이 힘을 합쳐서 동인을 떼어냈다.

그런데 그 동인의 눈에서는 눈물이 줄줄 흘렀다. 모든 사람들이 깜짝 놀랐다.

홀연 대(臺) 언저리에서 일진의 광풍이 일어나더니 사석이 휘몰아쳐 나는데 마치 소나기가 퍼붓는 듯, 천지가 무너지는 듯한 괴상한 소리가 나더니 대가 기울어지고 기둥이 쓰러져 버렸다. 그래서 그 밑에 깔려서 죽은 사람이 1천여 명이나 되었다.

마균은 동인과 금반(金盤)을 떼어 운반해 가지고 낙양으로 돌아와서 위주를 만나 보고 그 동인과 승로반을 바쳤다.

조예는 그 동주를 깨뜨려서 낙양으로 운반해 와서 두 개의 동인을 만들어 옹중(翁仲)이라 불러서 사마문(司馬門) 밖에 늘어세웠다.

또 높이 4장(丈)이 되는 동룡(銅龍)과 높이 3장이 넘는 동봉(銅鳳)을 주조해서 전전(殿前)에 세웠다. 그리고 상림원(上林苑) 안에는 진기한 꽃과 아름드리 나무들을 심고 진기한 새와 짐승들을 모아들여서 키웠다.

소부 양부(楊阜)가 표를 올려 간하기를, 한가하고 편안하게 지내며 궁실만을 장식한다는 것은 반드시 위망의 화를 가져올 것이라고 했다.

조예는 이런 말에는 귀도 기울이지 않고 명령을 내려서 천하의 미인을 뽑아다가 방림원(方林園)에 두었다.

조예의 황후 모씨(毛氏)는 하내(河內) 사람으로서 전에 조예가 평원왕(平原王)으로 있을 때 가장 총애하다가 제위에 오르면서 황후로 책정한 사람이다.

그후 조예는 곽부인(郭夫人)을 총애하고 모 황후를 돌보지 않게 되었다. 곽 부인은 아름답고 총명해서 조예가 심히 사랑했고 매일 향락에만 도취해서 한 달 동안이나 내실에 틀어박혀 나오지 않곤 했다.

그해 3월에 방림원에 백화가 만개하여 조예는 곽 부인과 더불어 방림원에 나가 꽃구경을 하면서 술을 마셨다. 곽 부인이 어째서 황후를 불러내어 함께 즐기지 않느냐고 하니, 조예는 궁녀들에게 황후에게 알리지 말라고 했다.

그러나 어떤 환관 한 사람이 조예가 곽 부인과 함께 화원에서 꽃구경을 하고 있다는 사실을 모 황후에게 알리고 말았다.

조예는 그 사실을 알고 몹시 화가 나서 그 전날 꽃을 구경하던 자리에 있었던 궁녀들을 베고, 모 황후를 죽이고 곽 부인을 황후로 세웠다.

이때 유주 자사 관구검(毌丘儉)이 표를 올렸다. 이에 의하면 요동의 공손연(公孫淵)이 반란을 일으켜 연왕(燕王)이라 자칭하며 소한 원년(紹漢元年)이라 개원하고 궁전을 건축하고 군사를 일으켜 북방을 침범한다는 것이었다.

이에 조예는 공손연을 격퇴할 대책을 강구했다.

요동을 정벌하라

　공손연은 요동의 공손도(公孫度)의 손자 공손강(公孫康)의 아들이었다.
　건안 12년에 조조(曹操)가 원상(袁尙)을 추격하여 요동에 다다르기 전에 공손강이 원상의 목을 바쳤는지라 조조는 그를 양평후(襄平侯)에 봉하였다.
　공손강이 죽은 뒤에는 그의 장자 공손황(公孫晃)과 둘째 공손연이 모두 어렸으므로 공손강의 아우 공손공(公孫恭)이 그 관직을 계승했다.
　조비(曹丕)의 시절에는 공손공을 거기장군 양평후에 봉했다.
　태화(太和) 2년이 되자 공손연은 이미 장성하여 문무를 겸비하고 성품이 거칠며 싸움을 좋아해서 숙부 공손공의 직위를 빼앗고, 조예는 그를 양렬장군(揚烈將軍) 요동태수에 봉했다.
　그후 손권이 장미(張彌)와 허연(許宴)을 사자로 파견하여 요동에 금과 보석을 보내어 공손연을 연왕(燕王)에 봉하려고 하였다. 그런데 공손연은 중원을 두려워하여 장미와 허연 두 사자의 목을 베어서 조예에게 보냈다.

조예는 공손연을 대사마(大司馬) 낙랑공(樂浪公)에 봉했다.

공손연은 그것에 내심 만족하지 않고 수하의 여러 사람들과 상의하고 연왕(燕王)이라 자칭했으며, 연호를 소한 원년(紹漢元年)이라고 고쳤다.

부장 가범(賈範)이 간하기를, 중원에서 상공(上公)과 작(爵)으로 대접했는데 거기에 배반한다는 것은 이치에 맞지 않는다고 하자, 공손연은 가범을 결박해 놓고 목을 베려고 했다.

이때 참군 윤직(倫直)이 또 간했다.

"근자에 국내에는 괴상한 일이 가끔 일어나고 있습니다. 개가 두건을 쓰고 붉은 옷을 입고 사람의 집에 들어와서 사람과 같은 행세를 한다는 데 이런 일은 불길한 징조이니 주공께서도 불길함을 피하시고 가벼이 움직이지 않는 게 좋을까 합니다."

공손연은 더욱 격노하여 무사에게 명령해서 윤직과 가범을 결박하여 장바닥으로 끌어내서 목을 베어 버리게 했다. 그리고 대장군 비연(卑衍)을 원수(元帥), 양조(楊祚)를 선봉으로 삼고, 요동의 5만 군사를 동원하여 중원을 공략한 것이었다.

조예는 사마의를 불러들여서 상의했다. 그러자 자기에게 부하 마보 관군(馬步官軍) 4만 명이 있으니 아무 염려 없으며 공손연을 물리치려면 4천 리나 되는 먼 길이므로 왕복 1년은 걸리리라고 대답했다.

조예는 그동안에 오군과 촉군이 침범할 것을 걱정했으나 사마의는 거기에 대해서 이미 만반의 수비를 해서 견고히 지키도록 해놓았으니 안심할 수 있다고 하는지라 조예는 크게 기뻐하며 사마의에게 군사를 일으켜서 공손연을 토벌하라는 명령을 내렸다.

사마의는 호준(胡遵)을 선봉으로 삼고 전군을 거느리고 요동에 도착하여 진을 쳤다.

이것을 알게 된 공손연이 비연과 양조에게 군사 8만 명을 주어서 요수(遼隧)에 진을 치게 하니 비연은 20여 리나 되는 거리를 참호로 둘러싸고 높은 방책을 울타리처럼 둘러서 심히 엄밀한 방비를 했다.

호준이 이런 사실을 사마의에게 알리자 사마의는, 적군은 이곳에 총력을 집결하고 본거지는 텅 비어 있으리라는 판단으로 일거에 그곳을 습격하려고 샛길로 빠져서 양평(襄平)으로 달렸다.

공손연의 진지에서는 비연과 양조가 적군이 쳐들어오더라도 선뜻 덤벼서 싸우지 말고 그들이 원로에 지쳐 자빠지고 군량이 결핍해지기를 기다려서 기병(奇兵) 작전을 쓰자는 상의를 하고 있었는데, 돌연 위군이 남쪽으로 향했다는 정보가 날아들었다.

비연은 아연실색하여 양평의 본거지를 빼앗길까 당황하여 즉각 진지를 철수하고 사마의의 뒤를 추격했다.

사마의는 이 소식을 듣자 비연과 양조가 자기 계책에 떨어진 데 자못 만족감을 느끼면서 하후패와 하후위에게 명령하여 각각 일군을 거느리고 제수 강변에 매복해 있다가 요동의 군사가 나타나면 좌우에서 일제히 공격하도록 지시했다.

그것도 모르고 이곳에 달려든 비연과 양조는 왼편에서 하후패, 오른편에서 하후위의 맹공을 받게 되니 싸우고 싶은 생각도 없이 살 길을 찾아서 간신히 수산(首山)까지 도망을 쳤다.

마침 공손연이 군사를 거느리고 나타나는지라 다시 힘을 합쳐서 말머리를 돌려 가지고 위의 군사와 대결했다.

비연이 선뜻 나서서 호통을 치며 도전했으나 말을 몰아 칼을 휘두르며 달려드는 하후패와 맞닥뜨려 몇 합도 싸우지 못하고 하후패의 칼을 맞고 말 위에서 목이 날아가 버렸다.

요동의 군사가 뿔뿔이 흩어지니 하후패는 군사를 몰고 맹렬히 무찔렀다. 공손연은 패잔병을 거느리고 양평성으로 도주하여 성문을 단단히 잠그고 나오지 않았다.

위군의 병사들은 사방에서 성을 포위해 버렸다.

가을도 중턱으로 접어들면서 연일 퍼붓는 비는 한 달이 넘어도 그치지 않았다.

그러자 양평성을 포위하고 있는 사마의의 진지에서는 병사들 사이에 불평 불만이 자자했다.

물 속에 파묻혀서 잠도 제대로 잘 수 없었기 때문이었다.

좌도독 배경(裵景)이 병사들의 고충을 호소했으나, 사마의는 공손연을 금명간 붙잡을 터인데 무슨 소리냐고 호통을 칠 뿐이었고, 우도독 구련(仇連)은 진지를 높은 곳으로 옮기자고 간하다가 당장에 목이 달아나 버렸다.

어느 날 진군이 나와서 말했다.

"성을 공략하지도 않고 오랫동안 시궁창 속에 갇혀 계시면서 적군이 마음대로 나무를 자르고 소와 말을 먹이게 내버려 두시는 것은 무슨 까닭입니까?"

사마의는 웃으면서 말했다.

"그것은 병법을 모르는 소리요. 이번 싸움에서는 적군은 수효가 많고 우리 편은 수효가 적소. 억지로 공격을 가할 것 없이 저편에서 도주하기 시작했을 때 들이치면 될 게 아니겠소?"

사마의는 사람을 낙양으로 파견해서 군량을 공급해 달라고 재촉했다. 위주 조예가 조정에 나가서 상의하자, 여러 신하들은 병마가 피곤했을 것이니 사마의를 도로 불러 올리라고 했다.
 그러나 조예는 별로 걱정하지 않았다.
 "사마태위는 용병에 능하오. 임기응변을 잘하고 약은 수가 많으니 공손연을 잡는 것도 시일 문제일 것이오. 경들은 그다지 걱정할 것이 없소."
 조예는 여러 신하들이 간하는 말을 듣지 않고 사람을 파견하여 군량을 사마의의 군진에 공급해 주었다.
 며칠이 지난 뒤에 하늘이 맑게 개었다. 사마의는 밖으로 나와서 천문을 봤다.
 홀연 하나의 별이 곡식을 재는 말만큼이나 큰데 꼬리를 몇 장(丈)이나 되게 길게 뽑더니 수산 동북쪽에서 양평 동남쪽으로 떨어지는 것이 보였다.
 각 진영의 장사들은 놀라지 않는 사람이 없었다.
 사마의가 기뻐하며 좌우의 여러 장수들을 바라보며 말했다.
 "닷새 후에는 별이 떨어진 곳에서 반드시 공손연의 목을 베게 될 것이오. 내일은 성을 맹렬히 공격해 봅시다."
 여러 장수들은 사마의의 명령대로 날이 밝기가 무섭게 군사를 거느리고 사방에서 몰려들어 토산(土山)을 쌓아올리고, 포대를 만들고, 높은 사닥다리를 장치해서 주야 분별없이 맹공을 가하니 성 안에서도 화살을 빗발치듯 퍼부었다.
 공손연은 성 안에 있으면서 군량도 다 떨어졌으므로 소와 말을 잡아먹게 되니, 사람마다 원성이 자자하고 누구나 수비에 힘쓸 생각은 않고 공손연의 목을 베어 가지고 성을 내주고 투항할 마음뿐이었다.
 이런 눈치를 챈 공손연은 당황하여 어쩔 줄 모르며 급히 상국(相國) 왕건(王建), 어사대부(御史大夫) 유보(柳甫)를 시켜 위군의 영채로 가서 투항을 제의하라고 했다.

두 사람은 줄을 타고 성 아래로 내려와서 사마의를 만나 보고 연락을 취했다.

"태위께서는 지금 20리만 뒤로 물러가 주십시오. 우리 군신이 자진해 와서 투항하겠습니다."

사마의는 화를 벌컥 내었다.

"공손연이 친히 오지 않다니 그게 될 말이냐?"

무사에게 호통을 쳐서 두 사람을 끌어내어 목을 베게 하고, 그 목을 종인에게 주어서 돌려보냈다.

종인이 돌아가서 이런 사실을 보고하니, 공손연은 대경실색하고 또다시 시중 위연(衛演)을 위군의 영채로 파견했다.

사마의가 정면에 앉아 있고 여러 장수들이 좌우로 늘어서 있는 가운데 위연은 무릎을 꿇고 엉금엉금 기어 들어가서 장하에 꿇어앉았다.

"태위께서는 서운한 마음을 가라앉히십시오. 그 일을 작정하여 먼저 세자 공손수(公孫修)를 인질로 보내옵고, 그후에 군신이 스스로 몸을 묶고 나와서 투항하겠습니다."

"군사에는 다섯 가지 중요한 점이 있다. 싸울 수 있으면 싸우는 것이고, 싸울 수 없으면 지키는 것이고, 지킬 수 없으면 달아나는 것이고, 달아날 수 없으면 항복하는 것이고, 항복할 수 없으면 죽는 것뿐이다. 아들을 인질로 보낼 필요가 무어란 말이냐?"

공손연에게 돌아가서 이렇게 말하라고 호통을 쳐서 위연을 돌려보냈다. 위연은 돌아와서 공손연에게 사실대로 아뢰었다.

공손연은 대경실색하며 즉각 아들 공손수와 밀의한 결과 인마 1천을 뽑아 가지고 그날 밤 이경쯤 되어서 남문을 열어젖히고 동남쪽으로 달아났다.

　공손연은 사람의 그림자가 보이지 않는지라 크게 기뻐했는데, 10리도 못 가서 홀연 산 위에서 포성이 울리고 고각(鼓角)이 일제히 울리더니 한 떼의 군사가 앞을 가로막는데 맨 가운데 서 있는 것이 바로 사마의였고, 왼편에 사마사, 오른편에 사마소가 버티고 서서 소리쳤다.

　"반적아! 꼼짝 말고 게 있거라!"

　공손연은 깜짝 놀라서 말머리를 돌리고 길을 찾아서 도망을 쳤다. 그러나 호준의 군사가 재빨리 대들어서 왼편으로부터 하후패와 하후위, 오른편으로부터 장호와 악림이 덤벼들며 사면을 철통같이 포위해 버렸다.

　공손연 부자는 말에서 내려 항복하는 도리밖에 없었다. 사마의가 말 위에서 여러 장수들을 둘러보면서 말했다.

　"내가 며칠 전날 밤 병인일(丙寅日)에 여기서 큰 별이 떨어지는 것을 보았더니 오늘밤, 임신일(壬申日)에 그 말대로 됐소!"

　여러 장수들이 치하하였다.

　"태위께서는 정말 신기를 갖고 계십니다!"

　그러자 사마의가 목을 베라고 명령을 내리니 공손연 부자는 얼굴을 서로 마주 대하고 죽어버렸다.

　사마의는 군사를 거느리고 양평으로 향했는데 미처 성 아래에 도착도 하기 전에 호준이 전군을 인솔하고 성 안으로 쳐들어갔더니, 백성들은 향불을 피우고 맞아들임으로써 위군의 병사는 전군 무사히 입성하였다.

　사마의는 아문(衙門)에 앉아서 공손연의 일족과 그를 따른 관료 임원을 모조리 죽여 버렸는데, 그 목이 도합 70여 두였으며 방을 내붙여서 백성들을 안정시켰다.

누군지 사마의에게 말하였다.

"가범과 윤직은 공손연에게 모반을 해서는 안 된다고 애써가며 간했기 때문에 공손연의 손에 죽었습니다."

이렇게 말하는지라 사마의는 그들의 무덤을 정중히 돌봐주고 자손들에게 벼슬을 주었다. 창고 안에 있는 재물로 3군에게 상을 내리고 군사를 철수하여 낙양으로 돌아왔다.

위주 조예는 어느 날 밤 궁중에 있었는데 밤이 삼경이나 되어서 홀연 일진의 음풍이 일더니 등불이 꺼져 버렸다. 그리고 모황후(毛皇后)가 난데없이 수십 명의 궁인을 거느리고 통곡하며 대들어서 목숨을 도로 돌려보내라고 야단을 쳤다.

조예는 이 일 때문에 병이 나서 병세가 날로 위중해지는지라, 광록대부 유방(劉放)과 손자(孫資)에게 명령하여 추밀원의 일체 사무를 다스리게 하고, 또 문제의 아들 연왕 조우(曹宇)를 불러서 대장군을 삼아 태자 조방을 보좌하여 섭정토록 하려고 했다.

그런데 조우는 위인이 벼슬에 욕심이 없는 인물이라 대임을 맡으려고 하지 않고 굳이 사양하며 받지 않았다.

조예가 유방과 손자를 불러서 물어 보았다.

"종족 안에서 누가 이 임무를 맡을 만하오?"

그러나 두 사람은 조진의 은혜를 입은 사람이었는지라 선뜻 대답을 못했다.

"조진의 아드님 조상(曹爽)이 이 대임을 맡을 만합니다."

조예는 그들의 의견을 받아들였다. 그러자 두 사람은 또다시 말했다.

"조상을 기용하신다면 연왕은 귀국케 하심이 좋을까 합니다."

조예는 곧 승낙하였다.

두 사람은 즉시 조명을 내리게 해 가지고 연왕에게로 가서 권고했다.

"천자께서 수조(手詔)로써 연왕께 귀국하라 하시니 즉일 떠나시길 바랍니다. 조명이 없는 동안에 입조하시면 안 됩니다."

연왕 조우(曹宇)가 눈물을 흘리면서 떠나간 다음, 조상을 대장군에 봉하고 조정의 정사를 총괄하게 했다.

조예는 병세가 점점 더 위중해지자 급히 칙사를 보내 즉시 사마의를 조정으로 불러 올리도록 하였다.

사마의가 허창(許昌)으로 달려와서 위주를 알현하니, 조예는 태자 조방, 대장군 조상, 시중 유방, 손자 등을 어탑 앞으로 불러 세우고 사마의의 손을 잡으며 간곡하게 말했다.

"옛날에 유현덕은 백제성에서 병이 위독했을 때, 어린 아들 유선을 제갈공명에게 부탁했고, 공명은 죽을 때까지 충성을 다했소. 편방(偏邦)에 있어서도 그러했거늘 하물며 우리 대국이야! 짐의 유자(幼子) 나이 겨우 8살이니 사직을 돌보지 못할 것이므로 태위와 종형, 원훈(元勳) 구신들이 힘써 서로 보필해서 짐의 마음에 어긋남이 없도록 해주기 바라오."

또 조방을 보고 말했다.

"중달은 짐과 한몸이니 남달리 극진히 공경해라!"

사마의에게 명령하여 조방을 앞으로 불러 세우니, 조방은 사마의의 목을 얼싸안고 놓지 않았다.

조예는 이어서 말을 했다.

"태위, 이 어린것이 오늘날 성을 이렇게 좋아하는 정리를 잊어버리지 말도록 해주오."

조예는 말을 마치자 눈물이 비오듯 하니 사마의도 눈물을 흘리는데, 위주는 정신이 아물아물하여 입으로 말을 하지 못하며, 손으로 태자를 가리킬 뿐이더니 얼마 안 되어서 숨이 지고 말았다.

재위 13년에 향년 36세였다. 때는 위나라 경초(景初) 3년 정월이었다.

사마의와 조상은 지체없이 태자 조방을 황제의 자리에 세웠다. 조방은 자가 난경(蘭卿), 조예가 얻어다 기른 자식이었다. 궁중 깊숙한 곳에서 자라났기 때문에 그의 출생에 대한 자세한 것을 아는 사람이 없었다.

조방은 조예에게 명제(明帝)라는 시호를 올리고 고평릉(高平陵)에 매장했으며, 곽 황후(郭皇后)를 존경하여 황태후로 모시고, 정시(正始) 원년이라고 연호를 고쳤다.

사마의와 조상이 정사를 보좌하게 됐는데, 조상은 사마의를 극진히 공경하고 국가의 일은 무엇이나 사전에 그에게 알리곤 했다.

조상은 자를 소백(昭伯)이라 하며 어렸을 적부터 궁중에 출입했었다.

조예는 그의 조심성 많은 성품을 좋아해서 극진히 사랑했었다. 그의 문하에는 식객이 5백 명이나 됐는데, 그 중에 다섯 사람은 경박한 것을 좋아해서 서로 마음이 통하고 있었으니, 바로 하안(何晏)과 등우(鄧禹)의 후예인 등양·이승(李勝)·정밀(丁謐)·필궤(畢軌) 등이 그들이었다.

하안이 조상에게 이르렀다.

"주공의 대권은 남에게 맡기셔서는 안 됩니다. 후환이 있을까 걱정입니다."

"사마공(司馬公)과 나는 다같이 선제께서 유주를 부탁하신다는 명령을 받은 몸이니 어찌 그를 배반하겠소?"

"과거의 선공(先公)께서 중달과 촉군을 격파하실 때, 누차 이 사람 때문에 화가 나셔서 돌아가셨는데, 주공께서는 왜 그것을 생각지 못하십니까?"

조상은 선뜻 깨닫고 여러 관원들과 상의한 결과 위주 조방에게 건의하였다.

"사마의는 공이 높고 덕이 중하오니 태부(太傅)로 승진시킴이 좋을 듯합니다."

그러자 조방이 그말대로 승낙하여, 이때부터 모든 병권은 조상의 수중으로 들어가게 됐다. 그는 아우 조희(曹羲)를 중령군(中領軍), 조훈(曹訓)을 무위장군(武衛將軍), 조언(曹彦)을 산기상시(散騎常侍)에 임명하고, 각기 어림군(御林軍) 3천 명을 주어서 궁중에 무상 출입케 했다.

또 하안・등양・정밀을 상서(尚書), 필궤를 사예교위, 이승(李勝)을 하남윤(河南尹)으로 기용해서 이 다섯 사람과 더불어 낮이나 밤이나 정사를 상의했다.

한편, 사마의는 병을 핑계하고 집 안에 틀어박혀 나오지 않았고 그의 두 아들들도 관직을 버리고 한가히 지내고 있었다.

조상은 연일 하안 등과 술을 마시는 것이 큰 즐거움이었고, 의복에서 집기에 이르기까지 조정이나 다름없게 꾸미고 살았다.

각처에서 진상하는 진기한 물건을 먼저 좋은 것을 자기가 뽑아 가지고 나머지를 궁중으로 들여보냈다. 가인미녀가 부원(府院)에 가득 찼으며, 황문관(黃門官) 장당(張當)은 조상에게 아첨하느라고 선제의 시첩 7, 8명을 제멋대로 뽑아서 부중(府中)으로 들여보냈다.

조상은 또 가무에 능한 양가 자녀 3, 40명을 뽑아서 집안에 두고 즐겼으며, 중루화각(重樓畫閣)을 건축하고 금은 집기를 만드느라고 소문난 기술자 수백 명을 주야로 동원시켰다.

　하안과 등양 두 사람은 평원의 관로란 사람이 유명한 역자로 수술(數術)에 능함을 알고 한번 그를 청하여 운수를 점쳐달라고 했다. 그랬더니 관로가 남의 말을 잘 듣고 예의에 어긋나는 일을 하지 않아야 삼공(三公)에 승진할 수 있으리라고 하자 관로를 미친놈이라고 일소에 붙여 버린 일이 있었다.

　조상은 가끔 하안·등양과 사냥을 잘 나갔다.

　아우 조회가 항시 국가의 대권을 장악하는 사람이 사냥만 나갔다가 그 틈에 만일의 일이 발생하면 수습할 수 없을 것이라고 권고했지만, 조상은 병권이 자기 수중에 있다는 것만 믿고 아우의 말도 또 사농 환범(桓範)의 간언도 통 받아들이지 않았다.

위주 조방은 정시(正始) 10년을 가평 원년(嘉平元年)으로 고쳤다. 조상은 대궐을 장악한 이래로 사마의의 소식을 몰라서 궁금하던 차에, 위주가 이승을 형주 자사에 임명했는지라 기회가 좋다 생각하고 그를 사마의에게 파견하여 동정을 살피고 오라고 했다.

눈치 빠른 사마의는 이승이 나타났다는 보고를 받고 두 아들들을 불러 말했다.

"이는 필시 조상의 지시로 나의 병세를 탐지하러 왔을 것이다."

사마의는 급히 관을 벗어 버리고 머리를 풀어 흐트러뜨린 다음 침상 위에 이불을 뒤집어쓰고 앉아서 두 아들의 부축을 받으면서 이승을 불러들였다.

이승이 무슨 말을 해도 사마의는 딴전만 부렸다. 마치 말을 못 알아듣는다는 것 같았다. 이승이 머뭇거리며 말했다.

"소생이 형주 자사의 임명을 받아서 인사도 여쭐 겸…."

"뭐라고, 병주에서 왔다고?"

"병주가 아니라 형주 말입니다."

"잘 모르겠는걸! 종이와 붓을 가져오너라!"

이승이 글씨로 써서 보이자 그제서야 알아듣는 척했다.

"나는 병 때문에 귀까지 멀어서… 이번에 그곳으로 떠나가시거든 자중해서 일이나 잘 보시오."

사마의는 손으로 입을 가리키는 것이었다. 시비가 국을 앞으로 내밀었더니 사마의는 입으로 받아 마시려다가, 흘려서 옷깃만 적시고 마는 것이었다. 그러고는 침상에 쓰러져서 숨이 차서 헐

떡헐떡 괴로워했다.
　이승이 사마의와 작별하고 조상에게로 돌아와서 이런 동정을 일일이 자세하게 보고했더니 조상은 깜짝 놀라면서도 기뻐서 어쩔 줄 몰라했다.
　"그 늙은 것이 죽어 버렸으면 나는 아무 걱정도 없겠는데!"
　사마의는 이승이 돌아가자 몸을 벌떡 일으키며 두 아들에게 말했다.
　"이승이 이번에 돌아가서 이런 소식을 전하면 조상이 반드시 나를 꺼려하던 마음이 없어질 게다. 그가 성 밖으로 나가서 사냥을 할 때 처치해 버려야겠다."
　며칠 안 되어서 조상은 위주 조방에게 고평릉에 나가서 선제의 제사를 지내자고 했다.
　대소 관료들이 모두 성가(聖駕)를 따라서 성 밖으로 나왔다. 조상이 세 아우와 심복인 하안을 거느리고 어림군으로 성가를 호위시키며 앞으로 나가고 있을 때, 사농 환범이 말고삐를 움켜잡고 서서 말했다.
　"주공께서는 궁중의 병사를 통솔하시는 분이시니 형제분이 모두 성 밖에 나오시는 것은 좋지 않습니다. 성 안에서 변고가 생기면 어찌 하시렵니까?"
　그러나 조상은 채찍으로 환범을 가리키고 호통을 쳤다.
　"누가 감히 변고를 일으킨단 말인가? 두번 다시 그 따위 소리를 함부로 지껄이지 마라!"
　사마의는 그날 조상이 성 밖으로 나왔다는 것을 알자 내심 크게 기뻐하며 즉각 옛날 적군을 격파하던 수하의 사람들과 가장(家將) 수십 명과 두 아들을 거느리고 말 위에 올라 조상을 모살하려고 달려나왔다.

사마의는 조상이 아우 조희·조훈·조언과 심복부하 하안·등양·정일·필궤·이승 등과 어림군을 인솔하고 위주(魏主) 조방을 따라서 성밖으로 나가 명제의 묘에 참배하고 나서 곧 사냥을 나갔다는 소식을 듣자 크게 기뻐하며 당장에 성 안으로 달려갔다.

사도(司徒) 고유(高柔)에게 절월(節鉞)을 준 것처럼 꾸며 가지고 대장군의 직무를 대행해서 우선 조상의 영(營)을 점령케 했다.

또 태복(太僕) 왕관(王觀)에게 명령하여 중령군의 일을 대행해서 조희의 영을 점령하도록 하였다. 그리고 나서 사마의는 구관들을 거느리고 후궁으로 들어갔다.

그는 곽 태후에게 간하기를 조상이 선제께 부탁을 받은 은혜를 저버리고 간사한 소행으로 나라를 어지럽게 하므로 그 죄를 물어 마땅히 그의 직무를 폐해 버리는 수밖에 없다고 신주했다.

곽 태후가 깜짝 놀라며 말했다.

"천자께서 밖에 계신데, 그런 말을 했댔자 어찌할 도리가 없지 않소?"

그러자 사마의는 거듭 얘기했다.

"신에게는 천자께 표를 올려서 간신을 주멸할 수 있는 좋은 계책이 있사오니 태후께서는 조금도 걱정하지 마십시오."

태후는 이렇게 말하는 사마의의 위력에 눌려서 겁을 집어먹고 그가 하자는 대로 하는 수밖에 별도리가 없었다.

사마의는 시급히 태위 장제(蔣濟)와 상서령 사마부를 시켜서 함께 표를 작성케 하고 황문관(黃門官)을 파견하여 성 밖으로 나가서 천자 앞에 그것을 신주하도록 했다.

그리고 사마의 자신은 대군을 인솔하고 무고(武庫)를 점령해 버렸다.

이런 사실을 재빨리 조상의 집으로 알린 사람이 있었다.

조상의 아내 유씨(劉氏)는 급히 대청 앞으로 나와서 수부관(守府官)을 불러 물어 봤다.

"지금 주공께서 밖에 계신데 중달이 군사를 동원하고 있으니, 이는 무슨 의도요?"

수문장 반거(潘擧)가 말하였다.

"부인께서는 걱정하시지 마십시오. 소생이 나가서 알아보고 오겠습니다."

반거는 궁노수(弓盧手) 수십 명을 거느리고 망루로 달려 올라갔다. 그곳에 서서 바라보자 마침 사마의가 군사를 거느리고 부(府) 앞을 지나쳐 가려 하고 있을 때였다.

반거가 부하를 시켜서 화살을 빗발치듯 퍼붓게 하니 사마의는 그 앞을 지나갈 수 없어 꼼짝 못하고 서 있게 됐다.

이때 편장(偏將) 손겸(孫謙)이 달려나와 뒤에서 가로막았다.

"태부는 국가의 대사를 맡아 보고 있는 분이니 활을 쏘시면 안 됩니다."

이렇게 연거푸 세 차례나 말렸더니 반거가 그제야 활쏘기를 중지하는지라 사마소는 부친 사마의를 호위하며 그 앞을 지나 군사를 인솔하고 성 밖으로 나와서 낙하에 주둔하면서 부교를 지키고 있었다.

한편 조상의 수하에 사마(司馬)로 있는 노지(魯芝)는 성 중에 변고가 발생한 것을 알자 참군 신폐(辛?)와 상의했다.

"이제 중달이 이렇게 변란을 일으키고 있으니 어찌하면 좋겠소?"

그러자 신폐가 황황히 말했다.

"본부병(本部兵)을 거느리고 성 밖으로 나가서 천자께 알현하고 연락해 드려야겠소."

노지가 그 말이 옳다고 하니 신폐는 급히 후당으로 뛰어갔다. 그의 누이 헌영(憲英)이 그를 보더니 물었다.

"너는 도대체 무슨 일이 있기에 이다지도 당황해하느냐?"

신폐는 솔직이 대답했다.

"천자께서는 성 밖에 계신데 태부가 성문을 잠가 버렸으니 이는 반드시 역을 꾀하려는 것 같소."

누이 헌영이 말했다.

"사마공(사마의)은 반드시 반역을 꾀하자는 것은 아닐 게다. 조장군을 죽여 버리려는 생각에서겠지."

신폐가 깜짝 놀라며 말했다.

"일을 어찌하면 좋겠소?"

그러자 헌영은 침착하게 말했다.

"조장군은 사마공의 적수가 될 수가 없을 것이니 반드시 패할 것이다."

"노사마가 함께 나가자고 하는데 가도 좋을지 모르겠소."

신폐는 헌영을 바라보았다.

"자기 직책을 지킨다는 것은 사람으로서의 대의다. 무릇 사람이 곤경에 빠졌을 때 구출해 줌이 당연한 일이다. 맡은 직책이 있는데 그것을 포기한다는 것은 두말할 것 없이 옳지 못한 일이다."

신폐는 누이 헌영의 말대로 노지와 함께 수십 기를 인솔하고 관을 무찌르고 성문 밖으로 빠져나왔다.

이 소식을 사마의에게 알린 사람이 있었다. 사마의는 환범까지 달아나지나 않나 걱정이 되어 곧 사람을 시켜서 그를 불렀다.

환범이 그의 아들과 상의하였다.

"천자께서 밖에 계시니 남쪽으로 나가시는 게 좋겠습니다."

환범은 아들의 말대로 즉각 말에 올라 평창문(平昌門)으로 달려갔다. 성문은 이미 잠가졌으나 파문장은 바로 환범 밑에 있던 옛 관리 사번(司潘)이었다.

환범은 소맷자락에서 죽판을 꺼내더니 그것을 내밀었다.

"태후의 조명이시다. 지체치 말고 어서 성문을 열어라!"

그러나 사번은 꼼짝도 하지 않은 채 말했다.

"조명을 좀 똑똑히 검사해 봅시다."

환범은 호령했다.

"그대는 나의 밑에 있던 적이 있지 않았는가? 어찌 감히 그 따위 소리를 하느냐?"

사번은 어쩔 수 없이 성문을 열어 주어 통과시켰다.

환범은 성밖으로 나오자 사번을 보며 큰 소리로 외쳤다.

"태부가 반역을 꾀하고 있으니 그대도 나를 따르라!"

사번은 그제서야 깜짝 놀라서 뒤쫓아가서 붙잡으려 했으나 그럴 만한 겨를이 없었다.

이런 사실을 사마의에게 알린 사람이 있었다. 사마의가 대경실색하였다.

"지혜의 주머니가 뺑소니를 쳐 버렸구나. 이 일을 어찌 하면 좋을까?"

그러자 장제(蔣濟)가 나서며 말했다.

"노마(駑馬)는 콩의 맛을 언제나 잊지 못하는 법이오. 반드시 기용해 주지 않을 것이오."

사마의는 그 자리에서 허윤(許允)과 진태(陳泰)를 불렀다.

"그대들은 조상에게로 가서 그를 만나 보고, 태부는 별다른 일을 생각하고 있는 게 아니라, 단지 조상 형제들의 병권만을 내놓도록 하자는 것이라고 말해 주시오.”

 허윤과 진태가 자리를 물러나자 또다시 전중교위 윤대목(尹大目)을 불러들여 장제에게 편지를 쓰게 하더니 그것을 윤대목에게 주면서 조상을 만나 보고 전달하라고 했다.

 그리고 또 말했다.

 “그대와 조상은 교분이 두터운 사이이니 이 임무를 맡아 줄 수 있을 것이오. 그대는 조상을 만나 보거든, 나와 장제가 단지 병권 때문에 그러는 것이지 다른 의사는 아무것도 없다는 것을 누누이 설명하고 맹세할 수 있다는 말을 전해 주시오.”

 윤대목은 명령을 받고 자리에서 물러갔다.

 조상이 매를 날리고 개를 달리게 하며 사냥에만 열중하고 있을 때였다. 홀연 성 안에서 변고가 발생했으며 태부가 표를 올렸다는 보고가 들어오는 것이었다.

 그는 어찌나 놀랐던지 하마터면 말에서 떨어질 뻔했다.

황문관은 천자의 앞에 꿇어앉아서 표를 올렸다. 조상은 표를 받아서 근신에게 주고 읽으라고 했다.

그의 표의 사연은 대강 이러하였다.

'정서대도독(征西大都督) 태부(太傳), 신 사마의는 황송하기 이를 데 없는 마음으로 고개 숙여 삼가 이 표를 올립니다. 신이 옛적에 요동으로부터 돌아오자 선제께서는 폐하, 진왕 그리고 소신을 어상(御牀)에 가까이 부르시어 소신의 손을 잡으시고 후사를 심히 걱정하시었습니다. 그러하온대 이제 대장군 조상이 고명을 잊고 나라를 혼란케 하오니 군법으로 다스려야 하겠기에, 낙수 부교에 군사를 주둔시키고 비상사태를 사찰하고 있습니다.'

조상 삼형제의 투항

 위주 조방은 표를 읽는 것을 끝까지 다 듣고 나더니, 어찌 했으면 좋겠느냐고 조상에게 물었다.
 그러나 조상 역시 당황한 나머지 선뜻 말을 꺼내지 못하였다.
 '사마의의 꾀에는 공명도 당해 내지 못했으니 우리 형제가 모두 항복하고 목숨이나 살려 달라고 해야 하지 않겠나.'
 조상은 속으로 이렇게 생각하고 있었다.
 그때 참군 신폐와 사마 노지가 달려들며 사마의가 철통 같은 방비를 하고 있으니 시급히 대계를 결정하라고 다시 서둘렀다.
 그래도 조상은 묵묵부답이었다.
 또 사농 환범이 나서며 천자를 허도로 옮기시게 하고 군사를 동원하여 사마의를 토벌하자고 해도 조상은 눈물만 흘릴 뿐 도무지 결단을 내리지 못하는 것이었다.
 얼마 있다가 시중 허윤과 상서령 진태가 나섰다.

"태부께서는 장군의 임무가 너무 무거우신지라 병권만을 거두어들이시려는 것이며, 다른 생각은 없으시니 장군께서는 시급히 성 안으로 돌아가십시오."

두 사람이 이렇게 말해도 조상은 역시 묵묵부답이었다.

이때 전중교위 윤대목이 나타났다.

"태부께서는 다른 뜻이 없으시다는 것을 하늘에 두고 맹세하셨습니다. 장태위(蔣太尉)의 서신이 여기 있습니다. 장군께서는 병권을 빨리 넘기시고 상부로 돌아가십시오."

조상이 이 말에 솔깃하는 눈치를 보이는지라 환범이 나서며 말했다.

"사태는 급박합니다. 남의 말을 들으시고 사지에 임하시지 않도록 하십시오."

그날 밤 조상은 결단을 내리지 못하고 궁리만 할 뿐이었다. 그러나 날이 밝을 때까지 눈물만 흘리고 결국은 아무런 작정도 하지 못했다.

환범이 나타나서 물었다.

"밤새껏 생각하였으니 무슨 영단을 내리셨습니까?"

"나는 군사를 일으키지 않겠소. 벼슬을 버리고 부가옹(富家翁)으로 지내기만 하면 족하오."

"조자단은 스스로 지모를 뽐냈는데 이 삼형제는 모두 돼지새끼 같은 놈들이구나!"

환범은 대성통곡했다.

허윤과 진태가 인수(印綬)를 사마의에게 넘겨 주라고 했더니, 조상은 두말 없이 내놓았다.

주부 양종(楊綜)이 울면서 손에 매달렸다.

"주공! 오늘날 병권을 버리시고 스스로 몸을 묶으시어 투항하시면 동시(東市)에서 살육을 면치 못하실 겁니다."

"태부는 반드시 나한테 몸을 맡기지 않을 것이오."

조상은 인수를 허윤과 진태에게 주어 사마의에게 전했다.

사마의는 조상 삼형제를 우선 사택으로 돌아가게 하고, 나머지 사람들은 모두 감금해 놓고 칙지를 기다리라고 했다.

조상 삼형제가 성 안으로 들어왔을 때에는 그들을 따르는 사람이 하나도 없었다.

환범이 부교 근처까지 왔을 때 사마의는 말 위에서 채찍을 높이 휘두르면서 말했다.

"어쩌다가 그 지경이 됐소?"

환범은 묵묵히 머리를 수그리고 성 안으로 들어설 뿐이었다.

사마의는 천자에게 영을 거두어서 낙양으로 옮겨가도록 주청하고, 조상 형제 세 사람이 집으로 돌아간 뒤에는 큼직한 자물쇠로 문을 잠가 버렸다.

그리고 마을 백성 8백 명을 시켜서 조상의 집을 포위하고 지키도록 했다.

조상은 답답함을 금할 길 없었으나, 사마의가 사람을 파견하여 양식 1백 곡을 보내 준 다음부터는 '사마공은 본래 나를 죽이려는 마음은 없었구나' 하고는 걱정 없이 나날을 보내게 되었다.

사마의는 황문관 장당(張當)을 잡아서 투옥하고 문죄한 결과 하안·등양·이승·필궤·정밀 등 다섯 사람이 공모했다는 사실을 알게 되었다. 그래서 하안 등을 붙잡아서 심문했더니 모두 3월 중에 반란을 일으킬 작정이었다고 자백했다.

사마의는 그들의 목에 큰칼을 씌웠다.

또 성문의 수장 사번이 환범이 태후의 명이라 사칭하고 성 밖으로 나가서 태부가 모반했다는 말을 퍼뜨렸다고 보고하는지라 환범도 투옥해 버렸다.

그후 얼마 안 되어서 조상 형제 세 사람과 그 밖의 연루자들을 모조리 시조에 끌어내어 목을 베어서 그 삼족을 멸하게 했다.

그리고 그들이 소유했던 가산 재물을 하나도 남기지 않고 국고에 집어넣었다.

이때 조상의 종제 문숙(文叔)의 아내는 바로 하후령(夏侯令)의 딸이었는데, 젊어서 과부가 되었고 소생도 없었다. 부친이 개가를 시키려고 했으나 이 여자는 자기의 귀를 자기 손으로 베어 버리고 다시 시집가지 않기로 맹세를 했다.

조상이 주살된 후에 이 여자의 부친은 또다시 개가를 시키려고 했는데 이번에는 제 손으로 제 코를 베어 버렸다.

집안 사람들이 모두 깜짝 놀랐다.

"인생이 세상에 태어남이 마치 가벼운 티끌이 풀 위에 깃들어 있는 이슬이나 마찬가지인데, 뭣 때문에 이다지 자신을 괴롭히느냐? 또 남편의 집안이 사마씨에게 모조리 주살되었는데 누구를 위해 이렇게 절개를 지킨다는 것이냐?"

그 과부는 울면서 말했다.

"제가 듣건대, 인자는 성쇠에 따라 절개를 변치 않고 의자는 존망으로써 마음을 변치 않는다 합니다. 조씨 집안이 성하였을 때에도 깨끗이 종신하려 했거늘 하물며 그 집안이 멸망한 오늘날에 어찌 나의 절개를 버릴 수 있겠습니까? 이는 금수와 같은 소행이니 제가 어찌 그런 짓을 하겠습니까?"

사마의는 이 말을 전해 듣고 감격해 마지않았다. 사마의가 조상을 죽이고 난 뒤였다.

그런 후에 태위 장제가 좌우를 돌아보며 말했다.

"노지와 신폐는 성문지기와 싸우고 뛰쳐나왔으며, 양종은 인수(印綬)를 내놓지 않도록 방해했으니 모두 그대로 둘 수 없습니다."

"그들도 각각 그들의 주인을 위해서 한 노릇이니 의인이라 할 수 있소."

사마의는 각각 그들을 구직에 그대로 있게 했다.

이때 신폐가 탄식하며 말하였다.

"내 그때 나의 누이에게 의견을 물어 보지 않았던들 대의를 잃어버릴 뻔했군!"

사마의는 신폐와 그 밖의 몇 사람의 죄를 용서하고 방문을 내붙여서 여태까지 조상의 문하에 있던 모든 사람의 사죄를 면해 줄 것과 벼슬에 있었던 자는 구직대로 복직시킬 것을 다짐했기 때문에 군민은 각각 가업에 충실하게 되었고 내외가 안정을 회복했다.

하안과 등양 두 사람이 비명에 죽은 것은 과연 저 유명한 역자 관로의 예언이 들어맞았다고 할 만한 일이었다.

위주 조방은 사마의를 승상에 봉하고 구석을 내려주려고 했는데, 사마의는 굳이 사양하고 받지 않았다.

조방은 끝까지 사마의의 의사를 받아들이지 않고, 결국 그들 부자 세 사람에게 국사를 맡아 보도록 했다.

이때 사마의는 홀연 생각하는 바가 있었다. 비록 조상의 온 집안을 주살해 버렸다고는 하지만 아직도 하후패가 옹주(雍州) 등지를 수비하고 있었다.

그 역시 조상의 친족이니 만약에 불시에 변란을 일으킨다면 막아낼 도리가 없으므로 미리 처치해 버려야겠다는 것이었다.

즉각 조명을 내리게 해서 사신을 옹주로 파견하여 정서장군(征

西將軍) 하후패에게 의논할 일이 있으니 연락을 받는 즉시 낙양으로 올라오라고 했다.

하후패는 이 말을 듣자 대경실색하여 당장 본부병 3천 명을 거느리고 반란을 일으켰다.

옹주자사 곽회는 하후패가 반란을 일으켰다는 보고를 받자, 즉시 본부병을 인솔하고 달려와서 하후패와 교전하게 되었다.

곽회는 말을 몰아 달려나오면서 큰 소리로 외쳤다.

"네놈은 대위의 황족으로서 천자께서도 너를 섭섭히 대하신 일이 없거늘 무슨 까닭으로 배반하는 거냐?"

그러자 하후패 역시 큰 소리로 대꾸했다.

"나의 조부께서는 국가에 많은 공로를 세우셨는데 이제 사마의란 놈은 도대체 뭐하는 놈인데 우리 조씨의 종족을 멸하고 또 나까지 멸하려 하는 거냐? 놈은 조만간 제위를 찬탈할 것이다. 나는 대의를 위하여 적을 토벌하려는 것이다. 이것이 어째 배반이란 말이냐?"

곽회가 격분하여 창을 휘두르며 말을 몰고 곧장 달려드니, 하후패도 칼을 휘두르며 말을 몰아서 덤벼들었다.

겨우 10여 합도 싸우지 못하고 곽회가 도주하니 하후패는 뒤를 추격했다.

별안간 후군(後軍)에서 동요의 기색이 보이는지라 하후패는 뒤돌아섰다. 진태가 일군을 거느리고 달려드는지라 곽회도 되돌아서서 다시 덤벼들었다.

하후패는 전후로 협공을 받게 되어서 병사의 태반을 상실하고 어찌할 도리가 없는지라 한중으로 도주하여 후주에게 투항했다.

강유는 이 보고를 받자 하후패가 속이는 것이나 아닌가 해서 의심하다가 사람을 파견하여 자세히 심문해 보고 입성을 승낙했다.

하후패는 강유를 만나서 눈물을 흘리며 자초지종을 자세히 이야기했다.

그러자 강유가 말했다.

"옛날에 미자(微子)는 주(周)나라로 망명하여 만고에 명성을 떨쳤소. 공이 한실을 도와서 바로잡고자 한다면 이는 옛 사람에게 부끄러울 바 없는 일이오."

주연을 베풀어서 하후패를 대접했는데, 강유가 자리에 앉으며 물었다.

"그래, 현재 사마의 부자는 중권을 장악하고 우리를 넘겨다 볼 생각을 하고 있다는 말이오?"

"아닙니다. 그 늙은 간신이 반역을 꾀한 지 얼마 안 되어서 외부 일을 생각할 겨를이 없습니다. 그러나 위나라에는 지금 쟁쟁한 신예 두 사람이 있습니다. 만약에 그들이 병마를 거느리게 된다면 실로 오와 촉의 큰 우환이 될 것입니다."

"그 두 사람이란 누구요?"

"한 사람은 현재 비서랑으로 있는 영천 장사 사람 종회(鍾會)이온데, 태부 종유의 아들로 어렸을 때부터 대담하고 총명하여 사마의와 장제가 다같이 그 재간을 아끼는 인재이오. 또 한 사람은 등애(鄧艾)이온데, 이 사람은 어렸을 적에 부친을 잃었으나 평소부터 큰 뜻을 품고 지리를 익혀 어디다 둔병할 수 있고, 어디다 군량을 둔적할 수 있고, 어디다 군사를 매복할 수 있다는 것을 가리킬 수 있어서 모든 사람이 웃어 버렸지만 오직 사마의만은 그 재간을 기특히 여겨서 마침내 군기(軍機)에 참여시키고 있는 재인입니다. 또 이 등애란 사람은 말을 더듬어서 언제나 말을 하려면 '에, 에, 에…' 소리를 많이 하기로 유명한데 그 기지는 당할 사람이 없을 만큼 놀라운 바가 있습니다."

강유는 일소에 붙이고 말았다.

"그런 어린 위인들이 무엇이 그리 대단하겠소?"

강유는 하후패를 데리고 성도로 가서 후주를 알현하였다.

그리하여 이제 한중에는 군사도 훈련이 되었고 식량도 풍족하게 되었으니, 왕사(王師)를 인솔하고 하후패를 향도관(嚮導官)으로 내세우고 중원을 공략하여 한실을 부흥시켜 보고 싶다고 했다.

그러자 상서 비위가 말했다.

"근자에는 장완과 동윤이 모두 세상을 떠났으니 경솔히 움직이지 마시고 때를 기다림이 좋겠소."

그러나 강유는 자기 주장을 꺾지 않고, 설사 중원을 회복시키지 못할지라도 농산(隴山) 서쪽만이라도 점령하고 말겠다고 고집했다.

후주도 몇 번 만류했으나 워낙 그 뜻이 강경해서 강유의 의사대로 맡겨 버리는 수밖에 없었다.

결국 강유는 조명을 받들고 하후패와 한중으로 달려와서 출병 준비를 하게 되었다.

그해 가을 8월에 강유는 촉장 구안(句安)과 이흠에게 각각 1만 5천의 군사를 주어서 국산(麴山) 앞으로 나가 성을 연결시켜 쌓아올리게 하였다. 그리고 동성(東城)은 구안이, 서성(西城)은 이흠이 지키도록 했다.

염탐꾼에 의하여 이런 정보를 입수한 옹주 자사 곽회는 시급히 낙양으로 연락을 취하는 동시에 부장 진태에게 군사 5만 명을 거느리고 촉병과 교전케 했다.

구안과 이흠이 진태와 대결하고 싸웠으나 워낙 병력이 부족하여 감당치 못하고 성 안으로 후퇴해 버리니 진태는 사면으로 공격을 가하면서 양도마저 끊어 버렸다.

이에 구안과 이흠은 군량에 곤란함은 말할 것도 없고 성이 높직한 곳에 자리잡고 있는지라 식수에도 쩔쩔 매게 되었다.

그런데도 강유의 원군은 도착하지 않는 것이었다. 이흠은 견디다 못해서 불과 수십 기를 거느리고 강유에게 연락을 취하려고 성 밖으로 뛰쳐나왔다.

적군의 포위망을 결사적으로 돌파했을 때에는 몸에는 중상을 입었고, 수하의 병사들은 모두 난군 중에서 죽었으며, 단기로 서쪽 산으로 향하는 샛길을 달리고 있었다.

이틀 동안이나 줄곧 말을 몰아가다가 다행히 저편으로부터 달려드는 강유의 인마와 마주치게 되었다.

이흠은 말에서 내려 땅에 꿇어 엎드리고 보고했다.

"국산의 두 성은 위군에게 포위당했는데, 식수가 끊어져서 꼼짝도 못하고 있습니다. 다행히 눈이 많이 내려서 그것을 녹여 물 대신 마시고 있으나 아직 며칠이나 갈지 모릅니다."

강유는 싸움을 거들어 시급히 달려가고 있었으나, 집결시키려고 한 강병(羌兵)이 도착하지 않아서 지연된 것이라고 말하고, 사람을 이흠에게 딸려서 서천(西川)으로 가서 병을 치료하도록 떠나보내 놓고는 하후패와 대책을 상의했다.

"강병은 아직 도착하지 않았는데 위군의 병사가 국산을 포위하여 사태가 심히 급박하니, 장군에게 무슨 고견이 없소?"

하후패가 대답했다.

"강병이 도착하기를 기다리다가는 두 성이 모두 함락당하고 말 것입니다. 내 생각 같아서는 옹주의 군사들이 모조리 국산을 공격하러 동원됐기 때문에 옹주성은 텅 비었을 것이니 장군께서는 군사를 인솔하시고 시급히 우두산(牛頭山)으로 출동하시어 옹주의 배후를 치십시오. 곽회와 진태가 반드시 뒤돌아 서서 옹주를 구원하러 달려갈 것이니 국산의 포위진은 저절로 풀어질 것입니다."

"그 계책이 가장 좋겠소."

강유는 매우 기뻐하면서 군사를 거느리고 우두산을 향하여 달려갔다.

한편 진태는 이흠이 성 밖으로 뛰쳐나온 것을 보자 곽회에게 간했다.

"이흠이 만약에 급박한 사태를 강유에게 알리면 강유는 우리 편 대군이 모두 국산에 있는 줄 알고 반드시 우두산을 공략해서 우리의 배후를 습격할 것입니다. 장군께서는 일군을 거느리고 조수를 점령하시어 촉병의 양도를 끊으십시오. 나는 군사의 절반을 나누어 가지고 우두산을 습격할 것입니다. 그들은 양도가 끊어진 줄 알면 필연코 저절로 달아나 버릴 것입니다."

곽회는 그 말대로 일군을 거느리고 조수를 살며시 점령하러 갔고, 진태는 일군을 거느리고 우두산으로 달려갔다.

강유가 우두산에 다다르니 홀연 앞에 있는 군사들 사이에서 고함소리가 일어나며 위군의 병사가 앞길을 가로막았다는 보고가 들어왔다. 강유가 당황하여 말을 몰아 군전에 나서 보았더니 진태가 큰 소리로 외쳤다.

"네놈이 우리 옹주를 습격하려고! 내 오랫동안 기다리고 있었다."

강유가 격분하여 창을 휘두르며 말을 몰아 곧장 쳐들어가니 진태도 칼을 휘두르며 덤벼들었다. 그러나 3합도 못 싸우고 감당할 수 없어서 도주하니, 강유는 군사를 몰고 그대로 무찌르며 진격을 계속했다.

옹주의 군사들은 산꼭대기로 도주해 올라가서 진을 쳤고, 강유는 우두산 기슭에 진을 쳤다. 그리고 연일 군사를 동원해서 도전했지만 쉽사리 승부가 나지 않았다.

"이곳은 오래 머무를 곳이 못 됩니다. 연일 교전을 해도 승부가 나지 않는 것은 적군의 유병책(誘兵策)이니 일단 후퇴해서 딴 방법을 강구하는 게 좋겠습니다."

하후패가 강유에게 이렇게 상의하고 있을 때였다.

홀연 곽회가 일군을 거느리고 조수로 나와서 양도를 끊었다는 정보가 날아들었다. 강유는 하후패에게 전군을 명령하고 자기는 후군이 되어서 후퇴를 시작했으나 벌써 진태는 군사를 오로로 나누어 가지고 추격을 했다.
 그리고 곽회의 군사까지 달려오는지라 강유는 수하 병사의 태반을 상실하고 간신히 몸을 뛰쳐 양평관으로 도주했다.
 이때 또 앞을 가로막는 일대의 군마가 있었다. 선두에서 호통을 치는 장수는 바로 사마의의 맏아들인 표기장군 사마사였다.
 강유도 격분하여 맞섰다.
 "어린 놈이 감히 나의 귀로를 막다니!"
 사마사는 칼을 휘두르며 덤벼들었다. 강유는 3합을 싸우는 동안에 사마사를 물리쳐 버리고 몸을 뛰쳐 양평관으로 달려갔다.
 성 위의 사람들이 얼른 문을 열고 나와서 강유를 맞아들였다.
 사마사도 또다시 달려들어 관을 습격했다. 이때 양편에서 일제히 화살을 쏘아대니 일노(一弩)에서 화살이 열 개씩 날았다.
 이것이 바로 무후(武侯)가 임종시에 남기고 간 연노법(連弩法)이었다.

 강유는 도주하다가 군사를 거느리고 앞을 가로막는 사마사와 맞닥뜨리게 되었다.
 알고 보면 강유가 옹주를 공략했을 때 곽회가 조정으로 비보를 전했기 때문에 위주가 사마의와 상의한 결과 사마의의 맏아들 사마사에게 병력 5만을 주어서 옹주로 달려와서 싸움을 거들도록 한 것이었다.
 사마사는 곽회가 촉군을 물리친 줄 알고 촉군 병사의 기세가 수그러졌으려니 했기 때문에 도중에서부터 공격을 가해서 곧장 양평관까지 쳐들어간 것이다. 그런데 강유가 무후(武侯)가 물려준 연노법을 써서 양편으로 연노 1백여 장(張)을 숨겨두고 일노(一弩)에 열 자루의 화살을 쏘아대고 또 그것이 모두 독약칠을 한 화살이었는지라, 전군(前軍)에서는 사람이건 말이건 화살에 맞아 죽은 것이 부지기수였다.

사마사도 난군 중에서 간신히 목숨을 건져 도주했다.

한편 국산 성중에 있던 촉장 구안은 원병이 도착하지 않는지라 성문을 열고 위군에 투항해 버렸다.

강유는 군사 수만 명을 거느리고 패잔병을 수습해 가지고 한중으로 돌아갔다. 사마사도 낙양으로 철수했다.

가평(嘉平) 3년 가을, 8월이 되었다.

사마의는 병세가 위독해지자 자기의 운명이 다함을 알고 두 아들을 탑전(榻前)에 불러 다음과 같이 말했다.

"나는 다년간 위나라를 섬겨서 태부의 관직을 받았고, 인신지위(人臣之位)로서는 최고에 달했었다. 사람들은 모두 내가 딴 마음이나 있나 해서 이상한 생각들을 하니 나는 항시 겁이 났다. 내가 죽은 뒤에는 너희들 둘이서 국정(國政)을 잘 다스려라. 만사에 조심해야 된다."

사마의는 말을 마치고는 조용히 눈을 감았다.

맏아들 사마사와 둘째아들 사마소가 위주 조방(曹芳)에게 신주했더니, 조방은 그의 공을 생각하여 정중히 제장(祭葬)을 지냈고, 또한 후한 선물과 시호를 내렸다.

사마사를 대장군에 봉하여 상서기밀(尙書機密)의 대사를 총령(總領)케 하고, 사마소는 표기상장군에 임명했다.

한편 오주 손권(孫權)에게는 서부인의 소생인 태자 손등(孫登)

이 있었는데 오나라 적오(赤烏)
4년에 죽었는지라, 왕부인의
소생인 둘째아들 손화(孫和)를 태자로 세웠다.
　손화는 손권의 맏딸 전공주와 화목하지 못했기 때문에 공주의 중상을 받았고, 손권은 거들떠보지도 않았다.

손화가 원한을 품은 채 세상을 떠난 다음 세째아들 손양(孫亮)이 태자로 뒤를 이었다. 손양은 반부인의 소생이었다.

이때에는 육손도 제갈근도 모두 세상을 떠난 뒤였고, 대소 사무는 제갈각(諸葛恪)이 맡아 보았다.

태화 원년(太和元年), 가을 8월 1일이었다.

홀연 사나운 바람이 일더니 강해에 파도가 용솟음치고 평지에도 수심이 8척이나 되었고, 오주(吳主) 선릉에 심은 송백까지 모조리 뿌리가 뽑혀져서 건업성(建業城) 남문 밖으로 날아가 길 위에 거꾸로 박힐 지경이었다.

손권은 어찌나 놀랐던지 이때부터 병이 들었다.

이듬해 4월이 되자 병세가 위중하여 태부 제갈각과 대사마(大司馬) 여대(呂岱)를 탑전에 불러들여 앞일을 부탁하고는 그대로 세상을 떠나고 말았다.

재위(在位) 24년에 향년 71세였다. 바로 촉한 연희(延熙) 15년이었다.

손권이 죽자 제갈각은 송양(孫亮)을 제위에 올리고 천하에 대사령을 공포하고 건흥 원년(建興元年)이라 연호를 고쳤으며, 손권에게 대황제라는 시호를 올려서 장릉(蔣陵)에 매장했다.

세작(細作)이 이런 사실을 탐지하고 낙양에 보고했다. 사마사는 손권이 죽었다는 소식을 듣자, 즉각 군사를 동원하여 오나라를 토벌하려고 했는데 상서(尙書) 부하가 간하였다.

"오나라는 장강의 험준한 지세를 지니고 있어서 선제께서도 누차 정벌하셨으나 뜻을 이루지 못하셨습니다. 각각 변강(邊彊)을 지키고 있는 게 상책일 듯합니다."

"자연은 30년이면 한 번씩 변하는 것이오. 언제까지나 황제가 정립(鼎立)하여 대치하겠소? 나는 오나라를 토벌할 것이오."

사마소도 이에 맞장구를 쳤다.

"이제 손권이 죽은 지 얼마 안 되고, 손양이 나이 어리니 이 틈을 타서 공격함이 좋겠소."

정남대장군 왕창(王㫸)에게 명령하여 군사 십만을 거느리고 동흥(東興)을 공격케 하고, 진남도독 관구검(?丘儉)에게 명령하여 군사 십만을 거느리고 무창(武昌)을 공격케 하였다.

또, 정동장군 호준(胡遵)에게 명령하여 군사 십만을 거느리고 남군(南郡)을 공격케 하여 삼로로 군사를 동원하고, 아우 사마소를 대도독으로 파견하여 삼로군마(三路軍馬)를 통솔케 했다.

그해 겨울 10월이었다.

사마소는 동오(東吳) 변계에 가서 인마를 주둔시키고 왕창·호준·관구검을 장중으로 불러들여 계책을 상의했다.

"동오에서 가장 긴요한 지점은 동흥군(東興郡)뿐이오. 이제 그들은 큰 제방을 쌓아올리고 성을 양편으로 쌓아올려서 소호(巢湖)가 후면 공격을 받을까 방비하자는 것이니, 제공은 똑똑히 알아둬야 하오."

사마소는 이렇게 말하고 왕창과 관구검에게 명령하여 군사 1만을 거느리고 좌우로 진치고 정세를 관망하다가, 동흥군(東興郡)을 공략하게 되거든 일제히 군사를 몰라고 했다.

그들 두 사람이 명령을 받고 물러나가자 사마소는 호준을 선봉으로 하고 삼로병(三路兵)을 통솔하고 전진하면서 먼저 부교를 놓고, 동흥(東興)의 제방을 점령하고, 좌우 두 성을 공략하라고 명령했다.

호준은 군사를 거느리고 즉각 부교를 놓으러 나갔다.

한편, 오나라 태부 제갈각은 위군이 삼로로 갈라져서 쳐들어온다는 소식을 듣자, 여러 장수들을 모아놓고 대책을 상의하자 평북장군 정봉(丁奉)이 말하였다.

"동흥은 동오의 긴요한 지점이니 만약에 이곳을 상실한다면 남군과 무창까지도 위태롭게 될 것입니다."

"나의 생각도 그러하오. 공은 수병 3천 명을 거느리고 강으로 떠나 주시오. 나는 뒤쫓아서 여거(呂據), 당자(唐咨), 유찬(劉纂)에게 명령하여 마보병(馬步兵) 1만을 거느리고 삼로로 거들게 하겠소. 연주포 소리를 듣거든 일제히 진격하도록 하시오. 나는 나대로 대군을 인솔하고 뒤쫓아가리다."

정봉은 명령을 받자, 즉각 수병 3천 명을 30척의 배에 분승시키고 동흥으로 달렸다.

한편 호준은 부교를 건너서 제방 위에 군사를 주둔시켜 놓고, 환가(桓嘉)와 한종(韓綜)에게 나가서 두 성을 공격하게 했다. 왼쪽 성에는 오나라 대장 전역이 오른쪽 성에는 유략(劉略)이 지키고 있었는데, 이 두 성은 높고 험준하고 견고해서 맹렬한 공격을 가해도 함락시킬 수가 없었다.

전역과 유략 두 장수는 위병의 세력이 대단한 것을 알자, 감히 나와서 싸우지 못하고 성지를 사수할 뿐이었다.

호준은 서주(徐州)에 진을 치고 있었다. 때마침 엄동이어서 눈이 퍼부었다. 호준은 여러 장수들과 연석을 마련하고 흥겹게 즐기고 있었는데, 홀연 강 위에 전선(戰船) 30척이 나타났다는 보고가 날아들었다.

호준이 영채를 나와서 살펴보니 강변으로 다가오는 배 위에는 한 척에 겨우 1백여 명밖에 없었다.

장중으로 돌아와 여러 장수들을 독려했다.

"불과 3천여 명밖에 안 되는데 뭐가 두렵겠소!"

부장을 내보내 탐색케 하고 여전히 술을 마셨다. 정봉은 배를 강 위에 한일(一)자로 늘여놓자 부장들에게 일렀다.
"대장부로 태어나서 공명을 세울 날은 바로 오늘이다!"
정봉은 여러 군사들에게 의갑과 투구를 벗고 단도만을 갖도록 지시했다.
위군의 병사들은 그것을 보고 웃음을 참지 못하며 더군다나 아무런 준비도 하지 않았다.
이때 연주포 소리가 세 번 울렸다. 정봉이 단도를 손에 들고 앞장을 서서 언덕 위로 껑충 뛰어오르니, 군사들도 단도를 들고 정봉을 따라 언덕으로 올라와 위군의 영채로 쳐들어갔다.
위병은 미처 손을 쓸 틈이 없는지라 한종(韓綜)은 장전(帳前)의 대극을 뽑아 막으려고 했으나 때는 이미 늦어 땅바닥에 거꾸러지고 말았다.
환가가 왼편으로부터 뛰쳐나와 선뜻 창을 던져 정봉을 찌르려는 찰나에 정봉이 재빠르게 창 자루를 움켜잡으니 환가는 창을 버리고 달아났다. 그러나 정봉이 던진 칼이 왼편 어깨에 꽂혀서 뒤로 자빠지고 말았다.
정봉은 대뜸 달려들어서 창을 들어 환가를 찔러 죽였다.
오병 3천 명은 영채 속에서 좌충우돌했고, 호준은 재빨리 말을 타고 길을 찾아 달아났다. 위군의 병사들은 부교로 달려갔지만 부교는 이미 끊어졌고, 태반이 강물에 떨어져 죽었다.
마차·마필(馬匹)·군기는 모조리 오군에게 뺏겼다.
사마소·왕창·관구검도 동흥 싸움에 패했다는 것을 알자 군사를 수습해서 후퇴했다.
제갈각은 군사를 거느리고 동흥에 이르러 배에서 내려 병사들을 위로해 주고 여러 장수들을 모아놓고 말했다.

"사마소가 싸움에 패하여 북쪽으로 돌아갔으니 이 기세를 그대로 밀고 나가서, 중원을 공략해야겠소."

한편 사람을 파견해서 촉나라로 서신을 보내어 강유에게 군사를 일으켜 북쪽을 공격해 주면 천하를 똑같이 분배하겠다는 내용의 연락을 취하고, 또 한편으로는 대군 20만을 동원하여 중원을 토벌할 계획을 세웠다.

막 떠나려고 하는데 한 줄기 흰 기운이 땅 속에서 뻗치더니 3군을 휘감아 돌아 서로의 얼굴을 알아볼 수가 없었다. 이때 장연(蔣延)이 말하였다.

"이 흰 기운은 흰 무지개로, 군사를 상실할 징조이니 태부께서는 위나라를 토벌할 생각은 그만두시고 조정으로 돌아가심이 좋겠습니다."

이 말을 듣더니 제갈각은 격분하였다.

"네놈이 어찌 감히 그 따위 불길한 소리를 해서 우리 군심을 흐트려 놓으려고 하느냐?"

무사에게 목을 당장 베어 버리라고 호통쳤다.

여러 사람들이 목숨만은 살려 주라고 간곡히 말하는지라, 제갈각은 장연의 직위를 깎아서 서인으로 떨어뜨리고 나서 군사를 빨리 몰고 전진했다.

정봉이 나와서 말했다.

"위군은 신성(新城)을 가장 중요한 거점으로 삼고 있으니, 만약에 먼저 이 성만 점령할 수 있다면 사마소는 자연히 물러날 것입니다."

제갈각은 크게 기뻐하며 즉각 군사를 몰고 신성으로 곧장 쳐들어갔다. 성을 지키는 아문장군(牙門將軍) 장특(張特)은 오나라 병사가 몰려드는 것을 보자 문을 잠그고 단단히 버티었다.

제갈각은 사면에서 성을 포위해 버렸다. 이런 사실을 유성마(流星馬)가 재빨리 낙양으로 보고했다.
　주부 우송(虞松)이 사마사에게 전하였다.
　"제갈각이 신성을 포위했다지만, 당장 싸울 필요는 없습니다. 오군의 병사들은 먼 곳에서 왔으니, 사람은 많고 식량은 적어서 식량이 떨어지면 저절로 달아날 것입니다. 그들이 달아나기를 기다려서 공격을 가하면 반드시 전승할 수 있습니다. 그러나 촉군의 병사가 변경을 침범할지도 모르니 방지하여야 합니다."
　사마사는 그 말이 옳다 생각하고, 사마소에게 명령하여 일군을 거느리고 곽회를 거들어서 강유를 막아내게 하고, 관구검과 호준에게 오군의 병사를 막아내도록 했다.
　한편 제갈각은 몇 달을 두고 신성을 공격했으나 도무지 함락시킬 수 없는지라, 여러 장수들에게 태만한 자는 목을 베겠다는 명령을 내렸다.
　마침내 대장들이 있는 힘을 다하여 맹공을 가하니 성 동북쪽이 함락 직전으로 위태해졌다.
　장특은 성 안에서 한 가지 계책을 생각해냈다. 언변이 좋은 사람 하나를 시켜서 책적(冊籍)을 받들고 오군의 영채로 가서 제갈각을 만나 다음과 같이 말하게 했다.
　"우리 위나라의 법으로는 적군이 성을 포위했을 때, 수성장(守城將)이 1백 일을 꿋꿋이 지켜내도 구원병이 나타나지 않을 때에는 성문을 열고 나가 적군에게 항복하더라도 그 장수의 가족은 죄로 다스리지 않습니다. 이제 장군께서도 성을 포위하신 지 이미 수십여 일이 되셨으니 며칠만 더 그대로 계신다면 우리 주장(主將)이 군민을 모조리 인솔하고 성 밖으로 나가서 투항할 것입니다. 우선 책적을 올려 둡니다."

제갈각은 이 말을 그대로 믿었기 때문에, 군마를 거둬들이고 성을 공격하지 않았다. 알고 보니 장특은 성을 공격하지 않고 장기전을 써서, 오군의 병사를 속여서 물러나가게 하고 성중의 집들을 헐어서 성벽의 파괴된 곳을 수축하고, 그것이 끝나자 또다시 성에 올라서서 호통치며 꾸짖는 것이었다.

"우리 성에는 아직도 반 년은 먹을 양식이 있다. 오나라 같은 놈들에게 항복할 까닭이 있느냐? 싸울 테면 얼마든지 싸워보자!"

제갈각은 격노하여 군사를 몰고 성을 들이쳤다. 성 위에서는 화살이 빗발치듯 날아왔다. 화살 한 자루가 제갈각의 이마 위에 정통으로 꽂혔다. 그는 말 위에서 여지없이 떨어지고 말았다.

여러 장수들이 부축해서 영채로 돌아갔으나 상처가 가볍지 않았다. 군사들은 저마다 싸우고 싶은 마음은 없어지고, 또 날씨가 혹독하게 더워서 병이 나는 군사가 많았다.

제갈각은 상처가 어느 정도 아물자, 군사를 몰고 다시 성을 공격하려고 했다. 그러자 영리(營吏)가 나서며 말렸다.

"모두가 병들어 있는데, 어떻게 싸움을 하실 작정이십니까?"

이에 제갈각이 격노하여 말했다.

"두 번 다시 병이니 뭐니 하는 놈은 목을 베어 버릴 테다."

여러 군사들 중에는 이 말을 듣고 도망쳐 버린 사람이 많았다.

홀연 보고가 들어오는데, 도독 채림(蔡林)이 본부군을 거느리고 위군에 투항해 버렸다는 것이었다. 제갈각은 대경실색하여 친히 말을 타고 각 영(營)을 순찰했다. 과연 군사들의 얼굴이 모두 부어 있고 병색이 완연한지라 드디어 군사를 수습해 가지고 곧장 오나라로 돌아갔다.

이런 사실을 세작(細作)이 재빨리 관구검에게 연락했다. 관구검이 경각을 지체하지 않고 군사를 몰아 추격하니, 오군의 병사들은 대패하여 돌아갔다.

제갈각은 심히 부끄럽게 생각하여 병을 핑계로 조정에 나오지 않았다. 오주 손양은 친히 그의 집으로 찾아가서 문안을 드렸고, 문무 관료들도 모두 문병을 갔다.

제갈각은 사람들의 여론을 두려워하여 먼저 여러 관장들의 과실을 조사해서 경한 자는 변방으로 쫓고, 중한 자는 목을 베어 여러 사람들 앞에 보였다.

내외 관료들 중 부들부들 떨지 않는 사람이 없었다.

제갈각은 또 심복장수 장약(張約)과 주은(朱恩)에게 어림군을 통솔시켜 자기의 수족을 만들었다.

제갈각이 장약과 주은에게 어림군의 통솔권을 맡기자, 손준(孫峻)이 자기의 권한이 박탈되었음을 알고 극도로 격분했다.

손준은 바로 손견(孫堅)의 아우 손정(孫靜)의 증손이요 손공(孫恭)의 아들이었다.

마침내 손준은 태상경(太常卿) 등윤과 결탁하여 제갈각을 없앨 흉계를 꾸몄다. 손준과 등윤이 이런 의사를 밀약하고 제갈각이 전권으로써 공경(公卿)을 살해하고 엉뚱한 야심을 품고 있다는 사실을 설명하자 오주 손양이 말했다.

"짐도 그 사람을 보면 무서워서 견딜 수 없소. 항시 그를 제거하고 싶었지만 그럴 기회가 없었소. 이제 경들이 과연 충의의 마음이 있다면, 아무도 모르게 처치해 주오."

등윤이 꾀를 내기를 천자를 시켜서 제갈각을 주연에 초청하고, 무사들을 벽 속에 매복시켜 두었다가 술잔을 집어던지는 것을 신호로 그 자리에서 죽여 버리기로 하자는 것이었고, 손양도 그것을 승낙했다.

제갈각은 병 핑계를 하고 집 안에 틀어박혀서 우울한 나날을 보내고 있었다. 하루는 우연히 중당으로 나갔더니, 홀연 한 사람이 베옷을 입고 들어섰다.

제갈각이 소리쳐 꾸짖었더니 그 사람은 깜짝 놀라 어쩔 줄을 몰라했다. 제갈각이 잡아들여서 고문을 하자 그 사람은 벌벌 떨며 말했다.

"소생은 부모님들께서 돌아가신 지 얼마 안 되어, 스님을 청하여 추천해 드리려고 성 안에 왔다가 이곳이 사원인 줄 알고 들어왔습니다. 태부님의 부중인 줄은 꿈에도 생각지 못했습니다. 어쩌다가 저도 여길 들어오게 됐는지 잘 모르겠습니다."

제갈각은 격노하여 문을 지키던 군사들과 그 사람을 당장에 목을 베어 버렸다.

그날 밤 제갈각은 도무지 잠을 이룰 수 없었다. 홀연 정당 안에서 벼락 치는 것 같은 소리가 들렸다.

제갈각이 나와서 살펴봤더니 대들보의 중턱이 딱 부러져서 양편으로 흔들흔들하는 것이었다.

깜짝 놀라 침실로 돌아왔더니 홀연 일진의 음풍이 일고 베옷을 입었던 사람과 문을 지키던 군사 수십 명이 저마다 머리를 내밀고 목숨을 도로 돌려보내라고 하는 것이었다.

제갈각은 얼이 다 빠져서 그 자리에 쓰러졌다가 한참 만에야 정신을 차렸다.

이튿날 아침에 세수를 하려니까 물에서 피비린내가 나는지라, 시비를 불러 수십 번이나 물을 갈아 떠오라고 했지만 그 피비린내는 없어지지 않았다.

제갈각이 놀랍기도 하고 이상하기도 해서 어쩔 줄을 모르고 있을 때, 홀연 천자에게서 사신이 왔다 하며 주연에 나오라는 것이었다. 거장(車仗)을 준비하고 부에서 나오려고 했을 때, 황견 한 마리가 옷자락을 물고 멍멍 짖어대는 폼이 흡사 울고 있는 것만 같았다.

제갈각이 격노해서 주위를 돌아보며 말했다.

"개까지도 사람을 알아보고 조롱하는구나!"

제갈각은 노발대발하며 측근자에게 명령하여 개를 몰아 버리고 부중을 나왔다.

몇 발자국을 가지도 않았는데, 수레 앞에서 한 줄기 흰 무지개가 비단발처럼 솟구쳐 오르더니 하늘을 무찌르고 사라져 버렸다.

제갈각이 이상하게 여기고 있을 때, 심복 장수 장약이 앞으로 나서며 귀에다 대고 말했다.

"오늘 궁중에 연석을 베푼 것은 무슨 까닭이 있는 것 같으니 주공께서는 경솔히 나가시지 마십시오."

제갈각은 이 말을 듣고 수레를 되돌려서 돌아오려고 했으나 그때는 벌써 손준과 등윤이 말을 타고 수레 앞에 나타났다.

제갈각은 배가 아파서 못 가겠다는 핑계까지 했으나, 결국 궁중으로 끌려가지 않을 도리가 없었다.

술이 몇 순배 돌아갔을 때, 오주 손양은 일이 있다는 핑계를 하고 먼저 자리를 떴다. 손준이 그 뒤를 따라서 내려가더니 긴 옷을 벗었는데, 단의(短衣) 속으로는 갑옷이 내다보이며, 손에는 날카로운 칼을 잡고 다시 뛰어올라가 호통을 쳤다.

"천자께서 역적을 주살하라는 조명을 내리셨다!"

제갈각은 대경실색하며 술잔을 땅에 던지고 칼을 뽑아서 대항하려고 했지만 그때에는 벌써 그의 목이 먼저 땅바닥에 떨어져 버린 뒤였다.

 제갈각의 심복 장수인 장약은 손준이 제갈각의 목을 베는 것을 보자 칼을 휘두르며 덤벼들었다.

 그러나 손준이 재빨리 몸을 피해 버리니 칼끝은 겨우 그의 왼편 손가락만을 스쳤을 뿐, 몸을 다시 돌이키는 찰나에 번갯불처럼 내리치는 손준의 칼이 장약의 오른편 어깨를 보기 좋게 후려쳤다.

 이때 또 일제히 덤벼드는 무사들이 처참하게 장약의 몸을 난도질해 버렸다.

 손준은 제갈각의 가족을 잡아들이게 하고, 한편 사람을 시켜서 장약과 제갈각의 머리를 돗자리에 싸서 초라한 수레에 실어 성 남문 밖 석자강(石子崗) 갱 속에 내버리게 했다.

 한편 제갈각의 아내는 마침 자기 방 안에서 심신이 어지러워서 좌불안석이었는데, 홀연 하녀 하나가 방으로 들어오는지라 물어보았다.

 "너의 온몸에서는 어째서 피비린내가 나느냐?"

 그랬더니 그 하녀는 홀연 눈을 흘기고 이를 악물고 몸을 날려 머리를 대들보에 부딪치며 소리질렀다.

 "나는 제갈각이오. 간적 손준에게 살해당했소!"

 제갈각의 집 안 남녀 노소들은 놀라 겁이 나서 울부짖고 아우성을 쳤다.

 얼마 안 되어서 군마가 쳐들어와서 부제(府第)를 포위하고 온 집안의 남녀노소를 모조리 결박하여 시조로 끌고 나가서 목을 베어버렸다.

 때는 오나라 건흥 2년 10월이었다.

 옛날에 제갈근이 생존해 있을 때, 제갈각이 겉으로 보기에만

총명한 체하는 것을 보고 한탄한 말이 있었다.
"얘는 한 집안을 보전할 만한 주인 노릇을 못하겠다!"
또 위나라의 광록대부(光祿大夫) 장집도 일찍이 사마사에게 다음과 같은 말을 했다.
"제갈각은 머지않아 죽을 것이오."
사마사가 그 까닭을 물었더니, 그가 말하였다.
"위력이란 것을 그 주인보다 더 뽐내면 어찌 오래 갈 수 있겠소?"
이 말이 이때에 와서야 들어맞은 셈이다. 손준이 제갈각을 죽인 뒤에, 오주 손양은 손준을 승상, 대장군, 부춘후(富春侯)에 봉하고, 중외 모든 군사를 총독케 했으니 이때부터 모든 권한은 손준에게 돌아갔다.
한편 강유는 성도에서, 서로 도와서 위나라를 토벌하자는 제갈각의 편지를 받고, 입조하여 후주에게 진언하고 또 대병을 일으켜 중원을 치러 나섰다.

강유의 재출진(再出陣)

촉한 연희(延熙) 16년 가을이었다.

강유는 군사 20만을 동원하여 요화와 장익을 좌우의 선봉으로 하고 하후패를 참모로 장의를 운량사(運糧使)로 정하고 위나라를 토벌하러 나섰다.

강유가 하후패에게 말했다.

"전자에 옹주를 공략했을 때에는 이기지 못 하고 돌아왔는데 이번에 우리가 또다시 나섰으니 저편에서도 반드시 대비하고 있을 터인데 공은 무슨 고견이 있소?"

"농상의 여러 군중에 남안만이 군량이 가장 풍부합니다. 먼저 그곳을 점령하면 본거지를 삼을 수 있을 것입니다. 지난번에 이기지 못 하고 그냥 한중으로 돌아온 것은 강병이 도착하지 않았기 때문이었습니다. 이번에는 먼저 사람을 파견하여 농우(隴右)에서 강인(羌人)을 만나게 한 다음, 군사를 석영(石營)으로 몰고 나가서 동정(董亭)으로부터 곧장 남안을 공략하면 되리라 봅니다."

"그거 아주 괜찮은 생각이오."

강유는 크게 기뻐하여 극정을 사신으로 내세워서 금주(金珠)와 촉금(蜀錦)을 주어 강(羌)으로 보내 강왕(羌王)과 화의를 맺도록 했다.

강왕 미당(迷當)은 예물을 받자, 군사 5만을 동원하여 강장 아하소과(俄何燒戈)에게 대선봉이 되어서 군사를 인솔하고 남안으로 가라고 명령했다.

위나라 좌장군 곽회는 이런 보고를 받자, 낙양으로 비보를 띄웠다. 사마사가 여러 장수들에게 물었다.

"누가 나가서 촉병과 대적하겠소?"

보국장군 서질(徐質)이 선뜻 나섰다.

"제가 나가겠습니다!"

사마사는 평소부터 서질이 남과 달리 용감함을 잘 아는지라 내심 크게 기뻐하면서 즉시 서질을 선봉으로, 사마소를 대도독으로 명하여 군사를 인솔하고 농서로 출발하게 했다.

군사들은 동정에 이르러 강유와 부딪치게 되었으며, 양군이 서로 대치하고 진을 쳤다.

서질은 개산대부(開山大斧)를 휘두르며 출마하여 도전했다.

촉군의 진영에서는 요화가 덤벼들었으나, 몇 합을 싸우지도 못하고 칼을 감추고 패하여 돌아섰다. 이에 장익이 그를 대신하여 말을 몰아 창을 휘두르며 덤벼들었다.

그 역시 몇 합을 싸우지 못하고 패하여 진지로 들어가 버렸다. 서질이 군사를 몰고 무찔러 들어가니, 촉군의 군사들은 대패하여 30여 리나 후퇴했으며, 사마소도 군사를 수습하고 각각 영채를 철수했다.

강유가 하후패와 상의하였다.

"서질은 매우 용감한 자요. 무슨 계책으로 붙잡으면 좋겠소?"

"내일은 이편에서 패한 체하고 매복하는 전략을 써보는 것이 어떨지요."

"사마소는 중달의 아들인데 병법을 모를 리가 있겠소? 지세가 속기 쉬울 듯한 것을 알면 끌려오지 않을 게 뻔하오. 내 생각에는 위나라 병사들이 여러 번 우리의 군량도를 끊었으니, 이제 우리도 그 계책을 그대로 한번 더 써서 유인해 들이면 서질의 목을 벨 수 있을 것이오."

드디어 요화를 불러서 분부하고, 또한 장익을 불러서도 분부했다.

두 사람이 군사를 거느리고 나간 다음에 또 한편으로 군사들을 시켜서 길바닥에 쇠꼬챙이를 꽂아놓고, 영채 밖으로는 울타리를 세워서 오래 버티어 보겠다는 각오를 다졌다.

서질은 연일 군사를 인솔하여 도전했지만 촉나라 병사들은 통 나오지 않았다. 초마(哨馬)가 사마소에게 보고하였다.

"촉나라 병사들은 철농산(鐵籠山) 뒤에서 목우유마로 군량을 운반해서 오래 버틸 계책을 세우고 강병이 도착하기만 기다리고 있습니다."

사마소가 서질을 불러서 말했다.

"예전에 촉군을 이겨낸 것은 그들의 양도를 끊었기 때문이었소. 그대는 오늘밤에 군사 5천 명을 인솔하고 그들의 양도를 끊으시오. 그렇게 하면 그들은 스스로 물러갈 것이오."

서질이 명령을 받고 밤이 초경쯤 되어서 군사를 거느리고 철농산으로 가 본즉 과연 촉나라 병사 1백여 명이 1백여 필의 목우유마에다 군량을 싣고 가는 것이었다.

　위나라 군사들은 함성을 지르며 달려들고 서질은 앞장을 서서 가로막자 촉나라 병사들은 군량을 그대로 버리고 달아났다.

　서질은 군사를 절반으로 나누어서 군량을 압송하여 영채로 돌아가게 하고 친히 군사 절반을 거느리고 촉나라 병사들을 추격했다. 10리도 추격하지 못했을 때 앞에서 큰 수레가 앞길을 가로질러 버렸다.

　서질은 군사들에게 명령하여 말에서 내려 그 수레를 옆으로 비켜 놓도록 했다. 이때 홀연 양편에서 불길이 치솟아 올랐다. 서질은 급히 말을 몰아 돌아가려고 했다. 그런데 후면 산골짜기 협착한 길에도 역시 수레가 막고 있었으며, 불길이 충천하고 있었다.

　서질은 연기를 무릅쓰고 불 속을 뚫고 말을 달려 빠져나오려고 했다. 그러나 포성이 한번 일어나더니 양로군(兩路軍)이 달려드는데 왼편에서는 요화, 오른편에서는 장익이 노도처럼 쇄도하니 위병은 대패했고, 서질은 결사적으로 도망을 쳤다.

　이때 인마 역시 지칠 대로 지친 것은 말할 것도 없었다.

　정신없이 달아나고 있는 판인데, 앞에서 또 한 떼의 병사가 달려들었다. 앞장을 선 장수는 바로 강유였다.

　서질이 대경실색하여 어찌할 바를 모르고 있을 때, 강유가 한 칼로 서질이 타고 있는 말을 내리쳤다. 말 아래로 떨어진 서질을 여러 병사들이 달려들어 난도질을 해서 죽여 버렸다.

　이때 한편에서는 서질이 군량을 운반시킨 일부의 군사들도 하후패에게 습격을 당하여 항복했다.

　하후패는 그들의 말이며 갑옷들을 모조리 빼앗아서 촉나라 병사들에게 입히고 말에 태워 가지고 위군의 기치를 앞장세우고 샛길을 찾아서 위군의 영채로 쳐들어갔다.

위나라 군사들이 자기편 군사들인 줄 알고 영문을 열어주니, 촉나라 군사들은 영채 안으로 뛰어들어 마구 무찔렀다.

사마소가 대경실색하여 황망히 말을 잡아타고 달아날 때, 앞에서 요화가 덤벼들어 앞으로도 나갈 수 없어 급히 뒤로 물러섰다. 그때 뒤에서는 또 강유가 군사를 몰고 샛길로 습격해 나왔다.

사마소는 사방을 둘러보아도 달아날 길이 없었다. 수하의 병사를 거느리고 철농산으로 달아나서 버텨보는 수밖에 없었다. 그런데 이 산은 오직 한 갈래 길이 있을 뿐, 사면이 험준하여 기어올라갈 수도 없었으며 산에는 단지 한 군데 샘물이 있는데 그것도 적은 수의 사람이 마실 수 있을 정도의 적은 물밖에 안 되었다.

이때 사마소는 수하에 6천 명을 거느리고 있었는데, 강유에게 길을 막혀 버렸으니 산 위의 샘물만을 가지고는 인마가 갈증을 면할 수도 없었다.

사마소는 하늘을 우러러 긴 탄식을 했다.

"나도 여기서 죽는 수밖에 없구나!"

이때 주부 왕도(王韜)가 나서서 간했다.

"옛적에 후한의 무장 경공(耿恭)이 흉노에게 포위를 당했을 때, 우물을 파도 물이 나오지 않는지라 의관을 정제하고 우물에 절을 하고 물을 달라고 빌었더니 감천을 얻었다 합니다. 장군께서도 한번 그렇게 해보심이 어떻겠습니까?"

사마소가 왕도의 말대로 산꼭대기에 올라가서 샘물가에 재배하고 물을 달라고 빌었다. 그랬더니 과연 샘물이 용솟음쳐 나와서 아무리 퍼내도 그치지 않아 다행히 인마가 죽음을 면할 수 있었다.

한편 강유는 산 아래에서 위병을 포위하고 장수들에게 말했다.

"전에 승상께서 상방곡(上方谷)에서 사마의를 잡지 못하신 것을 나는 심히 유감으로 생각했었소. 이제야말로 사마소는 내게 붙잡히고야 말 것이오!"

또 다른 쪽의 곽회는 사마소가 철농산에 포위당해 있다는 소식을 알고 군사를 거느리고 구출하러 가려고 했는데, 진태가 나서며 만류했다.

"강유는 강병과 힘을 합쳐서 먼저 남안을 점령하려고 합니다. 이제 장군께서 이곳 군사를 철수해 가지고 구출하러 가신다면 강병은 반드시 허를 노려서 우리의 후방을 습격할 것입니다. 그러니 먼저 사람을 보내시어 강인에게 거짓 투항을 시키시고 그 중간에 일을 꾸며서 강병만 물리칠 수 있다면 철농산의 포위망을 풀어 버릴 수 있습니다."

곽회는 그 말대로 진태에게 명령하여 군사 5천 명을 거느리고 강왕의 진지로 가서 갑옷을 벗고 눈물을 흘리며 항복했다.

"곽회는 항시 소생을 못마땅해 죽일 마음을 먹고 있는지라 기회를 보아 투항해 왔습니다. 곽회 군중의 허실은 소생이 샅샅이 알고 있사오니 오늘밤에 일군을 인솔하시고 그들의 영채를 습격하시면 성공하실 수 있을 것이며, 군사들이 위군의 영채에 도착만 되면 저편에서도 내통하기로 돼 있습니다."

미당대왕(迷當大王)은 크게 기뻐하며 드디어 아하소과에게 명령하여 진태와 함께 위군의 진지를 습격하라고 했다.

아하소과는 진태 수하의 병사들을 후군으로 돌리고, 진태에게 강병을 딸려서 앞으로 나서게 했다.

그날 밤 이경쯤 되어서 위군의 영채로 쳐들어가니 영채 문이

활짝 열리는지라, 진태가 단기로 앞장을 서서 들어갔다. 아하소과가 말을 몰아 창을 휘두르며 진태의 뒤를 따라 들어섰다.

이때 앗! 하는 외마디 소리와 함께 그는 말을 탄 채로 함정 속으로 빠져 버리고 말았다. 이때 진태가 뒤로 곽회가 왼편으로 덤벼드니 강병들은 일대 혼란을 일으키고 저희들끼리 서로 짓밟고 해서 죽은 자의 수효가 이루 헤아릴 수 없었다.

살아서 남은 자들도 모조리 항복했고, 아하소과도 제 목을 제 손으로 찔러서 죽어 버리고 말았다.

곽회와 진태는 경각을 지체치 않고 강인의 영채를 습격하여 미당대왕을 산 채로 잡는 데 성공했다. 그리고 그를 설복하여 철농산의 포위망을 풀어 버리는 데 앞잡이가 되어서 촉군의 병사를 물리쳐 공을 세워주면 천자께 진언하여 후사가 있도록 해주겠다고 꼬였다.

그러나 강유는 이런 사실은 꿈에도 생각지 못하고 강병이 온다는 소식을 듣고 기뻐하며 만나 보기로 하고 영채 밖에서 기다리고 있으라고 했다.

강유와 하후패가 그들을 영접하러 나왔을 때, 위군의 장수들은 미당대왕이 입을 여는 것도 기다리지 않고 배후로부터 강유에게 덤벼들었다.

강유는 몸에 아무런 무기도 지닌 게 없었다. 활을 차기는 했으나 그것도 어찌나 당황해 도주했던지 화살이라곤 한 개도 없이 땅에 떨어져 버렸고 허리에 차고 있는 것은 빈 활집뿐이었다.

곽회가 추격해 오는 거리가 점점 가까워지자 강유는 할 수 없이 화살도 없는 활을 10여 차례나 쏘아댔다. 곽회는 그럴 적마다 화살이 날아들까 겁이 나서 몇 번인지 말 위에서 몸을 움츠러뜨리고 피했다. 그러나 날아드는 화살이 있을 리 없었다.

 강유에게 화살이 없다는 것을 알아챈 곽회는 용기를 얻어서 정말 활을 재어서 강유를 겨누고 쏘았다.
 강유는 날아드는 곽회의 화살을 날쌔게 손으로 움켜잡았다. 그 화살을 자기 활에다 재어서 곽회가 접근해 오기를 기다려 보기 좋게 곽회의 얼굴을 정통으로 겨누고 쏴 버렸다. 마침내 곽회는 말 위에서 떨어져버렸다.
 강유가 말을 몰고 달려들어서 곽회를 깨끗이 처치해 버리려고 했을 때, 위군의 병사들이 우르르 몰려드는지라 그 이상 손을 댈 겨를이 없어 곽회의 창만 빼앗아 가지고 도망을 쳤다.

위군의 병사들은 곽회를 구출해 가지고 시급히 영채로 돌아가서 활촉을 뽑고 살려 보려고 애를 썼으나, 심한 출혈을 막아낼 도리가 없어 그대로 절명했다.

사마소도 산에서 내려와 추격을 했으나 도중에서 단념하고 되돌아서 버렸으며, 하후패는 나중에 강유를 쫓아서 함께 도주했다.

강유는 수많은 병사를 잃고 싸움에 패해서 한중으로 돌아오기는 했지만 따지고 보면 곽회와 서질을 죽여서 위나라의 위력을 꺾어버렸으니 그 공로로써 죄를 보충할 수 있었다.

사마소는 강병들의 수고를 위로해 주어서 돌려보내고, 낙양으로 돌아온 뒤부터는 그의 형 사마사와 함께 조정의 권리를 쥐고 흔드니 여러 신하들은 복종하지 않을 도리가 없었다.

하루는 조방이 주위를 물리치고 세 사람을 밀실로 데리고 들어가서 상의했다. 장집이란 바로 장황후의 부친으로서 조방의 장인이었다.

조방은 장집의 손을 잡고 울면서 말했다.

"사마사는 짐을 어린아이처럼 여기고 백관을 초개같이 아니, 사직이 조만간 이자의 수중에 들어가고 말 것이오."

이 말을 듣고 보니, 세 사람은 나라를 어지럽히는 간적들을 그대로 앉아서만 바라다보고 있을 수는 없어서 눈물을 흘리며 맹세했다.

"신 등이 맹세코 합심협력하여 국적을 토벌하여 폐하의 은혜에 보답하고자 합니다."

조방도 속옷을 벗어서 손가락을 깨물어 혈조(血詔)를 써서 장집에게 주며 당부했다.

"짐의 태조(太祖) 무황제(武皇帝)께서 동승(童承)을 주살하신 것은 그 일이 비밀을 지키지 못했던 탓이었소. 경들도 모름지기 조심하여 밖에 누설됨이 없도록 해주시오."

세 사람이 밀실에서 물러나와 동화문(東華門) 왼편까지 왔을 때, 공교롭게도 사마사는 칼을 차고 종자 수백 명이 모두 병기를 지니고 달려오고 있었다.

눈치 빠른 사마사는 세 사람을 붙잡고 어디서 무엇을 하고 오느냐고 힐문했다.

세 사람은 꾸며대서 어물어물 대답을 했다. 사마사는 껄껄대고 냉소를 터뜨리더니 별안간 분노에 가득 찬 얼굴로 호통을 쳤다.

"세 놈들은 방금 천자와 밀실에서 무슨 이야기들을 하고 눈물을 흘리고 있었느냐?"

"저희들은 그런 일이 없소이다."

"모른다고? 왜 네놈들의 눈자위가 시뻘겋게 부었느냐 말이다! 그래도 시치미를 뗄 작정이냐?"

하후현(夏侯玄)은 이미 일이 탄로났음을 알고 큰 목소리로 호통을 쳤다.

"우리들이 눈물을 흘리고 운 것은 네놈이 천자를 권세로써 누르려고 하고 국정을 농락하고 있기 때문이다!"

격분한 사마사는 무사들에게 호통을 쳐서 하후현을 당장에 붙잡으라고 했다. 하후현은 팔을 걷어올리고 주먹다짐으로 사마사와 대결해 보려고 했지만 덤벼드는 무사들에게 붙잡혀 버렸다.

사마사가 세 사람의 몸을 검사시켜 보았더니 신변에서 천자의 속옷이 나왔는데 거기에는 혈서가 있었다.

그것은 말할 것도 없이 위주 조방의 밀조였다.

'사마사 형제가 대권을 차지하고 국정을 농락하고 있으니 각 부관병장사(各部官兵將士)들은 다같이 충의에 입각하여 적신들을 토벌하고 사직을 바로 세우라.'

사마사는 그것을 다 보고 나더니 격노하였다.
"알고 보니 네놈들은 우리 형제를 모해하려고 했구나! 도저히 용서할 수 없다."
사마사는 세 사람을 저자에 끌어내어 참수하고 삼족(三族)을 멸하라고 했다. 세 사람은 입이 마르도록 꾸짖었으며, 동시(東市)까지 끌려갔을 때에는 심히 매를 맞아 이가 모조리 부러졌는데도 끝까지 알아들을 수도 없는 소리로 욕설을 퍼붓고 절명했다.
사마사는 그 길로 곧장 후궁으로 달려갔다. 후주 조방은 마침 장황후와 이 일을 상의하고 있었다.
"궁 안에는 이목이 많으니 만약에 일이 누설되면 반드시 첩에게도 화가 닥쳐올 것입니다."
장황후가 이렇게 말하고 있을 때, 홀연 사마사가 뛰어들어오니 황후는 대경실색하고 사마사는 칼을 한 손에 움켜잡으며 조방에게 말했다.
"신의 부친이 폐하를 인군으로 세우셨으니 그 공덕이 주공에 질 바가 없습니다. 신이 폐하를 섬김에 이윤(伊尹)이나 무엇이 다른 바 있겠습니까? 이제 도리어 은혜를 원수로 삼으시고 공로를 과실로 삼으시어 하잘것없는 소신들과 더불어 우리 형제를 모해하려고 하심은 무슨 까닭입니까?"
조방은 그런 일이 없다고 부인했지만, 사마사는 소맷자락 속으로부터 조방의 속옷을 내놓으면서 소리쳤다.
"이것은 누가 쓴 것이오?"

조방은 깜짝 놀라서 사마사 앞에 무릎을 꿇었다.
"짐의 잘못을 대장군은 용서해 주기 바라오."
"폐하께서는 일어나십시오. 국법이란 아무렇게나 폐기할 수는 없는 것입니다."
사마사는 장황후를 손으로 가리키며 말했다.
"이 분은 살려둘 수가 없습니다."
조방은 대성통곡을 하면서 목숨만은 살려 달라고 애걸했으나 허사였다.
사마사는 측근자에게 호통을 쳐서 장황후를 동화문으로 끌어내서 흰 비단으로 목을 졸라 죽여 버렸다.
그 이튿날이 되었다.
사마사는 군신을 일당에 모아놓고, 천자가 방탕하고 덕이 모자라 어진 사람의 길을 막으니 능히 천하를 주장치 못하겠기로 따로 새 임금을 세워 천하를 안정케 하겠다고 하니 감히 반대할 관료들이 있을 리 없었다.
사마사는 일동을 거느리고 영령궁으로 가서 이런 뜻을 태후에게 알리고 팽성왕(彭城王) 조거(曹據)를 인군으로 모시자고 했다. 그러나 태후는 고귀향공(高貴鄕公) 조모를 추천하였다.
그러자 사마사의 종숙인 사마부(司馬孚)가 찬동하고 나섰다. 이리하여 사마사는 조모를 영접해 오도록 하고, 태후를 태극전에 내보내어 조방을 문책시켜서 옥새를 내놓게 하고 당장 궁중을 떠나서 두 번 다시 허락 없이 출입하지 못하도록 했다.
조방은 눈물을 흘리면서 태후와 작별하고 옥새를 내놓자 대성통곡하며 수레에 올라 궁문을 나섰다.
조모는 자가 언사(彦士)로 문제(文帝)의 손자요, 동해정왕(東海定王) 임(霖)의 아들이었다.

사실 영문도 모르는 인군의 감투를 쓰게 된 조모는 백관들이 수레에 오르라는 것도 거절하고 도보로 태극전 동당(東堂)에까지 갔다. 그리고는 땅에 엎드려서 머리가 땅에 닿도록 절을 했다.

 사마사가 부축하여 일으키며 태후에게 알현케 하니, 조모는 그제야 인군의 자리를 계승해 달라는 명령을 듣고 깜짝 놀라서 재삼 사퇴했다. 그러나 무슨 일이나 제멋대로 하는 사마사는 문무백관에게 명령하여 조모를 태극전에 등전시키게 하고 드디어 당일로 그를 신군으로 내세웠다.

 정원(正元) 2년 정월이었다.

 세작(細作)이 비보를 전달했는데, 진동장군 관구검과 양주 자사 문흠(文欽)이 사마사가 제멋대로 천자를 폐해 버렸다는 구실로 군사를 일으켜 쳐들어온다는 것이었다.

사마 형제의 천하

위나라 정원(正元) 2년 정월이었다.

진동장군 관구검은 사마사(司馬師)가 제멋대로 폐립의 일을 해치웠다는 소식을 듣자 속으로 분노를 금치 못하였다.

그의 맏아들 관구전(?丘甸)은 부친의 분노에 불을 붙였다. 사마사가 제 마음대로 인군을 폐하고 국가를 누란의 위기에 빠뜨렸는데, 어찌 그 꼴을 그대로 보고만 있을 수 있겠느냐는 것이었다.

아들의 말이 지당하다고 생각한 관구검은 즉시 자사(刺史) 문흠을 불러서 상의했다. 문흠의 조상은 본디 문하객이었는데, 관구검이 눈물을 흘리며 사마사 때문에 천하가 어지러워진 사정을 호소하였다.

그는 즉석에서 힘이 되어 주겠다고 쾌히 승낙했으며, 그의 둘째아들 문숙(文淑)은 천하의 용맹을 지니고 있으며 평소부터 사마사를 죽여서 조상의 원수를 갚고자 하는 터이니, 선봉으로 내세우면 좋겠다고 말했다.

관구검과 문흠은 서로 용기를 얻어서 태후에게서 밀조가 내려졌다고 사칭하고, 회남(淮南)의 관리 장병을 모조리 수춘성(壽春城)에 집합시켜 놓고 대역무도한 사마사를 토벌하기 위해서 의병을 일으켜야겠다고 선언을 했다.

이리하여 관구검은 6만 명의 군사를 거느리고 항성(項城)에 주둔하고, 문흠은 2만 명의 군사를 인솔하고 밖으로 돌며 유격병의 임무를 맡았다.

또 관구검은 여러 군으로 격문을 보내서 각각 싸움을 거들도록 명령했다. 한편 사마사는 왼편 눈에 혹이 생겨서 시도 때도 없이 아프고 가려워서 견딜 수 없었다. 그는 의관에게 명령해서 그 혹을 째고, 약을 발라서 연일 부중에서 휴양을 하고 있는 판이었다.

이때 홀연 회남의 사태가 급박하다는 소식이 들려왔다.

그는 곧 태위 왕숙(王肅)을 불러서 상의한즉 왕숙의 말이 회남 장사들의 가속이 모두 중원에 있으니 그들을 잘 돌봐주고, 한편 군사를 등원해서 귀로를 차단해 버리면 그들은 흩어져 버리고 말리라는 것이었다.

사마사는 그것이 좋은 계책이라고는 생각했지만, 눈가의 혹을 치료한 지 얼마 되지도 않아서 친히 출마하기도 어려웠다. 그러나 그렇다고 해서 다른 사람을 선봉으로 내세우면 믿음직하지 못해서 어찌해야 좋을지 망설이고 있었다.

이때 옆에 있던 중서시랑 종회(鍾會)가 나서며 말했다.

"회초(淮楚)의 군사는 강하고 그 예봉이 만만치 않습니다. 다른 사람에게 군사를 주어서 격퇴시킨다는 것은 심히 불리한 점이 많습니다. 만약에 실수를 한다면 대사를 망쳐 버리게 될 것입니다."

그러자 사마사는 선뜻 일어서며 다짐했다.

"역시 내가 친히 나서지 않으면 적을 격파할 수 없을 것이야."

그는 아우 사마소를 남겨두어 낙양을 지키면서 조정의 정사를 총괄케 하고, 자신은 가마에 몸을 싣고 병도 무릅쓰고 동행하기로 결정했다.

또 진동장군 제갈탄에게 명령하여 예주(豫州)의 각 군을 총독해서 안풍진(安風津)으로부터 수춘(壽春)을 공략케 했으며, 정동장군 호준에게 명령하여 청주(靑州)의 제군을 거느리고 초송(?宋) 땅으로 나가서 적군의 귀로를 끊으라고 했다.

그리고 예주자사(豫州刺史)요 감군(監軍)인 왕기(王基)를 시켜서 먼저 진남 땅을 공략하도록 했다.

사마사는 대군을 인솔하고 양양에 주둔하면서 문무 제관을 장하에 모아놓고 상의했다. 이때 광록훈(光祿勳) 정포(鄭襃)가 나서며 말했다.

"관구검은 꾀는 있으나 결단성이 없고, 문흠은 용기는 있지만 지혜가 없습니다. 대장을 시켜서 불의의 습격을 자행하시려면 강회(江淮)의 병사들의 기세가 왕성한 판이니 우습게 여겨서는 안됩니다. 심사숙고하시어 그들의 기세가 꺾여지기를 기다리는 장기 전략이 좋을까 합니다."

그러나 감군 왕기는 그 의견에 반대했다.

"안 됩니다. 이번에 회남이 모반한 것은 군민들이 반란을 생각한 게 아니고 모두가 관구검의 세력 때문에 어쩔 수 없이 끌려든 것입니다. 만약에 대군이 한번 나서기만 하면 당장에 와해되고 말 것입니다."

사마의는 이 의견에 찬성하고 은수로 진병시키고, 중근을 은교에다 주둔시켰으며, 왕기에게 명령하여 전방 부대를 남돈성(南頓城) 아래에 진을 치게 했다.

한편 관구검은 항성(項城)에서 사마사가 친히 출전했다는 소식을 듣자, 여러 부하를 모아놓고 상의했다. 그러자 선봉 갈옹(葛雍)이 말했다.

"남돈 땅은 산과 강을 끼고 있어 둔병하기에 절호의 지점입니다. 만약에 위병이 먼저 이곳을 점령한다면 몰아내기 힘이 들 것이니 이곳을 먼저 차지해야겠습니다."

관구검은 그 말대로 군사를 몰고 남돈으로 달렸다.

진군하고 있을 때 앞으로부터 유성마(流星馬)가 보고하기를 남돈에 이미 인마가 진을 치고 있다는 것이었다.

관구검이 선두에 나서서 달려가 보니 그 말이 틀림없었다. 중군으로 돌아온 관구검이 어찌해야 좋을지 몰라서 망설이고 있을 때, 홀연 첩보가 비보를 전하는데 동오의 손준이 군사를 몰고 강을 건너서 수춘으로 습격해 온다는 것이었다.

"수춘을 빼앗긴다면 우리는 어디로 돌아갈 것인가?"

관구검은 대경실색하였다. 그리고 관구검은 그날 밤으로 군사를 항성으로 철수시켰다.

사마사는 관구검이 군사를 철수시키는 것을 보자 여러 관원들을 모아놓고 상의했다. 상서 부하가 간하였다.

"관구검이 군사를 철수시킨 것은 오군(吳軍)에게 수춘을 습격당할까 겁이 났기 때문이지만, 반드시 항성으로 되돌아와서 막아내려 들 겁니다. 이제부터 일군은 낙가성(樂嘉城)을 공략하게 하고 또 일군은 항성을, 다른 일군은 수춘을 공략케 하면 회남의 군사들은 반드시 물러나가고 말 것입니다. 연주 자사(刺史) 등애는 지모가 뛰어난 인물이니 그를 시켜서 낙가성을 공략케 하고, 다시 막강한 병력이 뒤를 받쳐주면 적을 격파하기는 그렇게 어렵지 않을 것입니다."

사마사는 그 말대로 즉각 등애에게 연주의 군사를 동원하여 낙가성을 격파하라고 명령하고, 병기도 뒤따라서 합세하기로 했다.

관구검은 적군이 쳐들어올까 겁이 나서 불시로 사람을 보내어 낙가성의 동정만 탐지하고 있었는데, 문흠과 상의를 한즉, 문흠은 자신만만하게 큰 소리를 치면서 나섰다. 1천 기만 준다면 아들 문앙(文鴦)과 함께 낙가성을 지키겠다는 것이었다.

관구검도 기뻐했으며 문흠 부자는 즉시로 5천 기를 거느리고 낙가성으로 달려갔다.

이때 전군에서 보고가 들어오는데, 적군의 진지에는 사마사가 친히 나와 있는 것이 틀림없기는 하나, 아직도 진세가 정돈되어 있지 않다는 것이었다.

이때 문앙은 채찍을 손에 잡고 부친의 옆에 서 있다가 이런 보고를 듣더니 용기를 내어서 부친 문흠에게 작전 계획을 제공했다.

"오늘밤에 아버지께서는 2천5백 명을 거느리고 성 남쪽을 쳐들어가십시오. 저는 나머지를 거느리고 성 북쪽에서 쳐들어가겠습니다. 삼경쯤 위군 영채에서 만나 뵙도록 하겠습니다."

문흠은 곧 아들의 말대로 군사를 양로로 나누었다.

이 문앙으로 말하면 이제 나이 겨우 18세요 신장이 8척이나 되었다. 전신에 무장을 든든히 하고 허리에는 동편(銅鞭)을 찼으며, 여유작작하게 창을 손에 잡고 말에 올라 멀리 위군의 영채를 바라다보며 앞으로 나갔다.

이날 밤, 사마사의 군사는 낙가에 도착하여 즉시 영채를 마련했는데, 기다리는 등애는 도착하지 않았다.

사마사는 눈 아래 붙은 혹을 짼 지 얼마 안 되어 장중에 누워서 수백 명의 갑사들을 시켜서 주변을 호위케 하고 있었다.

그런데 밤 삼경쯤 되어서 홀연 영채 앞에서 고함소리가 요란하

게 일어나고 인마가 일대 혼란을 일으켰다.

사마사가 놀라 상황을 물어 보았다.

일군이 영채 북쪽으로부터 포위망을 뚫고 쳐들어오는데 선두에 나선 장사는 어찌나 용맹한지 당해낼 도리가 없다는 것이었다. 사마사는 울화가 불길처럼 치밀어 올랐고 혹을 짼 상처로부터 피가 흘렀다.

그 아픔은 이루 말할 수가 없었다. 그러나 군심이 어지러워질까 두려워서 이불자락을 입으로 깨물며 억지로 참느라고 이불 한 채가 조각조각 찢어져 버렸다.

문앙의 군마는 무인지경을 헤치듯 영채 안을 무찌르고 돌아다녔다. 그러나 감히 가로막는 자가 없는지라 몇 번이나 본채를 습격하려고 했지만 저 편에서 궁노를 쏴 대는지라 도로 후퇴하곤 했는데, 부친 문흠이 나타나기만 고대하고 있었으나 도무지 도착하는 기색이 없었다.

날이 밝을 무렵에 북쪽으로부터 고각(鼓角) 소리가 하늘을 무너뜨릴 듯이 울려왔다. 문앙은 이상한 생각이 들었다.

'아버지께서는 남쪽으로부터 오실 터인데 어째서 북쪽으로부터 오실까?'

문앙이 확인해 보려고 말을 몰고 나갔더니 저편에서 달려오는 군의 선봉에 선 대상은 바로 등애였다.

"역적놈아! 꼼짝 말고 게 섰거라!"

등애가 호통을 치니 문앙도 격분하여 창을 휘두르며 덤벼들었다. 50여 합을 싸웠는데도 승부가 나지 않고 있는 판에, 위군이 노도처럼 몰려들었는지라 문앙의 부하들은 뿔뿔이 흩어져 버렸고 문앙 자신도 간신히 적진을 돌파하고 남쪽으로 도망쳐 버렸다.

위군의 대장 1백여 명이 맹렬히 문앙의 뒤를 추격하여 낙가교

(樂嘉橋) 근처까지 이르렀을 때, 대담무쌍한 문앙은 별안간 말머리를 돌려 그 많은 대장들 틈으로 혼자서 돌격을 감행하였다.

문앙은 1백여 명의 장수들을 쫓아 버리고 또다시 유유히 성을 향하여 말을 몰았다. 위군의 대장들은 서로 얼굴을 쳐다보며 감탄하여 마지않았다.

"우리가 이렇게 수효가 많은데, 저놈이 감히 혼자서 물리치다니! 우리도 있는 힘을 다해서 쫓아가야 되겠다."

이리하여 위군의 대장들은 몇 번이나 문앙을 추격했지만, 문앙은 번번이 용감무쌍하게 혼자서 이들을 격퇴해 버렸다.

문앙의 부친 문흠은 산길을 잘못 들어서서 길을 찾지 못하고 헤매다가 겨우 산골짜기를 빠져나왔을 때에는 날이 훤히 밝아왔다.

그때 위군이 크게 승리했음을 알자, 그대로 싸울 생각도 없이 뒤돌아 서려고 했다. 그런데 위군의 병사들이 또 추격해 오는지라 수춘을 향해서 도주하는 도리밖에 없었다.

이때 위군의 전중교위 윤대목(尹大目)은 조상의 심복인으로 조상이 사마의에게 몰살당한 후, 사마사를 섬기고 있기는 했지만 언제나 사마사를 죽여서 조상의 원수를 갚자는 마음을 품고 있었으며, 또 한편으로는 문흠과도 친하게 지내고 있었다.

사마사가 눈에 혹이 나서 꼼짝 못하고 있는 것을 보자, 윤대목은 장 안으로 들어와서 넌지시 말하였다.

"문흠은 본래 반란을 일으킬 생각이 있었던 것이 아니고 관구검 때문에 마음에도 없는 짓을 억지로 하고 있는 것이니, 소생이 한번 가서 설복하면 반드시 항복할 것입니다."

사마사가 그것을 승낙하자, 윤대목은 갑옷 투구에 무장을 든든히 하고 문흠을 쫓아 나섰다. 단숨에 문흠을 쫓아간 윤대목은 투구를 벗고 채찍을 높이 쳐들고 말했다.

"문자사께서는 왜 4, 5일만 더 참지 못하셨습니까?"

이것은 사마사가 혹 때문에 명이 얼마 남지 않았다는 것을 암시한 말이었는데, 문흠은 그 뜻을 알아차리지 못하고 도리어 활을 잡아 윤대목을 겨누어 쏘려고 하는지라, 윤대목은 어쩔 수 없이 되돌아오는 수밖에 없었다.

문흠은 군사를 수습해 가지고 수춘으로 달려갔으나 그곳에는 이미 제갈탄의 군사가 자리 잡고 버티고 있었다.

하는 수 없이 다시 항성으로 되돌아가려 하는데 호준·왕기·등애의 군사가 몰려들어 또다시 방향을 손준에게로 향해 도주했다.

항성에서 농성을 하고 있던 관구검은 마침내 등애와 맞닥뜨리게 되었다. 갈옹을 내보냈으나 단지 한 합을 싸우고 등애의 칼에 목이 날아가 버렸으며 호준과 왕기까지 합세하여 덤벼드니 도저히 감당해 낼 수가 없어서 불과 10여 기를 거느리고 간신히 신현(愼縣)성에 이르렀다.

현령 송백(宋白)은 주연을 베풀어 그를 대접하고는 관구검이 대취한 틈을 타서 사람을 시켜 관구검을 죽이고 그의 목을 베어 위군에 바치게 했으니, 이로써 회남은 평정된 셈이었다.

사마사는 병상에 누운 지 오래 됐건만 일어나지 못했다. 눈에 달린 혹이 낫지 않아서 밤마다 신음하고 괴로워하니 그 탑전(榻前)에는 언제나 이풍·장집·하후현 세 사람이 지키고 서 있었다.

죽음을 각오한 그는 낙양으로 사람을 보내어 아우 사마소를 불러다가 베갯머리에 세워놓고 유언을 했다.

"어깨가 무겁게 짊어진 중책을 지금 나는 벗어놓을 수도 없으니 너는 내 뒤를 계승할 것이며, 대사를 결코 경솔히 남에게 맡겨서는 안 된다. 그렇게 되면 스스로 멸족지화를 초래할 것이다."

사마사는 유언을 마치자 눈물을 흘리면서 인수를 내주었다.

사마소가 당황하여 무슨 말인지 하려고 했을 때 사마사는 '아악!' 하는 외마디 소리를 크게 지르더니, 혹이 터지며 그대로 숨을 거두고 말았다.

때는 정원(正元) 2년 2월이었다.

위왕 조모는 사마사가 죽은 것을 알고 사마소에게 명령하여 잠시 허창에 군사를 주둔시키고 동오에 대비하고 있으라 했다. 그러나 사마소는 종회의 권고를 듣고 조정에 무슨 변고라도 생기면 자기의 자리가 위태로워질까 겁내어 즉각 낙수 남쪽으로 군사를 몰고 와서 주둔시켰다.

이 소식을 알게 된 조모는 대경실색했으나, 태위 왕숙의 권고를 듣고 사마소를 무마해둘 방침으로 왕숙을 사신으로 파견해서 사마소를 대장군 녹상서사(錄尙書事)에 임명했다.

사마소가 입조하여 사은하니 이로부터 중외의 대소 사성은 모두 사마소의 수중으로 들어가게 되었다.

서촉의 염탐꾼이 이 소식을 탐지하여 성도로 전달하자, 강유는 사마소가 대권을 장악했으니 이제는 낙양을 떠나지 못할 것이라 생각했다. 차제에 위나라를 토벌하자고 장익과 하후패와 상의한 결과, 한중에서 토위군(討魏軍)을 일으켜 병력 1백만을 거느리고 포한을 향하여 출동했다.

조수까지 왔을 때 수변군사가 옹주자사 왕경(王經)과 부장군 진태에게 보고하니, 왕경이 먼저 보마병 7만 명을 인솔하고 대결하러 나섰다.

강유는 장익과 하후패에게 귀엣말로 무엇인지 작전 계획을 알려준 후 떠나보내고 나서, 친히 대군을 거느리고 조수를 등에 지고 진을 펼쳤다.

왕경이 아장(牙將) 수 명을 거느리고 나서서 물었다.

"위, 오, 촉나라는 이미 서로 균형을 잡은 세를 이루고 있다. 네놈은 무슨 까닭으로 누차 침범하는 것이냐?"

그러자 강유가 대답했다.

"사마사란 놈은 까닭도 없이 인군을 폐했으니 선린국으로서 당연히 문죄해야 할 것이며, 하물며 원수의 나라이니 더 말할 게 있겠느냐?"

왕경은 장명(張明)·화영(花永)·유달(劉達)·주방(朱芳) 네 장수를 돌아다보면서 외쳤다.

"촉군은 배수진을 쳐놓았다. 한 놈도 남기지 말고 모조리 물속에 빠쳐 죽일 것이오. 강유만은 효용하니 그대들 네 장수가 한번 싸워볼 만할 것이오. 그가 조금이라도 뒤로 물러서는 기색이 있거든 곧 놓치지 말고 추격하도록 하시오."

그러나 싸움의 결과는 정반대로 되었다. 네 장수가 강유와 대결하려고 덤벼들자, 강유는 조수 서쪽 강변으로 달아났다.

그러자 장익과 하후패가 배후로 돌아나와서 좌우 양편에서 덤벼들었기 때문에 위군의 병사들은 일대 혼란을 일으켜서 태반은 짓밟혀 죽었다. 나머지는 쫓겨가다가 조수에 빠져 죽은 자가 부지기수요 목이 달아난 자가 1만여 명이나 되었다.

왕경은 패잔병 1백여 기를 거느리고 간신히 빠져나와서 곧장 적도성(狄道城)으로 도주하여 성문을 잠그고 지키기에만 정신이 없었다. 강유는 큰 공로를 세운 병사들을 위로해 주고는 곧 적도성으로 쳐들어가려고 했다.

그러자 장익이 나서며 말렸다.

"장군께서는 이미 공적을 세우셨고 그 명성이 크게 나셨으니 그만 하시는 게 좋겠습니다. 이제 또 전진하셨다가 여의치 않을 때에는 그야말로 뱀 그림에 다리를 그려 넣는 격이 될 것입니다."

"그렇지 않소! 전자에는 싸움에 패하고도 쳐들어가서 중원을 종횡으로 달렸는데 오늘날 조수의 일전에서 위군은 간담이 찢어질 만큼 혼이 났으니, 내 생각 같아서는 적도쯤은 쉽사리 점령할 수 있을 것 같소. 그대는 스스로 의지를 약하게 하지 마시오."

장익이 재삼 말렸지만 강유는 끝내 고집을 부리고 드디어 군사를 인솔하고 적도성으로 달려갔다. 옹주에 있던 정서장군 진태는 왕경이 패전한 보복을 할 생각을 하고 있는 판이었는데, 뜻밖에도 연주 자사 등애가 군사를 거느리고 도착했다.

"이번에 대장군의 명령을 받들고 특히 장군을 거들어서 적군을 격파하러 왔습니다.

진태가 그 계책을 물었다.

"조수의 싸움에서 승리한 적군이 만약에 강인의 많은 수효를 수중에 넣고 동정하여 관농(關隴)을 점령하고 사군에 빠르게 들이치면 이것은 우리편에 큰 타격이 됩니다. 그러나 그는 바로 이 점을 생각하지 못하고 도리어 적도성을 노리고 있는데, 그 성은 심히 견고하여 쉽게 공략할 수가 없습니다. 공연히 병력을 소모할 따름일 것이니 우리편에서는 지금부터 항령(項嶺)에 병사를 펼쳐놓고, 한편으로 군사를 동원하여 진격한다면 촉군의 병사는 반드시 패하고 말 것입니다."

그러자 진태는 크게 기뻐하였다.

"그거 참 좋은 생각이오."

우선 20대의 병사를 한 대에 50명씩 배치해 가지고 정기·고

각·봉화(烽火) 따위를 몸에 지니게 한 다음, 낮에는 숨고 밤에는 행진하여 적도성 동남편 높은 산 깊은 골짜기에 매복하여 적병이 나타나기만 기다리고 있다가 일제히 북을 치고 피리를 불어서 신호를 하고, 밤에는 횃불을 올리고 포를 쏘아서 적군을 놀래주라고 명령했다.

한편 강유는 적도성을 포위하고 팔방으로 공격을 가하고 있었는데, 며칠이 되어도 함락시킬 수 없는지라 묘안이 생각나지 않아서 답답한 나날을 보내고 있었다.

하루는 저녁때가 다 되었는데, 홀연 몇 차례나 유성마가 달려들며 보고하기를, 양로병이 나타났는데 일로군(一路軍) 깃발에 큰 글자로 정서장군 진태라고 쓰여 있으며, 또 일로군은 연주자사 등애라고 쓰여 있다는 것이었다.

강유는 깜짝 놀라서 하후패와 상의했다.

"전에도 늘 장군께 말씀드리지 않았습니까? 등애는 어려서부터 병법에 깊고 밝으며 지리를 잘 압니다. 이제 군사를 거느리고 나타났다면 상당히 만만치 않을 것입니다."

"적군은 먼길을 왔으니 우리편에서 그들이 발을 붙이기 전에 격퇴하면 문제없소."

강유는 이렇게 말하면서 장익을 남겨두어 성을 공격하도록 하고, 하후패에게 명령하여 군사를 거느리고 진태와 대결하라고 했다. 그리고 나서 강유 자신은 군사를 인솔하고 등애와 대결하기로 하였다.

5리 길도 채 가지 못했을 때, 홀연 동남편에서 포성이 한번 일어나더니 북소리 피리소리가 천지를 진동하며 화광이 충천하였다.

강유가 말을 몰아 앞으로 나가보니 주위에는 모조리 위병의 기호들 뿐이었다.

강유가 깜짝 놀라며 한탄했다.

"내가 등애의 계책에 속았구나!"

드디어 하후패와 장익에게 적도를 포기하고 후퇴하라는 명령을 전달했다. 이리하여 촉병은 모조리 한중으로 후퇴했고 강유 자신이 친히 후군을 지키고 있었는데, 그래도 배후에서 들려오는 북소리가 도무지 그치지를 않았다. 강유가 검각까지 철수해 들어갔을 때에야 비로소 그 20여 군데의 횃불과 북소리가 모두가 위군의 위장된 속임수라는 것을 알게 되었다.

강유는 군사를 수습해 가지고 종제(鍾提)로 후퇴하여 주둔했다.

한편 후주는 조수 서안에서 큰 공로를 세웠는지라 조명을 내려 강유를 대장군으로 봉했다.

강유는 직책을 맡고 표를 올려 사은이 끝나자, 또다시 출사하여 위나라를 토벌할 계책을 상의했다.

강유는 종제로 물러나가서 주둔하고 위나라 군사들은 적도성 밖에 주둔했다.

왕경은 진태와 등애를 성 안으로 불러들여서 위급할 때 포위망을 풀어준 데 대해서 사례를 하고 주연을 베풀어 그들을 대접했으며 3군에 대상을 내렸다.

진태가 등애의 공로를 위주 조모에게 신주했더니, 조모는 등애를 안서장군에 봉하고 호동강교위에 임명했으며 진태와 함께 옹(雍)과 양(凉) 각지에 둔병하고 있도록 했다.

등애가 표를 올려 사은의 절차를 마치고 나자, 진태는 연석을 마련하고 축하해 주었는데, 그 석상에서 이런 말을 했다.

"강유는 밤중에 도망쳤으니 이미 기진맥진해서 감히 두 번 다시 나타나지 못할 것이오."

이 말을 듣더니 등애가 껄껄껄 웃었다.

"나는 촉나라 군사가 다음과 같은 다섯 가지 이유로써 반드시 또 쳐들어오리라고 생각합니다."

등애가 조목조목 설명하는 소위 '오필출(五必出)'이란 것은 다음과 같은 것이었다.

첫째, 촉군이 후퇴했다고는 하지만 싸움에 이겼다는 기세가 변함없을 것이며, 우리편 군사는 싸움에 패했다는 약점을 가지고 있는 점

둘째, 촉군의 병사는 모두 제갈공명의 훈련을 받은 정병들로서 쓸모 있는 병사들인데, 우리편 군사들은 대장이 자주 갈려서 훈련이 충분하지 못한 점

셋째, 촉군은 수로를 많이 이용해 진군을 했는 데 비하여 우리

편 군사는 그와는 반대로 육로로 많이 진군을 해서 피로한 정도가 다르다는 점

넷째, 적도·농서·남안·기산 등 네 지점은 모두 수비하기에 유리한 곳이어서 촉군이 동쪽에서 함성을 올리고 서쪽을 치며 남쪽으로 향하는 체하고 북쪽을 치게 되면, 우리편에서는 각방으로 군사를 분배해야 할 것이기 때문에 촉군은 한 덩어리로 한 군데를 지키면 되는데, 우리편은 4분의 1의 힘을 가지고 방비할 수밖에 없다는 점

다섯째, 만일에 촉군이 남안과 농서로 나온다면 강인의 곡식을 먹을 수 있고, 기산으로 나오면 보리가 있어서 양식을 충당할 수 있을 것이니, 촉군이 반드시 다시 출동할 가능성이 있다는 점

"공이 그처럼 귀신같이 적정을 살필 수 있으면 촉병이 뭣이 두려울 게 있겠소?"

진태는 이렇게 말하면서 이때부터 등애와 망년지교를 맺게 되었다. 이리하여 등애는 연일 옹과 양의 군사를 훈련시키고, 각 요로에 영채를 마련해 놓고 만일의 사태에 대비하고 있었다.

강유와 등애

　한편 강유는 종제에 있으면서 성대한 주연을 베풀고, 여러 장수들을 모아놓고 위군을 토벌할 계책을 상의하고 있었다.
　영사(令史) 번건(樊建)이 간하였다.
　"장군께서는 지금까지 여러 번 출전하시어 아직도 전공을 거두지 못하시다가 이번 조수의 싸움에서 위인을 장군의 위명 아래 굴복시키셨는데, 무엇 때문에 또 출동하시려는 겁니까? 만약에 불리하게 되신다면 전공이 모두 허사가 됩니다."
　"그대들은 위나라의 국토가 넓고 인구가 많아서 쉽사리 점령하기 어렵다는 생각만 하고 위나라를 공격해서 반드시 이길 수 있는 다섯 가지 조건이 있다는 것을 모르고 있는 것이오."
　강유는 이렇게 말하면서 소위 다섯 가지의 이길 수 있다는 '오가승(五可勝)' 조건을 다음과 같이 구체적으로 설명했다.
　첫째, 적군은 조수의 싸움에서 패했기 때문에 사기가 굉장히 저하됐고, 우리 군사는 비록 후퇴했다고는 하지만 손절(損折)을 받은 점이 없으니 이제 만약 출진하면 이길 수 있다는 점

둘째, 우리 군사는 배를 타고 왔으므로 피로해 있지 않지만, 적군은 육로로 걸어와서 기진맥진해 있다는 점

셋째, 우리 군사들은 오랫동안 훈련을 받아온 정병들이고, 적군은 모두 오합지졸로서 통솔이 되어 있지 않다는 점

넷째, 우리 군사는 기산으로 나가면 무르익은 보리를 거둬들여서 군량에 충당할 수 있다는 점

다섯째, 적군은 여러 방면을 방비하느라고 병력이 분산되어 있어서 우리 군사가 한데 뭉쳐서 공격하면 적군은 서로 협조할 수 없다는 점

강유는 이런 좋은 기회를 놓치고는 다시 위군을 토벌할 기회가 없으리라고 주장하는 것이었다.

하후패가 나서서 말했다.

"등애는 비록 나이가 어리다고 하지만 기모가 뛰어나고 근자에는 안서장군의 직을 봉했으니 반드시 각 방면으로 준비를 갖추고 있을 것이며, 예전과는 딴판일 겁니다."

그러자 강유가 소리를 버럭 질렀다.

"내가 등애 따위를 두려워하겠소? 그대들은 적군에게 기세를 더해 주고, 우리편의 위풍을 떨어뜨리게 하자는 말이오? 나는 이미 결심했소. 우선 농서로 쳐들어 갈 것이오."

이렇게 되니 감히 그 이상 간하는 사람이 없었다. 강유는 친히 전부 군사를 거느리고 여러 장수들에게 뒤를 따라서 전진하라고 명령했다. 이리하여 촉군을 총동원해서 기산으로 달려갔다.

이때 탐마가 보고하기를, 위병이 먼저 기산에 와서 아홉 군데

나 채책을 마련하고 있다는 것이었다. 강유는 그 말을 믿을 수 없어서 친히 몇 기를 거느리고 높은 곳으로 올라가서 바라다보았더니, 과연 기산에는 아홉 군데나 영채가 펼쳐져 있는데 머리와 꼬리가 서로 돌아다보고 있는 것만 같았다.

강유는 좌우 사람들을 돌아다보며 말했다.

"하후패의 말이 틀림없었군! 이 영채는 그 형세가 절묘하오. 이제 등애의 솜씨를 보니 우리 제갈 승상보다 조금도 못한 점이 없구료!"

그는 본영으로 돌아와서 여러 장수들을 보고 또 이렇게 말했다.

"위군이 이미 방비를 견고히 하고 있는 것은 우리 군사가 나타날 것을 예측하고 대기하고 있는 것이오. 내 생각에는 등애가 반드시 여기 와서 있을 것이오. 그대들은 기치를 내걸고 이 산곡간에 진을 치고 매일 1백여 기의 탐마를 내보내도록 하시오. 출초(出哨)하여 나갈 때마다 의갑을 갈아입도록 하고 기호는 청황적백흑 5가지 색의 깃발을 번갈아 쓰도록 하시오. 나는 대병을 거느리고 몰래 동정(董亭)으로 나가서 남안을 들이치겠소."

이리하여 포소(鮑素)를 시켜서 기산 앞 산곡간에 진을 치고 있게 하고, 강유는 친히 대군을 인솔하고 남안으로 향했다.

한편 등애는 촉군이 기산으로 향한다는 것을 알고, 재빨리 진태와 함께 진을 치고 대기하고 있었는데 촉군은 통 움직이지 않았다.

매일같이 하루에 다섯 번씩 탐마가 영채 밖으로 나왔다가 10리 혹은 15리 지점에서 되돌아가곤 할 뿐이었다.

등애는 높은 곳에 올라가서 이런 광경을 내려다보고 있다가 황망히 장으로 들어오며 진태에게 말했다.

"강유는 이곳에 없습니다. 동정(董亭)으로 나가서 남안을 습격하는 게 틀림없을 것입니다. 저 탐마는 몇 명 안 되는데, 의갑을 갈아입고 나왔다 들어갔다 하고 있는 것입니다. 말들도 피곤했고 적의 대장들도 하나같이 무능한 위인들뿐입니다. 장군께서 당장 일군을 인솔하여 쳐들어가시면 반드시 격파하실 수 있을 것입니다. 저곳을 격파하신 다음에는 그대로 동정으로 통하는 도로로 나가셔서 강유의 퇴로를 끊어 버리십시오."

"음… 그래서?"

"소생은 일군을 거느리고 남안으로 향하여 무성산을 공략하겠습니다. 그곳을 점령할 수 있게 되면, 강유는 반드시 상규로 향할 것입니다. 상규에는 단곡이라는 협착한 산골짜기가 있어서 복병하기에 좋은 지점이니 강유가 무성산을 공격하러 내달을 때, 소생이 미리 단곡에 양군을 매복시켜 두었다가 공격을 가하면 강유를 격파하기는 힘 안 드는 일입니다."

진태가 말을 받았다.

"나는 농서를 2, 30년 동안이나 지켰지만 아직도 이렇게 지리를 명찰하지 못했소. 공의 말하는 바는 정말 신의 경지요. 그러니 공은 곧 출동해 주시오. 나는 곧 채책을 공격하겠소."

이리하여 등애는 군사를 거느리고 밤을 헤아리지 않고 줄곧 걸어서 무성산에 도착했다. 영채를 마련해 놓았는데도 촉병은 나타나지 않았다. 등애는 아들 등충(鄧忠)과 장전교위 사찬(師纂)에게 각각 5천 명을 거느리고 단곡으로 먼저 가서 매복해 있으라고 명령했다.

두 사람이 계책을 받아 가지고 떠나고 나서 등애는 조용히 촉병을 기다리고 있었다.

한편 강유는 동정에서 남안을 향하여 출동했는데, 무성산 앞까지 왔을 때 하후패에게 이런 말을 했다.

"남안 근처에 무성산이라는 산이 있는데 그곳만 수중에 넣는 다면 남안을 점령하는 거나 마찬가지요. 그런데 등애는 꾀가 많은 위인인지라 반드시 먼저 이곳을 방비하고 있을 것만 같소."

이렇게 망설이고 있을 때, 홀연 산 위에서 포성이 한번 들리더니 고함소리가 천지를 뒤흔들고 북과 피리 소리가 일제히 일어나며 정기가 나타나는데 모두 위병들이었다.

중앙에서 휘날리고 있는 누런 깃발에는 등애라는 글자가 쓰여 있었다.

촉병들이 깜짝 놀랐을 때 산 여기저기서 정예군사들이 명렬히 쳐내려오니, 앞선 부대는 뿔뿔이 흩어졌고 강유가 중군의 인마를 거느리고 구출하러 그곳으로 달려갔을 때엔 위군이 이미 후퇴한 뒤였다.

강유는 그대로 무성산 기슭으로 와서 등애에게 도전을 했지만, 산 위의 위병은 통 내려오지도 않았다. 저녁때가 되어서 군사를 후퇴시키려고 했더니 또 북소리와 피리소리가 일제히 울리는 듯 하는데 위병이 내려오는 기색은 전혀 보이지 않았다.

밤이 삼경이 되도록 지키고 있다가 되돌아서려고 했더니 산 위에서는 다시 북소리와 피리소리가 울려왔다.

강유는 산 아래에 군사를 주둔시키고 군사들을 시켜 목석을 운반해다가 영채를 세우려고 했더니 산 위에서 또 북소리와 피리소리가 들리며 위병이 쏟아져 내려왔다.

촉병은 일대 혼란을 일으켜서 서로 밟고 밟히고 하면서 간신히 처음 영채로 후퇴했다.

이튿날이 되었다.

강유는 군사에게 명령하여 군량과 수레를 운반하여 무성산으로 가서 죽 늘어놓고 책액을 세워서 둔병지계(屯兵之計)로 삼으라고 했다. 이날 밤 이경쯤 되어서 등애는 5백 명에게 횃불을 들게 하고 양로로 갈라져서 산을 내려가 거장에 불을 지르게 했다.

양편 군사가 밤이 새도록 치고 무찌르고 했지만 영채를 세우는 데 성공하지는 못했다.

강유가 다시 군사를 후퇴시키고 하후패에게 와서 상의하였다.

"남안을 점령하지 못했으니 먼저 상규를 공략하는 게 좋을 것 같소. 상규는 남안의 둔량처니까 만약에 상규를 점령할 수 있다면 남안은 저절로 위태로워질 것이오."

드디어 하후패를 무성산에 주둔시켜 두고 강유는 정병과 맹장들을 모두 인솔하고 일시에 상규를 들이치기로 했다.

도중에서 일박을 하고 날이 밝으려 할 무렵에 산세가 협착하고 험준하며 도로가 파헤쳐진 것을 보자 향도관에게 물어 보았다.

"이 골짜기는 뭐라는데요?"

"단곡이라 합니다."

강유가 깜짝 놀라며 말했다.

"단곡이라! 그 이름이 좋지 않은 걸. 단곡은 단곡이니 만약 골짜기 어귀를 막아 버린다면 어떻게 되는가?"

이렇게 망설이고 있을 때, 전군으로부터 보고가 들어오기를 산 뒤가 소란스러운 것을 보아 반드시 복병이 있으리라는 것이었다. 강유가 급히 후퇴령을 내렸으나 마침 사찬과 등충의 양군이 덤벼들었는지라, 싸우면서 도망치는 도리밖에 없었다.

그런데 또 앞으로부터 함성이 일어나더니 등애의 군사가 달려들어 삼로로 무찔러 오니 촉군은 대패하여 뿔뿔이 흩어졌.

하후패가 싸움을 거들어 달려들었기 때문에 위군은 그제야 물러나갔고 강유를 구출해 낼 수 있었다.

강유가 다시 기산으로 가려고 하자 하후패가 나서며 말했다.

"기산의 영채는 벌써 진태에게 격파당했으며 포소는 전사했고, 영채의 인마는 모조리 한중으로 돌아갔습니다."

이 말을 듣고 강유는 동정도 포기하고 산곡간의 샛길을 찾아서 후퇴하는데, 앞에서는 위군의 대장 진태가, 뒤에서는 등애가 덤벼드니 도저히 이 포위망을 돌파할 수가 없었다.

다행히 탕구장군 장의가 강유가 포위당한 것을 알고 수백 기를 거느리고 달려와서 구출해 냈으나, 장의 자신은 빗발치듯하는 화살 속에서 전사하고 말았다.

강유가 간신히 목숨을 건져 가지고 한중으로 돌아왔더니, 그가 무수한 촉나라의 장수들을 전사케 했다는 데에 대해서 원성이 자자했다. 그래서 강유는 일찍이 무후 제갈량이 가정(街亭) 싸움에서 그랬듯이 표를 올려 지위를 낮추어 후장군의 자리로 물러나서 대장군의 일을 대행하기로 했다.

등애는 촉군이 패하여 물러나자 진태와 성대한 축하의 주연을 베풀었고 3군을 위로해 주었다.

진태가 등애의 공로에 대하여 표를 올렸더니, 사마소는 곧 사신을 파견하여 등애의 작위를 올려 주었고, 또 그의 아들 등충도 정후(亭侯)에 봉했다.

한편 위주 조모는 정원(正元) 3년을 감로 원년(甘露元年)으로 고쳤는데, 사마소는 천하의 병권을 잡고 대도독이 된 이래, 만사를 천자에게 신주하지도 않고 제멋대로 결재하며 평소부터 엉뚱한 배짱을 갖고 찬탈의 기회를 노리고 있었다.

여기다가 부채질을 하며 충동질을 한 것은 그의 심복인 가충(賈充)이었다. 가충은 건위장군 가규(賈逵)의 아들로서 상부의 장사(長史)라는 직책에 있었다.

사마소는 마침내 가충의 충동하는 말에 찬성하여 그를 동방 제국으로 파견해서 자기에 대한 민심을 알아보도록 했다.

가충은 제일 먼저 회남으로 가서 진동대장군 제갈탄을 찾았다.

제갈탄은 가충을 영접하여 주연을 베풀어 대접했다. 그러나 가충이 한번 말을 꺼내서 천자가 나약하다는 것과 사마소 대장군이 위나라의 대통을 계승함이 좋겠다는 말을 했더니, 제갈탄은 격분하여 펄펄 뛰었다.

"그대는 대대로 위나라의 녹을 먹고 살아온 사람이 어찌 그 따위 괘씸한 소리를 하오? 조정에 만일 무슨 변고가 생긴다면 나는 목숨을 바치고 나서겠소이다."

사마소가 격노하였다.

"생쥐 같은 놈이 어찌 감히 그 따위 말을 할 수 있단 말인가?"

이때 가충이 대답했다.

"제갈탄은 회남에서 상당히 인심을 얻고 있습니다. 그러니 오래 내버려두면 반드시 우환이 될 것입니다. 속히 처치해 버리는 것이 좋겠습니다."

사마소는 양주자사 악침에게 밀서를 보내고 일변 사신을 파견하여 제갈탄을 사공(司空)으로 승격시켜서 불러 올리려고 했다.

조서를 받은 제갈탄은 벌써 가충이 무슨 입을 놀린 줄 알고 사신을 붙잡아서 고문했다.

그랬더니 사신은 놀라 자백했다.

"이 사건은 악침이 알고 있습니다."

"그가 어째서 알고 있단 말인가?"

제갈탄이 호통을 치며 물으니, 사신은 부들부들 떨면서 말했다.

"사마 장군께서 벌써 사람을 양주에 파견하시어 악침에게 밀서를 보내셨습니다."

제갈탄은 격분하여 사신을 참해 버리고, 부하병 1천 명을 동원하여 양주로 달려갔다. 남문에 이르니 성문은 이미 닫혀 있고 적교도 끌어 올려져 있었다.

제갈탄은 성 아래에서 문을 열라고 소리쳤으나 성 위에서는 한 사람도 대답이 없었다.

제갈탄은 부르르 떨며 말했다.

"악침, 필부 녀석이 어찌 감히 이다지 괘씸한 짓을 하는가?"

드디어 장사들에게 성을 공격케 하니 수하의 10여 기 효장들이 강을 건너 성 위로 올라가서 군사들을 무찔러버리고 성문을 활짝 열어 버렸다.

제갈탄은 군사를 거느리고 성안으로 달려들어가서 바람결을 타고 불을 지르면서 악침의 집으로 쳐들어갔다.

악침은 당황하여 누상으로 몸을 피했으나 제갈탄은 칼을 뽑아 들고 누상으로 쫓아 올라가서 호통쳤다.

"너의 아비 악진(樂進)으로 말할 것 같으면 과거에 위나라의 대은을 받은 사람이다. 보답할 생각은 하지 않고 도리어 사마소에게 순종하려 들다니!"

제갈탄은 악침이 대답할 틈도 주지 않고 한 칼에 그를 찔러 죽여 버렸다.

제갈탄은 또 사마소의 죄상을 일일이 적은 표를 작성하여 낙양으로 보내고, 회남의 전호구(田戶口)에다 10만여 명을 집결시켰으며, 아울러 양주의 새로 항복한 군사 4만여 명을 합쳐 군을 둔적하고 진병할 준비를 했다.

동시에 장사(長史) 오강(吳綱)을 시켜서 아들 제갈정을 오나라

에 인질로 보내어 사마소를 주멸하도록 싸움을 거들어 달라고 연락을 취했다.

이때 동오의 승상 손준(孫峻)은 이미 병으로 세상을 떠났고, 종제 손침이 천자를 보좌하고 있었다. 이 인물은 성격이 몹시 거칠어서 대사마 등윤, 장군 여거, 왕돈 등을 차례차례 죽여 버리고 병권을 장악하고 있어서 총명한 오주(吳主) 손양(孫亮)도 어찌할 도리가 없는 판이었다.

그러나 오강이 제갈정을 데리고 석두성(石頭城)에 이르러 손침을 만나 보고 이런 사정을 이야기했더니, 손침은 즉석에서 쾌히 승낙하고 대장 전역과 전단(全端)을 주장으로 우전(于銓)을 후군으로, 주이(朱異)와 당자를 선봉으로 삼아서 문흠(文欽)을 향도로 파견하고 7만의 군사를 동원하여 세 대로 나누어 출동하게 하였다.

오강이 수춘으로 돌아와 제갈탄에게 보고했더니, 제갈탄은 크게 기뻐하며 군사를 배치하여 싸움할 준비에 바빴다.

낙양으로 올라온 제갈탄의 표를 보자 사마소는 격노하여 친히 토벌하러 나서려고 했다. 그러나 가충이 꾀를 내어서 지금 천자를 버리고 나갔다가 만일 조정에 변동이 생기면 후회막급일 터이니 태후와 천자에게 주청해서 함께 출전하는 안전지책을 강구하자고 했다.

사마소는 그 의견이 매우 묘하다고 크게 기뻐하며 태후에게 주청했다.

"제갈탄이 반란을 꾀하였기에 협의한 결과 태후와 천자께 청하와 선제의 유지를 계승하시도록 하고자 합니다."

태후는 겁이 나서 어쩔 줄 모르며 그의 의사를 따를 뿐이었다.

그 이튿날 사마소는 위주 조모에게 떠나자고 청했다.

조모가 망설이며 말했다.

"대장군 도독은 천하의 군마를 임의로 조종할 수 있으면서 왜 짐까지 자행해야 된단 말이오?"

그러나 사마소는 옛날의 조조와 문제, 명제의 예까지 들어서 선군의 유지를 계승하여 역도를 소탕하려면 반드시 천자 자신이 친정해야 한다고 강력히 주장하는지라, 조모도 어쩔 수 없었다.

이리하여 사마소는 조서를 내려서 양도(兩都)의 군사 26만 명을 동원하고, 정남장군 왕기(王基)에게 맨 앞 선봉을 명령하고, 안동장군 진건(陳騫)을 부선봉으로 하고 나서 보무당당하게 회남으로 진격을 개시했다.

동오에서는 선봉 주이가 병사를 인솔하고 나와서 대적했다.

양군이 대진하고 서니 위군 중에서도 왕기가 출마했으며, 주이가 그를 맞아 대결했다.

싸운 지 3합도 못 되어서 주이가 패하여 도주하니 당자가 또 말을 몰고 나섰다. 그러나 역시 3합도 못 싸우고 대패하여 달아났다.

왕기가 그대로 군사를 몰아 무찌르고 들어가니 오군의 병사들은 대패하여 50리나 후퇴해서 다시 영채를 마련했다.

이런 소식이 수춘성(壽春城)으로 전해지자 제갈탄은 친히 본부 정병을 인솔하고, 문흠과 그의 두 아들 문앙(文鴦), 문호(文虎)와 회합하고, 웅병 수만 명을 동원하여 사마소와 대적하게 되었다.

사마소는 제갈탄이 오나라 군사와 힘을 합쳐서 결전을 하러 나온다는 것을 알자, 산기장사 배수(裵秀)와 황문시랑 종회(鐘會)를 불러서 대책을 상의했다.

그러자 종회가 말했다.

"오군의 병사가 제갈탄을 돕는다는 건 사실은 그들의 이익을 위해서 하는 노릇입니다. 이해 관계로 유인하면 이는 반드시 이겨낼 수 있습니다."

사마소는 그 말대로 석포(石苞)와 주태(周太)에게 먼저 양군을 거느리고 석두성(石頭城)에 매복해 있도록 명령하고 왕기와 진건(陳騫)에게 병사를 주어서 그 뒤를 받치도록 하고, 편장 성쉬(成倅)에게 병력 수만을 주어서 적군을 유인해내도록 했다.

또 진준(陳俊)에게 명령하여 사면에서 적의 진중으로 몰고 들어가서, 적군이 나타나면 그 앞에다가 물건을 버려놓고 달아나도록 했다.

이날 제갈탄은 오나라 대장 주이를 왼편에 문흠을 오른편에 거느리고 출전했는데, 위군 진중의 인마가 정돈되어 있지 않은 것을 보자 일거에 인마를 몰고 쳐들어가니, 성쉬는 우마와 여자를 모두 버린 채 도주했다.

이때 홀연 한방의 포성이 들리더니 양로병이 쳐들어왔다.

왼편은 석포, 오른편은 주태였다. 제갈탄이 대경실색하고 급히 후퇴하려 했을 때, 왕기와 진건의 정병이 쇄도하니 제갈탄의 병사는 대패하는 수밖에 없었다.

거기다가 사마소까지 군사를 인솔하고 싸움을 거들게 되니 제갈탄은 패잔병을 인솔하고 수춘으로 도주해 들어가 버렸다.

이때 오나라 군사들은 안풍(安豊)으로 물러나가서 주둔했고, 위주의 거가는 항성에 머물러 있었다.

이때 종회가 필승의 계책을 제공했다.

그것은 제갈탄이 패했다고는 하지만 수춘성 안에는 군량도 풍부히 있고 또 오나라 군사들이 안풍에 진을 치고 있는지라, 현재 이편 군사가 사방을 포위하고 있다고는 하지만 이렇게 느릿느릿 공격을 하면 단단히 수비할 것이요, 급히 서두르면 결사적으로 덤벼들 것이니 오병이 협공이라도 해온다면 이편 군에서는 이롭지 못하다는 것이었다.

이보다는 남문대로를 남겨두어서 적군이 스스로 달아나게 해놓고 삼면으로 공격을 가하면 반드시 이길 수 있다는 것이었다.

또 오병(吳兵)은 먼 곳에서 오느라고 군량이 얼마 오래 지속되지 못할 것이니 이편에서 경기를 인솔하고 그 배후를 끊어놓으면 적군은 싸우지 못해 보고 저절로 패하고 말 것이라는 의견이었다.

사마소는 종회를 극구 칭찬했다.

"그대는 참으로 나의 자방이오!"

즉각 왕기에게 명령하여 남문을 공격하고 있던 군사들을 후퇴시켰다.

한편 오나라의 군사들은 안풍에 진을 치고 있었는데, 손침은 주이(朱異)를 책망하였다.

"수춘성 한 군데만이라도 구출하지 못한다면 어찌 중원을 점령할 수 있겠소? 이번에 또다시 실패한다면 반드시 참할 것이오."

주이는 즉각 본채로 돌아와서 상의했다.

우전이 나서서 말했다.

"지금 수춘 남문의 포위가 풀렸으니 소생이 일군을 거느리고 남문으로 들어가서 제갈탄을 도와서 성을 지킬까 합니다. 장군께서 위병과 도전을 하시면 소생은 성 안으로부터 쳐 나올 테니 양로로 일제히 협공하면 위병을 격파할 수 있을 것이옵니다."

주이가 그 말이 옳다고 하자 전역·전단·문흠도 따라서 입성하겠다고 하여 우전은 도합 1만 명의 군사를 거느리고 남문으로 입성했다.

위병들은 대장의 명령을 받지 않았기 때문에 그것을 막아낼 수 없어서 오병을 그대로 입성시켰다.

그러자 사마소는 그들의 계략을 꿰뚫었다.

"이것은 주이와 함께 안팎으로 침공하여 우리 군사를 격파하자는 수작이다."

곧 왕기와 진건을 불러서 분부했다.

"그대들은 군사 5천 명을 거느리고 주이가 오는 길을 차단하고 배후로부터 공격을 가하라."

두 사람은 명령을 받고 곧바로 떠났다.

주이가 군사를 거느리고 진군하고 있는데, 홀연 배후에서 함성이 일고 왼편으로부터 왕기, 오른편으로부터 진건이 덤벼드니 오군의 병사들은 그만 대패하고 말았다.

주이가 돌아와서 손침을 만났을 때 그는 몹시 격분하였다.

"번번이 싸움에 패하기만 하는 그대를 장수라고 책임을 맡긴 내 잘못이 크지…."

주이를 끌어내어 목을 베어 버리고 전위를 불렀다.

"만약에 위병을 격퇴시키지 못한다면 그대 부자들은 또 나를 대면하러 오지 마라!"

손침은 격노하여 그대로 건업으로 돌아가 버렸다.

이렇게 되자 종회가 사마소에게 말했다.

"손침이 돌아가 버렸으니 밖으로 원병이 없어졌으므로 성을 포위하기가 수월하게 됐습니다."

사마소는 그 말대로 군사를 독촉하여 성을 포위하였다.

전위는 수하의 병사를 거느리고 수춘으로 들어가려고 했으나,

위군 병사들의 세력이 대단함을 보고 생각다 못해서 마침내 사마소에게 투항해 버리고 말았다.

사마소가 그를 편장군으로 기용하니 전위는 사마소의 은덕에 감명하여 편지를 써 가지고 부친 전단과 숙부 전역에게 손침은 믿을 수 없는 자이니 위나라에 투항하는 게 좋겠다는 의사를 화살에 매어 성 안으로 쏘아 들여보냈다.

이것을 받아 본 전역은 전단과 함께 수천 기를 거느리고 성문을 개방하고 나와서 투항했다.

이때 제갈탄은 성 안에서 답답한 시간을 보내고 있었다.

모사 장반과 초이가 진언하였다.

"성중에는 군량이 적고 군사는 많으니 더욱 오래 지킬 수 없습니다. 오와 촉의 여러 군사를 거느리고 결사적으로 한번 싸워 보면 어떻겠습니까?"

제갈탄이 노발대발하였다.

"나는 지키고 싶다는 데 그대는 싸우고 싶다니 딴 생각이 있는 것 아니오? 또 그 따위 소리를 또 하면 용서치 않겠소."

두 사람은 하늘을 우러러보고 길게 탄식하였다.

"제갈탄도 망하지 않을 수 없소. 우리들은 일찌감치 투항하여 죽음이나 면하는 게 좋겠소이다."

이리하여 그날 밤 이경쯤 되어서 두 사람은 성벽을 내려와서 위군에 투항하자, 사마소는 그들을 중용했다.

이런 일이 있었기에 성 안에서 비록 싸움을 하고 싶은 병사들이 있을지라도 감히 싸우자는 말을 입 밖에 내지 못했다.

제갈탄은 성 안에 있으면서도 위군의 병사들이 사면을 토성으로 쌓아올려서 회수를 방비하고 있는 것을 보자, 물이 범람하여 토성이 허물어지기를 기다려 격파할 생각만 하고 있었다.

그러나 가을이 지나고 겨울이 되었는데도 장맛비는 내리지 않고 회수의 물은 범람할 기세가 보이지 않았다.

성 안에는 양식이 끊어졌다.

문흠은 소성(小城)에서 두 아들과 사수하고 있었는데, 병사들이 점점 굶주림에 쓰러지는 것을 보자 더는 하는 수 없이 제갈탄에게 와서 보고했다.

"군량이 다 떨어져서 병사들은 굶어 죽어 갑니다. 북방의 병사들(제갈탄의 옛날 부하들)은 모조리 성 밖으로 내보내서 양식을 조금이라도 절약해야겠습니다."

제갈탄은 버럭 화를 냈다.

"그대가 날더러 북군을 모두 몰아내라는 것은 나를 죽이자는 작정이로구나!"

당장에 문흠을 끌어내서 목을 베어 버리게 했다.

문앙과 문호 두 아들은 부친이 살해당하는 것을 보자, 각각 단도를 뽑아들고 수십 명을 닥치는 대로 찔러 죽이고, 성 위로 뛰어올라 단숨에 아래로 뛰어내려서 성호(城壕)를 건너 위나라의 영채에 투항해 버렸다.

사마소는 과거에 문앙이 단기로 자기 군사를 물리쳤던 원한을 품고 그의 목을 베어 버리려고 했다.

그러자 종회가 간하였다.

"죄는 문흠에게 있습니다. 문흠은 이미 죽었고 두 아들이 마음을 바꿔 귀순한 것이니 항복한 장수를 죽인다면 성 안의 사람들이 앙심만 품게 될 것입니다."

사마소는 그 충고를 받아들여서 문앙과 문호를 성 안으로 불러들여서 위로하고 또 준마(駿馬)와 금의(錦衣)를 주어서 편장군으로 기용하고 관내후에 봉했다.

두 아들은 감사하다고 절하고 말 위에 오르더니 성 주변으로 돌아다니며 소리를 질렀다.

"우리 두 사람은 대장군께서 죄를 사해 주시고 관작까지 주시었는데, 그대들은 왜 빨리 투항하지 않는가?"

이 말을 듣자 성 안에 있는 사람들은 모두 수군거리며 궁리를 했다. 문앙은 사마씨(司馬氏)의 원수 같은 사람인데도 이렇게 중용했다면 자기네들은 문제없으리라는 생각을 하고 모두 투항하고 싶어졌다. 이 소문을 들은 제갈탄은 격노하여 낮이나 밤이나 친히 순찰을 하고 그런 기색이 있는 자들은 모조리 죽여 버려서 자기의 위엄을 보였다.

종회는 성 안의 인심이 이미 동요하고 있음을 알아차리고 장으로 들어가서 사마소에게 말했다.

"이 틈을 타서 성을 공격하십시다."

사마소는 이 말을 듣고 대단히 기뻐했다. 마침내 3군을 운집시켜서 일제히 맹렬한 공격을 개시하도록 했다.

거기다가 또 북문을 지키고 있던 수장 증선(曾宣)은 성문을 활짝 개방하고 위나라 군사들을 맞아들였다.

위나라 군사들이 쳐들어온 것을 알자, 제갈탄은 당황하여 휘하의 병사 수백 명을 거느리고 스스로 성중의 좁은 길로 뛰쳐나와서 적교 근처에 이르렀다.

바로 이때 호분(胡奮)과 맞닥뜨리게 되니 감당해 낼 도리가 없어서 마침내 호분의 칼에 목이 날아서 말 아래로 떨어져 처참한 최후를 마쳤다.

제갈탄의 부하 수백 명도 모두 결박당하고 말았다. 이때 왕기가 군사를 거느리고 서문으로 쇄도하다가 마침 달려오는 오나라 장수 우전(于詮)과 맞닥뜨리게 되었다.

왕기가 호통을 쳤다.

"어째서 빨리 항복하지 않느냐?"

우전이 격노하여 소리쳤다.

"명령을 받고 싸움터에 나와 남을 구하려다가 구하지는 못했을 망정 적에게 투항하다니 그게 어찌 신의 있는 짓이냐!"

투구를 땅에 내동댕이치고 또다시 소리를 질렀다.

"인간이 세상에 태어나 싸움터에서 죽는다는 것은 행복한 일이다!"

그러더니 대뜸 칼을 휘두르며 30여 합을 결사적으로 싸웠으나 사람도 피곤하고 말도 지쳐서 난군 중에서 절명하고 말았다.

사마소는 수춘으로 입성하자 곧 제갈탄의 일가를 모조리 베어 삼족을 멸하였다.

무사가 붙잡힌 제갈탄의 부졸 수백 명을 결박해 가지고 사마소의 앞에 나왔다. 그러자 사마소가 물었다.

"그대들은 항복하겠느냐?"

그러나 모든 사람은 이구동성으로 대답했다.

"제갈공(諸葛公)과 같이 죽을지언정 절대로 네놈에게 항복하지는 않는다!"

사마소는 격분하여 무사에게 호령해서 모조리 결박한 채 성 밖으로 끌어냈다. 그리고 한 사람 한 사람씩 또 한번 물어 보았다.

"항복만 하면 살려줄 것이다. 어떠냐?"

그러나 한 사람도 항복하겠다는 사람이 없었다. 마침내 한 사람 한 사람 모조리 죽여 버렸는데 끝까지 누구도 항복하지 않았다. 사마소는 감탄해 마지않으며 그들을 잘 매장해 주라고 명령했다.

오병의 태반이 위군에 투항하자, 배수가 사마소에게 간하였다.

"오나라 병사들의 노소 가족들은 모두 동남 강회 땅에 있으니 이들을 오래 머물러 둔다면 반드시 변고가 생길 것입니다. 그러니 몰살시켜 버리는 게 좋습니다."

그러자 종회가 반대를 하였다.

"그건 안 될 말씀입니다. 옛적에 용병을 한 사람들은 언제나 그 원흉만 죽였습니다. 이제 그들의 가족을 모조리 몰살시킨다는 것은 잘못된 일입니다. 강남으로 돌려보내어 우리의 관대함을 보여주심이 좋을 것입니다."

사마소는 웃으며 말하였다.

"그거 참 좋은 생각이오!"

드디어 사마소는 오병을 모조리 본국으로 돌려보냈다.

당자는 손침이 겁이 나서 자기 나라로 돌아가지 않고 그대로 위나라에 귀순했는데, 사마소는 돌아온 병사들을 모두 중용하고 삼하 땅에 배치시켜서 회남을 평정하고 군사를 철수하려고 했다.

바로 이때 홀연 보고가 날아들었다.

서촉의 강유가 군사를 이끌고 마구 쳐들어와서 장성을 공략하고 군량을 약탈하고 있다는 것이었다.

사마소는 급히 여러 관원들과 이를 물리칠 계책을 상의했다.

이때가 촉한 연희(延熙) 20년으로 경요 원년(景耀元年)으로 고쳤다.

강유는 한중에서 장수 두 사람을 뽑아서 매일 인마를 훈련시키고 있었는데, 한 사람은 장서(蔣舒)요 또 한 사람이 부첨(傅僉)이란 장수였다.

이 두 장수는 굉장히 용맹하고 대담해서 강유가 몹시 아꼈다.

이때 보고가 들어오기를 회남의 제갈탄이 군사를 동원하여 사마소를 토벌하려 하며, 동오의 손침이 싸움을 거들어 주게 되었고, 그 때문에 사마소는 회남과 화북의 군사를 대거 동원하여 위태후(魏太后), 위주(魏主)와 함께 출정했다는 것이었다.

강유가 크게 기뻐하며 말했다.

"이번에야말로 나의 대사가 순조롭게 이루어질 것이다."

드디어 후주(後主)에게 표주하여 군사를 일으켜 위나라를 토벌하겠다고 했다. 중산대부 초주(?周)가 이런 사실을 알고 탄식하며 말하였다.

"근래에 조정에서는 주색에 빠져서 중귀(中貴) 황호(黃皓)를 신임하고 국사를 다스리지 않고 환락만 도모하고 있으며, 백약은 누차 정벌만 일삼고 군사를 돌볼 줄 모르니 국가는 위기에 빠지고 말았다."

그는 마침내 '수국론(讐國論)'이라는 한 편의 문장을 지어서 강유에게 보냈다.

이 수국론은 결국 강유를 공격한 문장이었는데 그 요점은 움직여야만 될 때 천시와 천수를 알고 움직여야 하는 것이니 강유처럼 싸움만 일삼고 백성의 노고를 안중에 두지 않는다면 제 아무리 지혜가 있다 해도 나라를 구출하기 어렵다는 것이었다.

강유는 그것을 읽고 나더니 격분하였다.

"되지 못한 놈의 군소리다!"

땅바닥에다 그것을 내동댕이치고 드디어 천병을 동원하여 중원을 공격하기로 하고 부첨에게 물었다.

"공의 생각으로는 어느 땅으로 출동했으면 좋겠소?"

부첨이 대답하였다.

"위군의 군량은 모두 장성에 둔적되어 있습니다. 이제 낙곡(駱谷)을 들이치고 심령(沈嶺)을 넘어서, 곧장 장성으로 들어가 우선 군량을 불질러 버린 후 그대로 밀고 나가 진천(秦川)을 점령해 버리면 이제는 중원을 점령하는 것도 시일 문제에 불과합니다."

강유가 웃음을 띠며 말했다.

"공의 견해는 나의 계책과 일치하오."

즉시 군사를 동원하여 낙곡을 들이치고 심령을 넘어서 곧장 장성으로 향했다.

장성을 지키고 있는 장수는 사마소의 종형인 사마망(司馬望)이었는데 촉병이 쳐들어온다는 것을 알자 왕진(王眞)과 이붕(李鵬) 두 장수를 거느리고 성 밖 20리 지점으로 출전했다.

저편에서는 강유가 말을 몰고 나와서 사마망에게 맞서 쇄도하고, 이편에서도 사마망이 거기에 응수하며 욕설을 퍼부었다.

이때 사마망의 등뒤에선 왕진이 창을 휘두르며 내달으니 촉군의 진중에서는 부첨이 덤벼들었다.

10여 합쯤 싸웠을 적에 부첨은 일부러 허를 보이는 체하니 왕진은 이때라고 생각하고 창으로 찌르며 대들었다.

그러나 이 찰나에 부첨은 비호같이 뒤돌아서서 왕진을 움켜잡아 말 위에 태워 가지고 자기 진영으로 달려갔다.

이 광경을 보고 있다가 격분한 이붕이 칼을 휘두르며 말을 몰아 왕진을 구출하려고 달려들었지만 부첨은 모른 체하고 이붕이 접근해 들어오기만 기다리다가 있는 힘을 다해서 왕진을 땅바닥에 내동댕이치고 사릉철간을 슬쩍 손에 뽑아 들었다.

이붕이 쫓아와서 칼을 들고 찌르려고 하는 순간에 부첨은 몸을 슬쩍 돌려서 이붕의 얼굴에 정통으로 철간의 일격을 가했다. 이붕은 말 위에서 처참하게 죽었다. 그리고 왕진도 촉군의 병사들이 창으로 마구 찔려서 죽여 버렸다.

강유가 군사를 몰고 당당히 진격하니 사마망은 영채를 포기하고 성 안으로 들어가 문을 걸어 잠그고 나오지 않았다.

강유가 명령을 내렸다.

"군사들을 오늘밤은 잘 쉬게 하여 내일은 꼭 입성할 수 있도록 하라."

그 이튿날 날이 밝자 촉병들은 일제히 성 아래로 진격하면서 화전(火箭)과 화포를 성중으로 쏘아댔다. 성 위 초가지붕에 불이 붙으니 위병들은 저절로 혼란을 일으켰고, 강유는 또 사람들을 시켜서 마른 장작을 성 아래에 잔뜩 쌓아올리고 불을 지르게 했다.

맹렬한 화염이 충천하고 성이 이미 함락되게 되니, 위병들이 성 안에서 통곡하고 아우성치는 소란한 소리가 천지를 진동했다.

맹렬히 공격을 가하고 있을 때 배후에서 고함소리가 천지를 진동하였다.

선두에 나타난 장수는 나이 불과 20여 세였다. 얼굴에는 마치 분을 바른 듯 입술에는 붉은 칠을 한 듯한, 이 백면소장이 호통을 쳤다.

"등장군을 모르느냐?"

그가 등애라는 것을 알아차린 강유는 말을 몰고 나가서 3, 40합을 싸웠으나 승부가 나지 않았고, 이 소장의 창법에는 추호도 빈틈이 없어서 강유는 내심 경계하며 생각하였다.

'계책을 쓰지 않고는 이겨낼 수 없겠다.'

강유는 말머리를 돌려 왼쪽 산길로 도망을 쳤다. 젊은 장수는 말을 몰아 쫓아왔다. 강유는 동창(銅?)을 거두고 살짝 활을 잡더니 우전으로 쏘아댔다. 그러나 그 젊은 장수는 재빨리 알아차리고 시위 소리가 나자마자 몸을 앞으로 살짝 굽혀 화살을 피했다.

강유가 다시 머리를 돌렸을 때에는 젊은 장수의 창끝이 이미 눈앞에 닥쳐오고 있었다. 강유가 번갯불처럼 몸을 피하니 창끝

이 가슴 근처로 빠져나갔다. 이 찰나에 강유가 덥석 젊은 장수를 붙잡으려고 하니 그 젊은 장수는 창을 버리고 비호같이 본진(本 陣)으로 달아나 버렸다.

강유가 말을 몰아 진문까지 추격했을 때, 대장 한 사람이 급히 칼을 뽑아 들고 달려나오며 호통을 쳤다.

"강유야, 내 아들을 쫓지 마라! 등애는 여기 있다!"

알고 보니, 먼저 나타났던 젊은 장수는 바로 등애의 아들 등충이었다.

강유는 등애와 대결해 볼 생각이 있기는 했으나 말이 너무 지칠 것을 걱정하여 등애에게 손가락질을 하면서 호통만 쳤다.
"오늘은 그대들 부자를 알게 됐으니 우선 각각 군사를 물리고 내일 결전하기로 하자!"
등애도 불리한 싸움터라는 것을 깨닫고 말고삐를 잡고 말했다.
"그렇다면 각각 군사를 물리기로 하자. 비겁한 궁리를 하는 자는 대장부가 아니다!"
이리하여 양군이 후퇴하고 등애는 위수 강변에 진을 쳤고, 강유는 두 산에 걸쳐서 진을 쳤다. 등애는 촉병의 지리를 두루두루 살펴본 다음, 사마망에게 편지를 보내었다.
여기서는 싸우지 않고 방비만 하고 있다가, 관중의 군사가 도착할 무렵 촉군의 군량이 떨어지기를 기다려 3면으로 공격하면 승리는 틀림없을 것이며, 성 안으로는 장남 등충을 파견했다는 보고를 하였다.
그리고 사마소에게도 사람을 파견하여 구원을 청했다.
강유는 사자를 등애의 채중(寨中)으로 보내어 도전장을 던졌다.
등애가 되는 대로 응하는 체했는데, 강유는 이튿날 새벽 오경에 진을 펼치고 대기했으나 등애의 영채에서는 깃발도 휘날리지 않고 사람이 없는 것처럼 조용할 뿐이었다.
그 이튿날 강유는 다시 사자에게 전서를 보내어 힐책했다. 그러자 등애는 몸이 불편해서 싸움에 응하지 못했으니 내일은 반드시 싸우겠다는 회답을 보내왔다.
그러나 그 이튿날도 등애는 여전히 싸우러 나오지 않았다. 이렇게 하기를 대여섯 차례, 부첨이 강유에게 말하기를 여기에는 반드시 딴 궁리가 있으니 조심하라는 것이었다. 강유도 그 말을 듣자 이것이 관중의 군사가 도착되기를 기다려서 등애가 3면 공격을 가하려는 궁리임을 추측하고, 동오의 손침에게도 구원을 청할 생각을 했다.

그때 탐마가 보고하기를, 사마소가 수춘을 격파하고 제갈탄을 죽였으며, 오병은 모두 투항했기 때문에 사마소는 낙양으로 철수해 가지고 곧 군사를 다시 거느리고 장성(長城)을 구원하러 나서려고 한다는 것이었다.

강유는 대경실색하며 아쉬워했다.

"이번에 위나라를 토벌한 것도 또 화중지병(畵中之餠)이 됐구나! 일단 철수해야겠다."

강유의 팔괘진

 강유는 구원병이 도착될 것을 두려워하여 군기와 거장 등 일체 군수품을 앞으로 내세우고 보병과 함께 마군이 그 뒤를 지키며 따라가게 했다.
 염탐꾼이 이런 소식을 즉시 등애에게 알리니 등애가 비웃으며 말했다.
 "강유는 대장군의 군사가 도착될 줄 알고 미리 후퇴한 것이구나. 추격할 필요는 없다. 추격하면 도리어 그의 계책에 속기 쉽다."
 다시 사람을 보내서 염탐을 시켰더니 회보가 들어오기를 과연 낙곡의 협착한 골짜기에 마른 풀을 쌓아놓고 추격해 오는 병사에게 불을 지를 준비를 하고 있다는 것이었다.
 등애의 계산에는 모든 사람들이 탄복했고, 또 이런 실정을 사자를 파견하여 표주했더니, 이를 들은 사마소는 크게 기뻐하며 또한 등애에게 주상했다.

 한편 동오의 대장 손침은 전단(全端)과 당자 등이 위나라에 투항한 것을 알자 노발대발하며 그들의 가족을 붙잡아서 모조리 몰살시켰다.

 이때 오주(吳主) 손양(孫亮)은 겨우 나이 17세였다. 총명한 손양은 손침의 이런 행동을 심히 마땅치 않게 여기면서도 그의 압력에 눌려서 정사에는 통 간섭하지 못 했다.

 그리고 손침의 아우 위원장군 손간(孫幹)이 창용문(蒼龍門)안에 주둔하고 있었으며, 무위장군 손은(孫恩), 편장군 손건(孫乾), 장수교위 손유(孫劉) 등이 각처에 영을 마련하고 나누어 주둔하고 있었다.

 어느 날 오주 손양은 손침을 그대로 내버려 두었다가는 무슨 짓을 저지를지 몰라 겁이 나서 견딜 수 없었다. 그래서 국구(國舅)요 황문시랑인 전기(全紀)에게 울면서 밀조를 내려주고, 금병(禁兵)을 동원해서 장군 유승(劉丞)과 함께 성문을 탈취해 주기만 하면 자기가 친히 나가서 손침을 죽여 버리겠다는 것이었다.

 그러나 전기는 그 일을 쾌히 승낙하고도, 자기 집으로 돌아가서 그의 부친 전상(全尙)에게 기밀을 누설했으며, 전상은 또 그의 아내에게 이런 사실을 알렸다.

 전상의 아내는 입으로는 그 일에 찬성하는 체하면서도, 남몰래 편지를 써 가지고 손침에게 밀고했다.

 격분한 손침은 그날 밤으로 형제 네 사람을 소집하고 정병을 동원하여 내원(內苑)을 포위하고, 일변 전상과 유승의 가족을 모조리 붙잡아들였다.

 날이 밝기를 기다려 손침은 전상과 유승을 죽여 버리고 문무백관을 조정으로 소집해 놓고 영을 내렸다.

"주상은 음란하기 이를 데 없소. 종묘를 받들 힘이 없으니 이를 폐해야겠소. 감히 내 말에 복종치 않는 자는 모반으로 다스리겠소."

모든 사람들이 그의 권세를 두려워하여 아무 소리도 못하고 있을 때, 상서(尙書) 환의(桓懿)가 격노하여 반부(班部)에서 뛰쳐나와 손침에게 손가락질을 하며 꾸짖었다.

"금상께서는 총명한 주공이시다. 네놈이 어찌 감히 이 따위 못된 소리를 함부로 하느냐. 나는 차라리 죽을지언정 너 같은 적신의 명령에는 복종치 못하겠다!"

이 말이 손침에게 통할 리 없었다.

손침은 친히 칼을 뽑아들어 그의 목을 베어 버리고 그 길로 입궐하여 오주 손양에게 손가락질을 하고 호통을 치며 중서랑 이숭(李崇)에게 인수를 빼앗게 해서 등정(鄧程)에게 받아 두게 하였다. 그러자 손양은 눈물을 흘리며 그 자리를 물러났다.

손침은 종정 손해(孫楷), 중서랑 동조(董朝)를 호림(虎林)으로 파견하여 낭야왕 손휴(孫休)를 천자로 맞아오기로 했다.

손휴는 자를 자열(子烈)이라 하고 손권의 여섯째 아들이었는데 호림에 있다가 생각지도 않은 천자의 벼락감투를 쓰게 된 셈이었다.

손휴는 재삼 사양했으나 손침의 성화 같은 권고를 거절하지 못하고 결국 옥새를 받았다. 그리고 연호는 영안 원년(永安元年)으로 고쳤고, 손침을 승상으로 임명하여 형주목에 봉했으며, 또 형 손화(孫和)의 아들 손호(孫皓)를 오정후(烏程侯)로 봉했다.

이리하여 손침 일문의 오후(五侯)는 모두 금병을 거느리고 그 권세가 천자에 못지않을 정도였으나, 손휴는 내변이 일어날 것을 두려워하여 겉으로는 은총을 베풀면서도 안으로는 방비를 게 을리 하지 않았다.

그러나 손침의 교만과 횡포는 날이 갈수록 점점 심해져갔다.

어느 날 손침은 쇠고기와 술을 받들고 궁으로 들어가서 성수(聖壽)를 축하하려고 했으나, 오주 손휴는 그것을 받지 않았다.

손침은 격노하여 그것을 가지고 좌장군 장포(張布)의 부중으로 가서 함께 마셨다. 술이 거나하게 돌자 장포에게 한소리 했다.

"내가 처음에 회계왕(會稽王)을 폐하였을 때, 사람들이 모두 날더러 인군 노릇을 하라고 권했지만, 나는 금상이 똑똑하다 생각하고 천자로 내세웠더니, 이제 내가 축하한다는 것을 거절하고 나를 우습게 여기니 내 조만간 한번 혼을 내고야 말 것이야!"

장포는 그 말을 듣고 그 자리에서는 어물어물 넘어갔지만, 이튿날 궁으로 들어가서 그런 사실을 밀주했다.

손휴는 대경실색하여 주야로 답답한 시간을 보내고 있었는데, 손침은 중서랑 맹종(孟宗)을 시켜 중영의 소관인 정병 1만 5천 명을 거느리고 무창으로 출진케 하고, 또 무기고 속의 무기를 모조리 그에게 주었다.

장군 위막(魏邈)과 무위사 시삭(施朔)이 이런 사실을 손휴에게 밀주했다.

손휴가 즉시 장포를 불러서 딱한 사정을 이야기하니 그는 노장군 정봉을 믿을 만한 인물로 천거했다. 정봉은 맹세코 국적(國賊)을 처치할 것이니 손휴더러 내일이 납일이므로 여러 신하들이 모인다는 핑계로 손침을 연석에 불러내기만 해주면 자기가 그 자리에서 처치해 버리겠다고 하였다.

이리하여 정봉과 위막은 시삭에게 명령하여 외부를 담당하도록 하고 장포에게 이에 대응하도록 했다.

그날 밤에는 광풍이 맹렬히 일어서 모래와 돌을 휘몰아치고 고

목의 뿌리까지 뽑히더니 날이 밝아서야 좀 잔잔해졌다. 아침에 칙사가 나타나서 손침에게 궁중에 나오기를 청하니 집안 사람들은, 간밤의 일을 생각하고 불길할지도 모르니 참석 않는 게 좋겠다고 권했다.

그러나 손침은 무시하고 좌우를 돌아보면서 말하였다.

"우리 형제가 금병을 거느리고 있는데, 누가 감히 우리 곁에 올 것이냐? 그러나 만약에 무슨 변동이 있거든 부중에서 횃불을 올려 신호하라!"

드디어 손침은 그 연석에 참석했으며 손휴는 어좌에서 내려와 손침을 높은 좌석에 앉혔다. 술이 몇 순배 돌아갔을 때, 밖에서 불길이 치민다는 보고가 들어오며 일대 소동이 일어났다.

손침이 급히 자리를 뜨려 했다. 그러나 손휴가 가로막았다.

"승상! 진정하시오. 밖에는 군사가 많은데 무엇을 그다지 겁낼 게 있겠소?"

그 말이 채 끝나기도 전에 좌장군 장포가 칼을 뽑아 들고 무사 30여 명을 거느리고 전상(殿上)으로 뛰어오르며 아래를 바라보며 무서운 음성으로 호통쳤다.

"역적 손침을 붙잡으라는 조명이시다!"

손침은 재빨리 달아나려고 했으나 이미 무사들에게 붙잡힌 몸이 돼 버렸다.

손침은 비굴하게 떨며 말했다.

"교주의 전리(田里)로나 보내 주시기 바랍니다."

그러자 손휴가 크게 꾸짖었다.

"네놈은 어째서 등윤·여거·왕돈이 가고 싶다는 데도 왜 보내지 않았느냐?"

즉석에서 끌어내어 목을 베라고 명령하니 장포가 손침을 전각

동편으로 끌어내어 참해 버렸다.

또 장포가 손휴를 오봉루(五鳳樓)로 올라가도록 청하고 있을 때 정봉·위막·시삭 등이 손침의 아우들을 끌고 오는지라 손휴는 모조리 장터로 끌어내어 목을 베라고 명령했고, 종당(宗黨) 수백 명도 함께 죽여서 그 삼족을 멸해 버렸다.

또 군사들에게 명령하여 손준(係峻)의 분묘를 파헤치고 그 시수(屍首)를 잘라 버렸으며, 그들에게 살해당했던 제갈각·등윤·여거·왕돈 등의 분묘도 다시 마련해서 그들의 충성을 표시해 주었다. 그리고 먼 곳으로 귀양살이를 가 있는 사람들도 제 고장으로 돌려보내고, 정봉 등에게는 상을 후하게 내렸다.

한편 이런 소식을 편지로 성도에 보고했더니 후주 유선이 축하의 사신을 보냈는지라 이 편에서도 설우를 답례 사자로 보냈다.

설우가 촉으로부터 돌아와서 곧 국내 정세를 보고하는데, 근자에는 중상시 황호(黃皓)가 세도를 부리고 공경들은 아첨만 일삼고 직언을 하는 자가 없었다. 소위 연작이 집에 깃들이니 대하(大廈)에 불이 붙은 것도 모르고 있는 형편이라는 것이었다.

손휴는 제갈공명이 세상을 떠나지 않았던들 이런 일이 없었을 것이라고 한탄하면서 국서(國書)를 작성하여 사람을 시켜 성도로 보내어 사마소가 불원간 위나라를 정복하면 후에 반드시 오와 촉을 침범할 것이니 피차간에 군비를 잘하고 있자고 전했다.

때는 촉한 경요 원년 겨울이었다.

대장군 강유는 혼연히 표를 올려 토위군을 일으킬 작정으로 요화와 장익을 선봉으로 하고, 왕함과 장빈을 좌군, 장서와 부첨을 우군, 호제를 후군으로 하고 친히 촉군 20만을 동원하여 후주와 작별하고 한중으로 나와서 우선 하후패와 먼저 쳐들어갈 방향을 상의했다.

역시 기산을 빼놓고는 출동할 만한 곳이 전혀 없다고 하는지라, 강유는 하후패의 의견대로 기산을 향해서 출동하여 산골짜기 어귀에다 영채를 마련하였다. 그러나 재빠른 등애가 여기에 대해서 대비하지 않았을 리 없었다.

산골짜기 어귀에다 강유가 영채를 마련했다는 사실을 알고 등애는 기뻐하였다.

그리고 혼자서 중얼거렸다.

'나의 예측대로 들어맞는구나!'

등애는 미리부터 지세를 조사해 가지고 일부러 촉군의 병사들이 영채를 마련할 만한 지점을 남겨두고 기산의 영채로부터 촉군의 영채로 통하는 굴을 파 두어서 촉군이 나타나기만 하면 한번 쑥대밭을 만들어 놓겠다고 단단히 벼르고 있었기 때문이었다.

등애는 그의 아들 등충을 불러 사찬과 함께 각각 병사 1만 명을 거느리고, 좌우로부터 총공격하라고 명령하였다. 그리고 부장 정윤(鄭倫)에게는 굴자군(掘子軍) 5백 명을 거느리고 그날 밤 이경에 굴 속을 달려 곧장 좌영(左營)으로 나와서 장후(帳後)의 땅 속으로부터 쳐 나오도록 지시했다.

강유 편의 장수 왕함과 장빈은 아직도 입채(立寨)가 끝나지 않았으므로 위병이 쳐들어올까 두려워서 미처 갑옷도 풀지 못한 채 잠을 그대로 자고 있었다.

그런데 별안간 병사들이 동요한다 하여 무기를 잡고 말에 올랐을 때에는 벌써 영채 밖으로부터 등충이 쳐들어오고 있었다.

왕함과 장빈은 결사적으로 싸웠지만 감당할 도리가 없어서 진지를 버리고 도망쳤다. 장중에 있다가 좌영에서 고함소리가 들리는지라 안팎에서 서로 호응하는 군사가 있다고 생각하고 급히 말을 몰아 중군 장전(帳前)에 나서서 지령을 내렸다.
 "망동하는 자가 있으면 참할 테다! 적병이 진영 주변에 나타나거든 두말할 것 없이 궁노로 쏴라!"
 우영에도 똑같이 경거망동을 하지 말도록 지령을 내렸다. 과연 위군의 병사들은 날이 밝을 때까지 10여 차례나 돌격해 봤지만 모두 궁노에 막혀서 되돌아가고 말았다.
 이튿날, 왕함과 장빈은 패잔병을 수습해 가지고 대채 앞에 엎드려서 죄를 청했다. 강유는 그들의 잘못을 꾸짖지 않고 자기 자신이 지리에 어두웠음을 후회하면서 다시 군사를 증원시켜 주고 진영을 잘 지키도록 했다.
 그리고 죽은 시체로써 굴 속을 메우도록 해서 흙을 덮고, 한편 등애에게 사람을 시켜서 도전장을 던지게 했다.
 물론 그 도전장은 내일 당장 다시 싸워 보자는 것이었다.
 등애도 흔쾌히 이에 응했다.
 이튿날 양군이 기산 앞에 서로 대치하게 되자 강유는 공명의 팔진법에 의하여 천지풍운과 조사용호(鳥蛇龍虎)의 형태로 진을 치기 시작했다.
 등애는 말을 몰고 나와서 강유가 팔괘로 진을 쳐놓은 것을 보자, 그 역시 똑같은 진법으로 진을 쳐놓으니 좌우 전후의 문호(門戶)까지 다름이 없었다.
 강유는 창을 휘두르고 말을 달려나오며 소리를 질렀다.
 "네놈은 내 흉내를 내서 팔진을 펼쳤는데 능히 변진을 할 수 있느냐?"
 등애가 웃으며 받아쳤다.
 "이 진법은 네놈만이 펼 줄 안다고 하는 소리냐? 내 이미 포진을 아는데 어찌 변진을 모르겠느냐?"

곧 진지로 달려들어가더니 집법관(執法官)을 시켜서 깃발을 좌우로 흔들게 하였다. 그는 팔팔 육십사 개의 문호로 바꾸어 놓고 다시 진지 앞으로 나와서 외쳤다.

"나의 변법이 어떠냐?"

강유가 대꾸하였다.

"제법이긴 하지만, 너는 감히 나와 더불어 서로 진지를 포위해 볼 수 있겠느냐?"

"못할 게 뭣이 있단 말이냐!"

양군이 각각 대오를 정연히 하고 진격해 나왔다. 등애는 중군에서 지휘하면서 양군이 충돌해도 그의 진법에는 추호도 흔들림이 없었다. 강유가 중간에 이르러 깃발을 한번 휘두르니 홀연 장사권지진(長蛇捲地陣)으로 변했다.

등애는 한복판에 포위되었고, 사방에서 함성이 요란하게 일어났다. 등애가 그 진법을 알지 못하여 대경실색할 때, 촉병이 점점 육박해 들어오니 등애가 아무리 여러 장수들을 거느리고 돌파하려 해도 뚫고 나갈 도리가 없었다.

촉병들이 사방에서 일제히 고함치는 소리가 들릴 뿐이었다.

"등애야, 빨리 항복해라!"

등애는 하늘을 우러러보며 긴 탄식을 했다.

"내 한때 내 재간을 뽐내다가 결국 강유의 계책에 빠졌구나!"

이때 홀연 서북쪽으로부터 한 떼의 군마가 달려들어서 등애를 구출해 냈는데, 그 장수는 바로 사마망이었다.

그러나 간신히 등애를 구해 냈을 때에는 기산의 아홉 군데 영채는 모조리 촉군에게 빼앗기고 말았다.

등애는 패잔병을 수습해 가지고 위수 남쪽에 영채를 마련하고 사마망을 바라보며 물었다.

"공은 어떻게 이런 진법을 알고 나를 구출해 주었소?"

"소생은 어렸을 적 형남에 유학했을 때, 일찍이 최주평(崔周平)과 석광원(石廣元) 같은 공명의 친구들과 벗하여 이런 진법을 강론했던 일이 있습니다. 오늘 강유가 변진한 것은 바로 장사권지진이란 것입니다. 이것은 어느 방향에서 격파하려 해도 할 수 없는 변법인데 소생은 그 진두가 서북쪽에 있음을 간파하고 그쪽으로부터 돌파한 것입니다."

등애는 진심으로 고마워하였다.

"나는 비록 진법을 배우기는 했으나 사실 변법이란 것은 몰랐소. 공이 이미 이런 진법을 안다면, 내일은 이 진법으로 기산의 영채를 탈취함이 어떻겠소?"

그러나 사마망의 대답은 달랐다.

"소생이 배운 것만으로는 강유를 속일 수 없을 것입니다."

등애는 격려하였다.

"내일 공은 진지에서 그와 진법으로 싸우시오. 나는 일군을 거느리고 기산의 뒤를 급습하겠소. 양편에서 혼전을 벌이면 수채를 도로 탈환할 수 있을 것이오."

이리하여 정윤(鄭倫)을 선봉으로 하고 등애가 친히 기산의 뒤를 습격하기로 했으며, 한편 사람을 보내어 강유에게 전서를 보내고 내일 진법으로써 싸워 보자고 했다.

강유는 승낙의 뜻을 적어서 사자를 돌려보내 놓고 여러 장수를 모아 이렇게 말했다.

"내가 무후께 받은 밀서에는 이 진의 변법이 모두 365가지가 있는데, 천수에 맞추어서 한 것이오. 이제 나와 진법으로써 싸우려 덤벼든다는 것은 반문(班門)에서 도끼를 들고 까부는 격밖에 안되오. 그러나 등애가 도전해 오는 가운데는 반드시 속임수가 있는데 공들은 그것을 아시오?"

그러자 요화가 나서며 말했다.

"우리들과 진법으로 싸우는 체하고 한편 일군을 거느리고 우리의 후방을 습격하자는 것입니다."

강유는 웃으며 말했다.

"내 생각과 똑같은 말이오."

곧 장익과 요화를 시켜서 군사 1만 명을 거느리고 산 뒤에 매복해 있도록 하였다.

그 이튿날 강유는 아홉 군데 영채의 군사를 총동원시켜서 기산 앞에 진을 쳤다. 사마망은 군사를 거느리고 위수 남쪽으로부터 기산 앞으로 진출하여 진두로 말을 몰고 나와서 강유더러 맞서 보자고 도전했다.

"네놈이 나에게 진법으로 싸우자고 했으니 네놈이 먼저 진을 펼쳐서 나에게 보여라!"

사마망은 즉시 팔괘의 진을 펼쳤다.

강유가 비웃었다.

"그것은 바로 내가 펴는 팔진법이 아니냐? 네놈은 따라만 하니 무엇이 신통할 게 있단 말이냐!"

그러자 사마망도 지지 않고 말했다.

"네놈 역시 남의 진법을 훔쳤을 뿐 아니냐!"

"그 진법이란 그래 몇 가지의 변화가 있는 것이냐?"

"내가 진을 펼 줄 아는데, 어찌 변진을 모르겠느냐? 이 진법으로 말하면 구구 팔십일 개의 변화가 있다."

강유는 웃으며 말했다.

"어디 한번 바꾸어 봐라."

사마망은 진지로 돌아가서 몇 번인지 변법을 써 보이고 다시 진지로 나와서는 큰 소리로 외쳤다.
"네놈이 나의 이 변법을 아느냐?"
강유가 또 웃으며 대답하였다.
"나의 진법은 365의 천수를 따라서 변하는 것이다. 네놈은 우물 안 개구리에 지나지 못하니 그 심함을 알 길이 있겠느냐!"
사마망은 이런 변법이 있다는 것을 알고 있기는 했지만 사실 그것을 완전히 배우지는 못했다. 그는 억지로 어물어물하였다.
"그건 믿을 수 없다. 어디 한번 바꾸어 봐라."
그러자 강유는 등애를 내보내면 그 앞에서 해 보이겠다 했다.
결국 싸움은 붙고 말았다. 강유가 채찍을 휘두르자 좌우 양익으로부터 군사들이 노도처럼 달려들어 위군을 무찔러 버리니, 위군은 뿔뿔이 흩어져서 무기를 집어던지고 도망치기 바빴다.
등애는 선봉 정윤을 독촉해서 산 뒤를 습격했는데, 정윤이 산모퉁이를 돌아서자 홀연 한 발의 포성이 들리더니 금고 소리가 천지를 진동하면서 복병이 내달았다.
선두에 나선 대장은 요화였다. 무어라고 입을 벌릴 겨를도 없이 양쪽의 군이 맞닥뜨리니 정윤은 요화의 일도에 목이 말 아래로 떨어지고 말았다.
등애가 당황하여 급히 말머리를 돌리려 했을 때 장익이 또 병사를 거느리고 쳐들어오니 위군은 대패하였고, 등애는 간신히 목숨을 건져서 빠져나오기는 했으나 몸에는 네 군데나 화살을 맞았다.
위남(渭南) 영채로 돌아갔더니 사마망도 돌아와 있는지라 두 사람은 서로 퇴병책을 상의했다.
사마망이 은근하게 말하였다.

"근자에 촉주 유선은 중귀 황호를 총애하여 주야로 주색으로 낙을 삼는다 합니다. 그러니까 우리가 이간술을 써서 강유를 불러가도록 하면, 이 위기는 모면할 수 있을 것입니다."

등애가 여러 모사들을 바라보며 말했다.

"촉나라로 들어가서 황호와 통할 사람이 있겠소?"

말이 채 끝나기도 전에 한 사람이 선뜻 나서면서 말했다.

"소생이 가고 싶습니다."

등애가 바라보니 양양(襄陽)의 당균(黨均)이었다. 등애는 크게 기뻐하며 곧 당균에게 금주 보물을 주어서 성도로 달려가 황호와 연결을 맺게 하고, 유언을 퍼뜨려서 강유가 천자를 원망하고 머지않아서 위나라에 투항하리라는 소문을 내도록 했다.

이리하여 성도의 사람들이 이구동성으로 이런 소문을 퍼뜨리게 되자, 황호는 후주에게 알려서 즉각 사람을 파견하여 밤을 헤아리지 않고 강유에게 달려가 입조하라는 명령을 내렸다.

강유는 연일 나와서 도전하고 있었는데, 등애는 영채를 든든히 지키기만 하고 나와서 싸우려 하지 않았다.

강유가 내심 이상한 생각을 품고 있을 때, 돌연 조명이 내렸다 하며 자기를 조정으로 돌아오라는 것이었다.

강유는 무슨 영문인지 몰랐지만 군사를 철수하여 조정으로 돌아가는 도리밖에 없었다.

등애와 사마망은 강유가 계책에 속았다는 것을 알게 되자 드디어 위남의 군사를 돌려세워서 뒤로부터 무찔러 들어갔다.

강유가 퇴병을 명령하려 할 때 요화가 나서서 말하였다.

"대장은 밖에 있어서는 군명도 받지 않을 때가 있습니다. 이제 조명이 내렸다 할지라도 움직이시면 안 됩니다."

그러자 장익이 말했다.

"촉나라 사람들은 대장군께서 몇 해를 두고 군사를 동원하신 것을 모두 원망하고 있습니다. 이번 승리를 거두신 기회에 인마를 수습하여 돌아가셔서 민심을 안정시켜 놓으시고 다시 앞날의 일을 도모하심이 좋겠습니다."

"그거 좋은 말이오."

강유는 드디어 각 군에 명령하여 질서 있게 후퇴하도록 하고, 요화와 장익에게 후군의 책임을 맡겨서 위병의 추격에 방비하도록 했다.

이때 등애는 군사를 거느리고 추격해 왔지만, 앞으로 촉군의 군사가 기치를 정제하고 인마가 서서히 질서 있게 후퇴하는 것을 보자 감탄하면서 말했다.

"강유는 무후(武侯)의 병법을 잘 터득한 사람이야!"

그래서 등애는 감히 촉군을 추격하지 못하고 군사를 몰고 기산 영채로 돌아왔다.

한편 강유는 성도로 돌아오자 후주를 알현하고 불러 올린 까닭을 물었다.

후주가 말하였다.

"짐은 경이 변경에서 오랫동안 환사(還師)하지 않았기에 군사들이 너무 고생될까 하여 회조케 한 것이지 별다른 뜻은 없소."

"신이 이미 기산 영채를 점령했으며 공을 거두게 되었사온데 뜻밖에도 중도에서 폐해 버리게 되었습니다. 이는 반드시 등애의 이간술에 속으신 것 같습니다."

후주가 묵묵히 말이 없는지라 강유는 또 간곡히 아뢰었다.

"신은 맹세코 적군을 토벌하여 국은에 보답코자 하오니 폐하께서는 소인의 말을 들으시고 의심을 품지 마시기 바랍니다."

후주는 한참 만에야 입을 열었다.

"짐은 경을 의심치 않소. 경은 우선 한중으로 돌아가서 위나라에 변고가 생기기를 기다려 토벌함이 좋을 것 같소."

강유는 크게 탄식하며 한중으로 떠나갔다.

당균이 기산 영채로 돌아와서 이 소식을 전하자 등애가 사마망을 바라보며 말했다.

"군신이 불화하면 반드시 내변이 생기는 법이오."

사마망이 즉시 당균을 낙양으로 올려보내어 이 소식을 사마소에게 알렸다. 사마소는 기뻐서 어쩔 줄 모르며 촉나라를 토벌할 생각을 하고 중호군 가충(賈充)에게 이 일을 물었다.

"나는 촉을 토벌할까 하는 데 어떻게 생각하시오?"

그러나 가충은 고개를 가로저었다.

"토벌해서는 안 됩니다. 천자께서는 최근에 주공을 의심하는데 만약 경솔히 출동하신다면 내란이 반드시 일어날 겁니다. 작년에 화룡 두 마리가 영릉(寧陵) 우물 속에 나타난지라 이에 여러 신하들이 상서로운 일이라고 축하를 올렸더니 천자께서 말씀하시기를 '상서로운 징조가 아니오. 인군 같은 용이 잡혀서 하늘에도 못 있고 아래로는 땅에도 못 있고 우물 속에 있으니, 그것은 유상(幽象)의 징조요' 하시면서 마침내 잠룡시(潛龍詩) 한 수를 지으셨는데 그 시중의 의미는 명백히 주공을 말씀하시는 것입니다."

사마소는 그 말을 듣더니 버럭 화를 내며 소리를 질렀다.

"이 사람도 조방을 닮는 모양이군! 일찌감치 처치하지 않으면 언젠가는 반드시 나를 죽이려 들겠군."

"소생 생각도 주공께서 서둘러 손을 쓰시는 게 좋겠습니다."

때는 감로(甘露) 5년 여름 4월이었다.

사마소가 칼을 찬 채로 전으로 올라가자 조모는 일어나서 영접했다.

"대장군의 공덕은 혁혁하오니 이제 진공(晋公)으로 승격케 하시고 구석을 내리실만 하다고 생각합니다."

여러 신하들이 이렇게 말했으나, 조모가 묵묵히 입을 다물고 고개를 숙인 채 말이 없는지라 사마소가 큰 소리로 아뢰었다.

"우리 부자 형제 세 사람은 위나라를 위해서 큰 공을 세웠는데, 이제 진공이 된다는 게 마땅치 않습니까?"

조모는 그제야 대답하였다.

"그렇단 것은 아니오!"

"잠룡시에는 우리들을 미꾸라지나 뱀장어로 취급하셨으니 이게 무슨 일입니까?"

조모는 대답할 말이 없었다. 사마소는 냉소하면서 물러났.

조모는 후궁으로 돌아와서 시중 왕침(王沈), 상서 왕경(王經), 산기제시 왕업(王業)을 불러들여서 사마소가 찬탈의 마음을 품고 있어서 주살해야겠으니 힘이 되어 달라고 울면서 호소했다.

"그것은 옳지 않습니다. 옛적에 노나라 소공(昭公)은 계씨(季氏)에 대한 감정을 참지 못하고 패주하여 나라를 잃었습니다. 이제 중권이 이미 사마씨에게 돌아간 지 오래이오며, 내외의 공경들이 순역의 이치도 분간하지 못하고 간적에게 아부하는 자 하나 둘이 아닙니다. 또 폐하를 받들고 지키는 사람도 수효가 적고 약하오며 용명지인도 없사온데, 만약 폐하께서 은인자중하지 않으시면 큰 화가 미쳐올 것입니다. 그런 일은 하지 않으시기 바랍니다."

왕경이 아뢰자 조모가 말했다.

"이것을 참을 수 있다면 또 못 참을 일이 세상에 어디 있겠소?

짐의 뜻은 이미 결정되었으니 죽어도 두려울 것이 없소이다."

말을 마치자마자 곧 태후에게 가서 이런 의사를 말했다.

왕침과 왕업은 이 사실을 왕경에게 알렸다.

"사태는 급박하게 되었소. 우리들은 자진해서 멸족지화를 입을 것 없이 사마공(司馬公)의 부중으로 가서 죄를 청하고 죽음이나 면하도록 합시다."

왕경은 그 말에 격노하였다.

"주공이 근심을 하게 되면 신하가 욕을 보게 되는 법인데, 어찌 표리부동한 두 마음을 먹겠소이까!"

왕침과 왕업은 자기네들끼리 가서 사마소에게 고해 바쳤다.

얼마 안 되어서 조모는 궁중을 나와 호위 초백(焦伯)에게 명령하여 군사 3백여 명을 집결시켜 가지고 북을 울리며 나섰다.

애초부터 말이 안 되는 대결이었다.

조모가 칼을 빼들고 연(輦)에 올라 남궐(南厥)로 좌우 측근자를 몰고 나서자 왕경이 연 앞에 꿇어 엎드려 통곡하며 간했다.

"이제 폐하께서 불과 수백 명을 거느리시고 사마소를 토벌하신다 함은 양을 몰고 호구로 들어가시는 일밖에 안 됩니다. 그렇게 헛되이 돌아가심은 무익할 뿐이며, 신은 목숨이 아까운 바 아니오나 이런 일은 그만두심이 좋을 듯합니다."

그러나 조모는 듣지 않고 용문을 향하여 나왔다. 이때 가충은 군복을 입고 말을 탔으며 왼편에는 성제(成濟), 오른편에는 성쉬(成?), 그리고 수천 명의 철갑금병(鐵甲禁兵)을 인솔하고 달려들었다.

조모는 칼을 내뽑으며 호령을 했다.

"나는 이 나라의 천자다! 네놈들은 궁정으로 돌입하여 임금을 죽일 작정이냐?"

금병들은 조모를 보자 감히 움직이지 못했다. 가충이 성제를 부르면서 외쳤다.

"사마공은 그대를 무엇에 쓰려고 키웠겠는가? 바로 오늘 같은 일에 쓰기 위해서였다!"

성제는 극(戟)을 손에 잡고 가충을 돌아보며 말했다.
"죽이라는 겁니까? 결박하라는 겁니까?"
"사마공의 명령이다. 죽이는 길 뿐이다!"
성제는 극을 휘두르며 연 앞으로 달려들었다. 조모가 큰 소리로 호통을 쳤다.
"못된 놈! 감히 여기가 어디라고 이 따위 무례한 짓을 하느냐?"
그 말이 채 끝나기도 전에 조모는 성제의 일극을 가슴에 받고 연에서 굴러 떨어졌으며, 또 그 다음 일극에는 등에서 가슴을 꿰뚫려 연 옆에 거꾸러져서 죽었다.
초백이 창을 휘두르며 덤벼들었으나, 역시 성제의 일극에 죽어 넘어지니 나머지 사람들은 모조리 도주해 버렸다.
왕경이 뒤쫓아와서 호통치며 가충에게 꾸짖었다.
"이 역적 놈아! 어찌 감히 인군을 시살할 수 있느냐?"
가충은 격노하여 왕경을 결박해 놓고 즉시 사마소에게 알렸다. 사마소는 입궐하여 조모가 이미 죽어 넘어진 광경을 보더니 깜짝 놀라는 체하고 머리를 연에 부딪고 울며 사람을 시켜서 각 대신들에게 알렸다.
이때 태부 사마부(司馬孚)가 입궐하여 조모의 시체를 보더니 자기 무릎으로 베개를 삼아 부둥켜 안고 통곡하였다.
"폐하께서 시살을 당하시게 된 것은 모두 신의 죄입니다."
드디어 조모의 시체를 관곽(棺槨)에 담아서 편전 서쪽에다 고이 안치했다. 사마소는 전중으로 들어와서 여러 신하들을 소집하고 회의를 열었다.
모든 신하가 나타났는데, 상서복사 진태만이 나오지 않았다. 사마소는 진태의 장인인 상서 순개를 시켜서 진태를 불러오게 하였다. 진태는 통곡하였다.

"세상 사람들이 이 진태를 장인과 비교해서 곧잘 말들을 했는데 이제 와서 장인은 이 진태만도 못하십니다."

진태는 마대를 허리에 띠고 울면서 조모의 영전에 배례했다.

사마소는 거짓 울음을 터뜨리면서 물었다.

"오늘, 이 일을 어찌 다스렸으면 좋겠소?"

그러자 진태는 울면서 말했다.

"가충을 죽이시면 천하에 대해서 다소나마 사죄가 되겠지요."

사마소는 한참 동안이나 곰곰 생각하더니 다시 물었다.

"그러지 않고 무슨 다른 방법을 생각해 보시오."

"더 엄격하게 할 수는 있을지언정, 이만도 못한 처리 방법은 없습니다."

"성제가 대역무도한 놈이오. 그놈을 죽이고 삼족을 멸해야 하겠소이다."

성제가 호통을 치며 사마소를 꾸짖었다.

"나의 죄는 아니다. 가충이 네놈의 명령을 나에게 전달한 것뿐이다!"

사마소는 먼저 그의 혓바닥을 뽑게 했으나 성제는 죽는 순간까지도 억울하다고 줄곧 소리를 질렀다. 그의 아우 성쉬도 장터로 끌려나가서 목이 달아났고 삼족을 모조리 멸했다.

사마소는 또 사람을 시켜서 왕경의 온 가족을 투옥했다. 왕경은 마침 정위청(廷尉廳) 아래 있다가 그의 어머니가 결박당해 오는 것을 보더니 대성통곡하였다.

"이 불효자가 어머님에게까지 화를 미치게 했습니다!"

그 이튿날 왕경의 온 가족은 동시(東市)로 압송되었다. 왕경 모자는 울음을 머금고 형을 받았다. 만성(滿城)의 사람 중 누구 하나 눈물을 흘리지 않는 사람이 없었다.

태부 사마부가 왕례를 갖추어 조모의 장사를 지내기를 청하자 사마소는 이를 허락했다.

가충 등이 사마소에게 권하여 위나라의 선위를 받아 천자에 즉위하라고 하자 사마소는 대경실색하였다.

"옛적에 문왕(文王)은 천하를 삼분하여 그 둘까지 차지하고도 은(殷)나라에 복사했기 때문에 성인까지도 그를 지덕이라 일컬은 것이오. 위나라의 무제가 한나라에서 선위를 받으려 하지 않은 것은 내가 위나라에서 선위를 받기 싫은 것이나 마찬가지 일이오."

가충 등은 그 말을 사마소가 자기 아들 사마염(司馬炎)을 생각하고 있다는 것을 눈치채자 두 번 다시 권하지 않았다.

그해 6월이 되었다.

사마소는 상도향공(常道鄕公) 조황을 제왕으로 세우고 경원원년(景元元年)이라고 연호를 고쳤다.

조황은 즉위하자마자 이름을 환이라 고쳤다. 그의 자는 경소(景召), 무제 조조의 손자요, 연왕(燕王) 조우(曹宇)의 아들이었다.

환은 사마소를 승상 진공(晉公)에 봉했고, 전(錢) 10만과 비단 1만 필을 하사했다. 그리고 문무 여러 관원들에게도 각각 봉상을 내렸다. 세작이 재빨리 이런 사실을 촉나라에 보고하니 강유는 사마소가 조모를 시살하고 조환을 천자로 세웠다는 사실을 알게 되었다.

"이제야말로 내가 위나라를 토벌해도 명분이 서게 됐구나."

강유는 즉시 오나라로 편지를 띄워 군사를 일으켜 사마소가 인군을 시살한 죄를 따져보자 하였다.

또 한편으로는 후주에게 청하여 군사 15만을 동원하고, 1천 량의 수레에다 모조리 판상(板箱)을 싣게 하였다. 그리하여 요화와 장익을 선봉으로 하여 요화는 자오곡(子午谷)을 공략하고, 장익은 낙곡을, 그리고 강유 자신은 야곡(斜谷)을 공략해서 일제히 기산을 목표로 진격했다.

이때 등애는 기산 영채에서 인마를 훈련하고 있었는데, 촉병이 삼로(三路)로 쳐들어온다는 소식을 듣자 여러 장수들을 모아놓고 대책을 상의했다.

참군(參軍) 왕관이 자기에게 계책이 있다며 한 통의 서면을 내놓았다. 사마소는 그 서면을 펼쳐 보더니 과연 묘계라고 기뻐하면서 그에게 병사 5천 명을 주었다.

왕관이 밤낮을 헤아리지 않고 야곡으로 달려가자, 마침 촉병의 전대초마(前隊哨馬)와 맞닥뜨리게 되었다.

왕관이 소리쳤다.

"나는 위나라의 투항병이오. 주수(主帥)께 보고해 주시오."

초군이 강유에게 보고하자 강유는 다른 병사들을 한편으로 비켜놓고 대표가 되는 대장만을 불러서 만나기로 했다.

왕관이 땅에 꿇어 엎드려서 자기는 왕경의 조카 왕관으로서 사마소가 천자를 시살하고 숙부의 일족을 멸했기 때문에 부하 5천 명을 거느리고 투항하려 한다고 했다.

강유는 그 말을 쾌히 받아들이며 왕관을 시켜서 현재 국경에까지 운반되어 있는 군량을 기산까지만 운반해 준다면 자기는 일거에 기산을 들이치겠다고 했다.

왕관은 자기의 계책이 들어맞는지라 내심 기뻐하면서 흔연히 승낙했다. 그런데 강유는 군량을 운반하는 데는 군사 3천 명이면 족하니 나머지 2천 명은 자기가 기산을 공격하는 데 길을 인도하도록 하자는 것이었다.

왕관은 강유가 의심할까 해서 그의 말대로 3천 명만 거느리고 떠났다.

　강유는 위병 2천 명을 부첨에게 인솔시키고 싸움에 소용되도록 하라고 명령했다. 이때 막 하후패가 도착했다는 보고가 들어왔다.

　하후패의 말인즉, 왕관의 말을 믿어서는 안 되며, 자기가 위나라에 있을 적에 왕관이 왕경의 조카라는 말은 들어본 적도 없으니 그의 투항에는 반드시 딴 계책이 있으리라는 것이었다.

　하후패의 말을 듣고는 강유가 껄껄껄 웃으며 말하였다.

　"나는 왕관이 거짓말을 한 줄 벌써 알았기 때문에 그의 병세(兵勢)를 갈라서 이쪽에도 계책으로 대결을 보자는 것이었소."

　"사마소가 간웅이라는 점은 조조와 비길 만하오. 이미 왕경을 죽이고 그 삼족을 멸했는데 어째서 그의 조카를 살려두고 군사를 주어서 관외로 내보냈겠소. 그래서 거짓말임을 알았는데, 중권(仲權)의 의견이 우연히 나와 일치되었소이다."

　이리하여 강유는 야곡으로 나가지 않고 사람을 도중에 매복시켜서 왕관이 농간을 부릴 것을 미리 방비하고 있었다.

　10일도 채 못 되어서 과연 왕관이 등애에게 보내는 회답의 편지를 가지고 가는 사람을 복병이 붙잡아 강유에게로 끌고 왔다.

　강유가 사정을 물어보고 사서를 뒤져내 보았더니, 8월 20일께쯤 샛길로 군량을 운반하고 대체로 돌아갈 것이니 등애더러 군사를 담산 골짜기로 파견해서 접응해 달라고 적혀 있었다.

　강유는 편지를 가지고 가던 자를 죽여 버리고 그 편지 속에는 8월 15일에 등애더러 친히 대군을 거느리고 담산 골짜기로 나와서 접응하라고 고쳐서 써넣었다. 그리고 일변 사람을 위나라 병사처럼 분장시켜 위나라 영채로 편지를 전달하게 했다.

　또 한편으로는 수백 대의 양곡차에 실었던 군량미를 내려놓게

하고, 그 위에다가 대신 건시(乾柴)·모초(茅草)·인화물을 실어서 푸른 헝겊으로 덮어놓게 하였다.

그리고 부첨에게 명령하여 본래 투항했던 위병 2천 명을 거느리고 운량기호(運糧旗號)를 휘날리며 몰고 가도록 명령했다.

강유 자신은 하후패와 따로 일군을 인솔하고 산골짜기로 가서 매복했으며, 장서를 야곡으로부터 출동케 하여 요화와 장익도 각각 진격해서 기산을 공략케 했다.

한편 등애는 왕관의 편지를 보고 기뻐하며 8월 15일이 되자 정병 5만 명을 거느리고 담산 골짜기에 도착하여 사람을 멀리 내보내어 높은 곳에 올라가 망을 보게 했다.

그랬더니 무수한 양차가 연접하여 끊어지지 않고 산골짜기로

부터 행진해 오는 것이었다.

　등애가 말을 멈추고 자세히 바라다보니 과연 위나라의 군사였다. 날도 저물었고 하니 그대로 나가서 황관을 도와 싸워 볼까 하고 망설이고 있었다.

　그런데 그때 기마들이 달려들며 왕장군이 군량을 운반하고 경계선을 넘고 있으니 빨리 구하라는 것이었다.

　때는 초경이었다.

　등애가 산을 넘어 달려가려고 했을 때, 홀연 나무 아래로부터 일군의 군마가 뛰쳐나오는데 앞장을 선 장수는 부첨이었다.

　부첨이 말을 몰아 대들며 호통을 치니 등애는 대경실색하여 말머리를 돌려서 도주했다. 수레에는 모조리 불이 붙었으며 그 불길을 신호로 양면에서 촉병이 무찌르고 나서자 위군은 대패하여 지리멸렬이 되었다.

　등애는 당황하여 갑옷도 투구도 벗어 버리고 말에서 내려 보군 중에 섞여 산을 기어오르고 고개를 넘어서 도망을 쳤다. 강유와 하후패는 설마 등애가 걸어서 도주했으리라고는 생각지 못하고 말을 타고 앞장에 나서는 장수만 붙잡으려고 했다.

　싸움은 촉의 승리로 끝났고 병사들을 시켜서 왕관의 군량을 거둬들이게 했다.

　한편 등애와 내통해 놓고 기일이 되기만 고대하고 있던 왕관이 심복의 부하로부터 등장군이 대패하여 생사도 잘 모르게 됐다는 소식을 듣고 있을 때, 홀연 3면으로 군사가 쳐들어오며 배후에서도 군량차에 모조리 불이 붙었다.

　왕관은 소리치며 나갔다. 강유도 삼로의 군사를 일제히 몰고 그 뒤를 추격했지만, 왕관이 설마 한중으로 달아나리라고는 생각지 못했다.

강유는 한중을 뺏길 것이 겁이 나서 등애를 추격할 것을 단념하고 샛길로 밤을 헤아리지 않고 왕관을 추격했다. 왕관은 마침내 사면으로 포위당하여 흑룡강(黑龍江)에 스스로 몸을 던져 죽어 버렸다. 나머지 병사들도 모조리 강유에게 죽고 말았다.

강유는 비록 등애를 격파하고 승리를 거두었다고는 하지만, 무수한 군량을 상실했고, 또 잔도(淺道)까지 파기당했는지라 곧 군사를 인솔하고 한중으로 돌아갔다.

등애는 패잔병을 거느리고 기산 영채로 돌아와서 표를 올려 스스로 자기 직을 낮춰 달라고 했으나 사마소는 등애가 많은 공을 세운 점을 참작하여 차마 그러지 못하고 또다시 후사를 내렸다.

사마소는 촉군이 또 쳐들어올 것을 두려워하여 다시 5만의 병력을 증원하여 등애에게 주어서 방비를 든든히 하도록 했다.

이때 강유는 밤이나 낮이나 잔도를 수리하고 출사할 궁리만 하고 있었다.

하후패의 죽음

촉한 경요(景耀) 5년 10월이 되었다.

대장군 강유는 사람을 시켜서 밤낮을 가리지 않고, 잔도를 수리하는 한편 군량과 병기를 정돈하고 한중의 수로에서 선척까지 모두 마련했다.

모든 준비가 끝나자 강유는 후주에게 표를 올렸다.

'소신은 누차 출전하여 비록 큰 공을 거두지는 못했사오나 이미 위인(魏人)의 간담을 꺾어 놓았습니다. 이제 오랫동안 양병하였사오니 싸우지 않는다면 게으른 것이요, 게으르면 병이 나는 법입니다. 하물며 이제 장수들은 죽음을 각오하고 명령을 내리기만 기다리고 있사오며 신은 승리를 거두지 못하는 날에는 마땅히 죄를 달게 받을 각오입니다.'

후주는 표를 보고도 망설이기만 하고 결정을 내리지 못했다.

"신이 밤에 천문을 보니 서촉 분야에 장군성이 캄캄한데 밝지 못했습니다. 이제 대장군께서 출사하려고 하신다는데 이번 길은 불리하다고 생각됩니다. 폐하께서 조명(詔命)을 내리시어 말리시기 바랍니다."

초주가 출반하여 아뢰자 후주가 대답했다.

"이번 출정길은 어떻게 되나 한 번 더 보고 나서 과연 실패한다면 그때 말리기로 하겠소."

초주는 재삼 반대했으나 말을 듣지 않는지라, 집으로 돌아가서 탄식하며 마침내 병을 핑계로 나오지 않았다.

한편 강유는 군사를 동원함에 있어서 요화에게 물었다.

"나는 이제 출사하여 우선 중원을 회복할 생각인데 먼저 어디를 공략함이 좋겠소이까?"

"해마다 계속되는 정벌 때문에 군민이 편안치 않으며, 또 위나라에 있는 등애는 지모가 많은 인물로 섣불리 다룰 존재가 아닙니다. 장군께서 고집을 부리시고 강행하신다면 이 요화는 따를 수 없습니다."

강유가 버럭 화를 내며 말했다.

"옛적에 승상께서 여섯 차례씩이나 기산에 나가신 것도 또한 나라를 위하신 까닭이었소. 이제 내가 여덟 번째로 위나라를 토벌함이 어찌 나 개인만을 위해서 하자는 노릇이겠소이까? 이제 먼저 조양을 공략할 작정인데, 나에게 거역하는 자는 반드시 참하겠소."

드디어 요화를 남겨두어 한중을 지키게 하고 자기는 친히 여러 장수들과 군사 30만을 거느리고 조양을 공략하러 나섰다. 국경 지대의 사람들이 재빨리 이 소식을 기산 영채에 전하였다.

이때 등애는 마침 사마망(司馬望)과 싸움을 논의하고 있었는데, 이 소식을 듣자 곧 사람을 내보내서 염탐케 했다. 회보가 들어오기를 촉병이 조양으로 출동하고 있다는 것이었다.

사마망이 먼저 건의하였다.

"강유는 계책이 많은 자인지라, 조양을 공략하는 체하고 사실은 기산을 들이치자는 것이 아닐까요?"

"이번에야말로 강유는 정말 조양으로 출동할 것이오."

"공께서는 어떻게 그것을 아십니까?"

"전자에도 강유는 누차 나의 군량이 없는 곳으로만 출동을 했으니, 이번에도 조양에는 군량이 없는지라 강유는 틀림없이 내가 기산만 지키고 조양을 지키지 않으리라 생각할 것이오. 그래서 조양만 공략하여 성을 점령하면 양초를 둔적해 두고 강인(羌人)과 결탁하여 지구전 전략을 세울 작정일 것이오."

"그렇다면 어떻게 하면 좋을까요?"

"이곳의 병사를 모조리 철수시켜서 양로로 나누어 가지고 조양을 구원해야겠소. 조양에서 25리 떨어진 지점에 후하(候河)라는 소성(小城)이 있는데 그곳이 바로 조양의 목줄같이 중요한 곳이오. 공은 일군을 거느리고 조양에 매복하여 깃발을 감추고 북소리도 내지 말고 사방 문을 열어젖히고 준비하시오. 또 나는 일군을 거느리고 후하에 매복해 있을 것이니 큰 승리를 거둘 것은 뻔한 노릇이오."

계획이 서자, 각각 그대로 행하기로 하고 편장 사찬(師纂)만을 남겨두어 기산의 영채를 지키도록 했다.

한편 강유는 하후패를 앞에 내세워서 먼저 일군을 거느리고 조양을 공략하게 하고 자신은 따로 군사를 인솔하고 전진하면서 조양이 가까이 오자 성 위를 바라보았다.

정기(旌旗) 하나도 꽂혀 있지 않았으며 사방 문이 활짝 열려 있었다. 하후패가 의심을 품고 여러 장수들을 돌아다보며 말했다.

"이게 속임수가 아닌지 모르겠소?"

그러나 여러 장수들은 의심하지 않았다.

"빈 성인 게 뻔하고 얼마 안 되는 백성들이 있을 뿐이니, 대장군의 군사가 도착한 소식을 알고 모조리 성을 버리고 도주한 것 같습니다."

하후패는 그래도 믿을 수 없어서 친히 말을 달려 성 남쪽을 관망했더니 성 뒤에서 무수한 남녀노소들이 모두 서북쪽을 향하여 도주하는 광경이 바라보일 뿐이었다.

하후패는 크게 기뻐하며 말했다.

"과연 빈 성이었구나!"

드디어 앞장을 서서 들어갔고 다른 병사들도 그 뒤를 쫓아서 몰려들어 갔다. 그들이 옹성(甕城) 근처에 이르렀을 때 홀연 한 발의 포성이 들리더니 성 위에서 북소리와 피리소리가 일제히 울리며 깃발이 우뚝우뚝 꽂히고 조교(吊橋)를 끌어올리는 것이었다.

하후패는 대경실색하여 말했다.

"이런, 또 계책에 속았구나!"

당황하여 급히 물러서려고 했을 때 성 위에서 시석이 빗발치듯 쏟아졌다. 가련하게도 하후패와 동행한 5백 명의 군사들은 모두 성 아래서 죽고 말았다.

다른 한편에서 사마망이 또 성 안으로부터 진격해 나오니 촉병은 대패하여 도주하였다. 뒤이어 따라온 강유가 후원병을 이끌고 도착하여 사마망을 격퇴시키고 성 아래에 영채를 세웠다.

강유는 하후패가 활을 맞고 죽었다는 말을 듣고는 무척 슬퍼하였다.

그날 밤 이경쯤 되어서 등애는 친히 후하성 안에서 일군을 이끌고 살며시 촉군의 영채에 기습을 감행했다.

촉군의 병사들은 크게 동요를 일으켜서 강유가 아무리 제지해도 막을 수가 없었다. 성 위에서는 다시 금고 소리가 요란하고 사마망이 또 쳐내려오는지라 촉병들은 대패하였고, 강유는 간신히 도주하여 장수들에게 중원을 뺏느냐 뺏기느냐 하는 이 싸움에서 뒤로 물러서려는 자는 참하겠다고 호령했다.

장익이 작전 계획을 제공했다. 위나라의 군사는 지금 이곳에 집결되어 있고 기산은 텅 비어 있을 것이니, 차제에 강유는 그대로 등애와 격전을 계속하여서 조양과 후하를 공략하도록 하였다.

그리고 자기는 일군을 거느리고 기산을 들이쳐서 아홉 군데 영채를 탈취해 가지고 장안으로 그대로 쳐들어가자는 것이었다.

강유는 그 계획대로 장익에게 후군을 딸려서 기산으로 향하게 명령하고, 그 이튿날도 말을 몰아 등애에게 도전하고 병사들을 시켜서 욕설을 퍼붓게 했지만 등애는 옴짝달싹도 하지 않고 싸움에 응하지 않았다.

등애는 벌써 앞을 내다보고 있었다.

강유가 기산을 습격하려고 후퇴하지 않는다는 판단을 내린 그는, 지모도 없고 군사도 얼마 되지 않는 사찬 한 사람에게만 기산을 맡겨둘 수 없어 아들 등충을 불러서, 이곳을 단단히 지키고 절대로 나가 싸우지 말라고 명령해 놓았다. 그리고는 친히 정병 3천여 명을 거느리고 기산을 구출하러 달려갔다.

영채에서 대책을 강구하고 있던 강유는 밤 이경쯤 되어서 난데없는 아우성 소리가 천지를 진동하고, 북소리와 피리소리가 요란한지라 알아보았더니 등애가 정병 3천 명을 거느리고 기습해 왔기 때문에 대장들이 응전하려 한다는 것이었다.

강유는 절대로 경거망동하지 말라는 명령을 내렸다.

이것은 두말할 것도 없이 등애가 먼저 촉군의 진지 가까이 와서 동정을 살펴보고 기산을 구원하러 떠났기 때문이었다. 정말 싸우려는 것이 아니었고 등충은 성으로 되돌아가서 지키고 있게 됐다.

그러나 강유도 그 눈치를 재빨리 알아챘다. 여러 장수들을 불러 가지고 등애가 밤중에 기습을 감행하는 체한 것은 기산의 영채를 구출하러 가려는 배짱임에 틀림없다고 말하고, 부첨에게 명령하여 영채를 든든히 지키고 절대로 나가서 싸우지 말라고 당부하였다. 그리고 친히 군사 3천 명을 거느리고 장익을 거들려고 떠났다.

장익이 기산을 공격하니 사찬은 막아 낼 도리가 없어서 쩔쩔매고 있는 판에 홀연 등애의 군사가 나타나서 촉군의 병사를 격퇴시키고, 장익을 산골짜기까지 몰아넣고 퇴로를 끊어 버렸다.

이때 홀연 함성이 천지를 진동하며 나타나는 강유의 군사에 장익은 용기를 얻어 다시 강유와 더불어 적군에게 전후로 맹렬한 공격을 가했다. 등애는 감당할 도리가 없어 기산의 영채로 도주하여 방비에만 전력을 기울이게 됐고, 강유는 군사에게 명령하여 사면에서 포위하여 공격을 가하게 했다.

이런 정황은 두 갈래로 갈라져서 성도에 있는 후주는 환관 황호(黃皓)의 말만 믿고 주색에 빠져서 정사를 돌보지 않았는데, 대신 유염의 처 호씨(胡氏)가 매우 아름답게 생긴 여자로서 입궁하여 황후를 만나 뵈었는데 황후는 이 여자를 궁중에 머물러 있게 했다가 한 달이나 지나서야 내보냈다.

유염이 자기 아내가 후주와 사통했다고 의심하여 장하(帳下) 군사 5백 명을 불러서 앞세우고 자기 아내를 결박한 다음, 군사들마다 여자의 얼굴에다 발길질을 하게 하니 여자는 몇 번이나 까무러쳤다가 일어났다.

후주는 그 말을 듣고 격노하여 유염의 목을 베고 차후부터는 명부들의 입궐을 일체 금했다.

이렇게 되니 관료들은 후주가 황음(荒淫)하다고 의심하고 원망하는 자들이 많았으며, 자연 현인들은 조정에서 점점 물러나고 소인들만이 허구한 날 드나들게 되었다.

이때 우장군 염우(閻宇)란 자가 공로라고는 추호도 없는 위인인데, 황호에게 아첨하여 중직에 있었다. 그가 황호를 충동시켜서 후주에게 진언케 하여, 강유는 이 싸움에서 이겨 본 일이 없으니 자기를 대신 내보내게 해달라는 농간을 부렸다.

기산에서 계속하여 맹렬한 공력을 가하고 있던 강유는 난데없이 철수하라는 조명에 어찌할 바를 모르고 놀랐지만 명령에 거역하기 어려워 우선 조양의 군사를 후퇴시켜 놓고 장익과 함께 서서히 철수했다.

등애가 영채에 있노라니 밤이 새도록 북소리와 피리소리가 요란하게 들려왔다. 등애는 무슨 일인지 궁금히 여겨 날이 밝자마자 알아보게 하였더니 촉병이 하나도 남지 않고 모조리 철수했고 영채만 남아 있다는 보고가 들어왔다.

그러나 여기에는 반드시 속임수가 있으려니 하는 생각으로 추격할 것을 단념했다.

강유는 한중으로 달려가서 인마를 쉬도록 해놓고 친히 사자를 대동하고 성도로 들어가 후주를 알현하려고 했다.

그러나 후주는 열흘 동안이나 조정에 나오지 않았다. 강유는 내심 이상하게 생각하고 있었는데 바로 그날 우연히 동화문(東華門)에 나갔다가 비서랑 극정(?正)을 만나게 되었다.

강유는 극정에게 천자께서 자기를 불러 올린 까닭을 아느냐고 물어 봤더니, 극정은 웃으면서 그것은 황호가 염우에게 공을 세워주려고 이런 농간을 부리다가 등애가 용병을 잘하는 장수임을 알고 그 상대가 되지 않을 듯해서 이 일이 흐지부지되어 버리고 있는 중이라고 사실을 밝혀주었다.

강유는 격분하여 호통을 쳤다.

"내, 그 환관 놈을 죽여 버리고야 말겠소!"

극정이 극구 말리면서 말했다.

"대장군께서는 무후의 일을 계승하신 분으로, 맡으신 직책이 중대하신데 어찌 이런 일을 하려 하시오? 만약에 천자께서 용납지 않으신다면 일은 도리어 불미하게만 될 것이오."

강유는 극정의 말을 듣고 사과했다.

"비서랑의 말씀이 과연 옳습니다."

이튿날 후주와 황호가 후원에서 주연을 베풀고 있을 때, 강유가 몇 사람을 거느리고 뛰어들었다. 누군가가 재빨리 황호에게 알리니 황호는 급히 호산(湖山) 한편으로 몸을 피했다.

강유가 정자 아래 이르러 후주에게 절하고 울면서 아뢰었다.

"신이 등애를 기산에 몰아넣고 있사온데 폐하께서는 연거푸 세 번이나 조명을 내리시어 신을 조정으로 돌아오게 하였습니다. 성의(聖意)가 무엇이온지 알고자 합니다."

후주는 묵묵히 대답이 없었다. 그러자 강유가 또 아뢰었다.

"황호는 간교하게 권력을 농하기 잘하는 영제 때의 십상시의 한 사람입니다. 폐하께서도 가까운 예로는 장양(張讓)을 먼 예로는 조고(趙高)를 생각하시고 일찍감치 이 자를 죽이셔야만 조정이 평온해지고 중원을 회복할 수가 있을 것으로 생각합니다."

후주는 그제야 웃으면서 말을 했다.

"황호는 약삭빠른 소신에 불구하오. 전권을 농한다 할지라도 무능하여 아무 일도 못할 것이오. 예전에도 동윤(董允)이 절치부심하며 황호를 미워해서 짐이 꾸지람을 한 일이 있었는데 경은 무슨 그런 걱정을 하시오?"

강유는 고개를 숙이고 아뢰었다.

"폐하께서 오늘날 황호를 죽이지 않으시면 화가 머지않아 닥쳐올 줄로 압니다."

"사랑하면 그것이 살기를 바라고(愛之欲其生) 미워하면 그것이 죽기를 바란다(惡之欲其死)고 하는 말도 있는데, 경은 일개 환관을 용납하지 못할 게 뭐 있겠소."

후주는 이렇게 말하고, 내시를 시켜 호산 옆에 가서 황호를 정자 아래로 불러오도록 했다. 그리고 강유에게 절하고 엎드려 사죄하라고 명령했다.

황호는 울면서 강유에게 절을 하고 나서 말했다.

"소생은 아침저녁으로 성상을 모시고 있을 뿐입니다. 조정에 관여치는 않습니다. 장군께서는 바깥 사람들의 말만 들으시고 소생을 죽이려 하십니까? 소생의 목숨은 오로지 장군께 달려 있으니 장군께서 불쌍히 여겨 주십시오."

황호는 눈물을 흘렸다.

강유는 분노를 참지 못한 채 자리를 물러나 극정을 찾아가서 사정을 이야기했다. 그러자 극정의 말이 만일 장군의 신변에 무슨 일이 생기면 이 나라도 망하고 말 것이니 자중하여 공명이 둔전했듯이 농서에 답중이라고 하는 곳에 가서 보리나 가꾸며 군량이나 마련하면서 자신을 지키는 것이 상책이라고 충고해 주었다.

"비서랑의 말씀은 금과옥조입니다."

강유는 기뻐하며 그에게 감사하고, 그 이튿날 표를 후주에게 올려 둔전하겠다는 승낙을 받은 후 한중으로 돌아와 대장들을 모아놓고 부탁했다.

"나는 지금까지 누차 출전했지만, 언제나 군량이 부족해서 헛수고만 하고 돌아왔소. 그래서 이번에는 8만 명의 군사를 거느리고 답중으로 둔전하러 나가서 보리나 심고 가꾸면서 서서히 진격을 꾀해 보겠소. 그대들은 오랫동안 싸움에 지쳤으니 오늘부터는 군사를 수습하고 양곡이나 수집해서 한중으로 돌아가 지키고 계시오. 위병은 천 리 길에서 군량과 마초를 운반하느라고 산령을 넘었기에 자연히 피곤할 것이며 반드시 물러갈 것이니 그때 허를 노려서 뒤를 습격하면 이기지 못할 게 없을 것이오."

이리하여 호제(胡濟)에게 한수성(漢壽城)을, 왕함(王含)에게 낙성(樂城)을, 장빈(蔣斌)에게 한성(漢城)을, 장서(蔣舒)와 부첨(傅僉)에게 요로를 함께 지키게 명하였다.

배치가 끝나자 강유는 친히 8만 명의 병사를 인솔하고 답중으로 가서 보리를 심어놓고 지구전에 따른 작전을 세우기로 했다.

등애는 강유가 답중에서 둔전하게 됐다는 사실을 알게 되자, 세작을 내보내서 동정을 살펴보고 그 지형을 도본으로 그려서 표와 곁들여서 조정에 알렸다.

진공 사마소가 그것을 보더니 격노하였다.

"강유가 누차 중원을 침범했는데도 없애 버리지 못한 것은 나의 오랜 우환거리다!"

이에 가충(賈充)이 말하였다.

"강유는 공명이 전수한 바를 잘 터득하고 있기 때문에 급히 물리치기는 어렵습니다. 지용을 갖춘 자객을 한 사람 보내어 없애 버리면 군사를 동원하는 수고를 덜 수 있습니다."

종사중랑 순욱이 의견을 말하였다.

"아닙니다. 현재 촉주 유선은 주색에 빠져서 황호를 사용하여 대신들은 모두 화를 피하려는 생각뿐입니다. 강유가 답중에서 둔전을 한다는 것은 바로 이 화를 피하려는 계교입니다. 만약에 장수를 시켜서 토벌하면 이기지 못할 까닭이 없는데, 뭣 때문에 자객을 쓸 필요가 있습니까?"

이에 사마소는 크게 웃었다.

"그 말이 옳소. 나는 촉나라를 토벌하고 싶은데 누가 장수로 나서겠소?"

순욱이 나서며 말했다.

"등애는 일세의 훌륭한 장수입니다. 더군다나 종회(鍾會)를 부장으로 얻는다면 대사는 성공할 수 있을 것입니다."

"그 말이 내 맘에 꼭 드는구만."

사마소는 즉시 종회를 불러 물었다.

"나는 그대를 대장으로 삼고 동오를 토벌하려는 데 경의 생각은 어떻소?"

"주공의 의사는 동오를 치자는 게 아니고 사실은 촉나라를 토벌하자는 데 있으실 겁니다."

사마소가 껄껄 웃으면서 말했다.

"정말 내 마음을 잘 아는구료. 그럼 경은 무슨 계책으로 촉나라를 토벌할 작정이오?"

종회는 미리 알아차리고 그려 가지고 온 도본을 내놓았다. 사마소가 그것을 펼쳐 보니 도중에 안전하게 진을 칠만한 지점과 군량과 마초를 둔적할 만한 지점은 어디로 들어가는가 하는 것과 또 나오는 방향까지 일일이 법도에 맞도록 그려져 있었다.

그리고 종회는 또 촉나라로 진격할 길은 여러 갈래가 있으므로

한 곳으로 공격하는 것보다
등애와 군사를 나누어서 두 길로
진격하는 것이 좋겠다고 주장했다.

 이리하여 사마소는 종회를 진서장군에 임명하여 관중(關中)의 군사를 통솔시켜서 청(青)·서(徐)·연·예(豫)·형(荊)·양(揚) 각 주의 군사를 동원케 하였다.

한편 사람을 파견하여 절(節)을 가지고 가서 등애를 정서장군에 임명하여 관외(關外) 농상의 군사를 통솔 감독하여 기일을 작정하고 촉나라를 토벌하도록 했다.

이튿날 사마소가 조정에 나가서 이 일을 상의했더니 전장군 등돈(鄧敦)이 오랫동안 강유에게 골탕을 먹어왔는데 또다시 위험한 지점에 깊이 들어간다는 것은 스스로 화근을 만드는 일이라고 반대하였다.

이에 사마소는 등돈을 끌어내어 당장에 목을 베라고 했다. 순식간에 등돈의 목이 섬돌 아래 구르게 되니 모든 사람들은 이를 보고 모두 경악해 마지않았다.

사마소가 자기 결심을 말했다.

"나는 동쪽을 정벌한 이후 6년 동안이나 싸움을 쉬고 군사를 다스리고 무기를 장만하기에 힘썼는데, 이제 만반의 준비가 다 되었으므로 오와 촉을 토벌할 생각을 해 온 지 오래 되었소. 이제 먼저 서촉으로 방향을 작정하고 순리대로 수륙 함께 출진하여 동오를 점령해야만 될 것이오. 내 생각 같아서는 서촉의 장사는 성도를 지키는 게 8, 9만 정도, 변경을 지키는 게 불과 4, 5만이고, 둔전을 시킨 병사는 불과 6, 7만 정도이오. 나는 이미 등애를 시켜서 관외와 농우의 병사 10여 만을 거느리고 강유를 답중에 발목을 매놓아서 동쪽을 돌보지 못하도록 하게 했고, 종회를 파견하여 관중의 정병 2, 30만을 인솔하고 곧장 낙곡(駱谷)으로 진격해서 삼로로 한중을 습격하게 했소이다. 촉주 유선은 혼암하여 변성이 밖으로부터 격파당하고, 사녀(士女)들이 안에서 동요를 일으키면 망하고 말 것은 뻔한 귀결이오."

사마소의 말에 모든 사람들은 감히 아무 말도 하지 못했다.

종회는 진서장군의 인수를 받자, 당자(唐咨)를 등(登), 내(萊) 이

주(二州)의 바닷가로 파견하여 배를 모으게 하고 청·연·예·형·양 오주(五州)에서 큰 배를 만들게 했다.

사마소는 그 위도를 잘 모르는지라 종회를 불러서 긴히 물어보았다.

종회의 말이 촉군은 이편에서 출병하는 것을 알면 동오에 원병을 청할 것이 뻔하니, 미리 오나라를 치는 체 하면 오나라도 경솔히 움직이지는 못할 것이라 하였다. 그리고 1년쯤 되면 촉나라는 패할 것이며 그때에는 배도 다 만들어질 것이니 그때 오나라를 치면 순조롭게 되지 않겠느냐는 것이었다.

사마소는 크게 기뻐하며 날을 택하여 출사케 했다. 때는 위나라 경원(景元) 4년, 가을 7월 초사흘이었다.

종회는 출사했고 사마소는 성 밖 10리까지 전송하고 들어갔다.

서조(西曹)의 아전 소제(邵悌)가 사마소에게 몰래 말하였다.

"이제 주공께서는 종회를 파견하시어 군사 10만을 인솔하고 촉나라를 토벌하게 하셨는데, 소생의 생각으로는 종회란 야심이 적지않은 위인이니 혼자 대권을 장악하게 하시면 안 됩니다."

사마소는 웃으면서 대답했다.

"어찌 그것을 내가 모르고 있겠소?"

"주공께서 이미 알고 계시다면 어째서 사람을 시켜 그 직책을 맡도록 하시지 않으십니까?"

사마소가 몇 마디 하지 않아서 소제의 의심은 석연히 풀어져 갔다.

사마소는 소제에게 이런 말을 했다.

"조정의 신하들이 촉나라를 토벌해서는 안 된다고 하는 것은 겁을 집어먹고 있는 탓이오. 만약 그들을 시켜서 억지로 싸우게 한다면 패할 것이 뻔한 일이오. 이제 종회만이 홀로 촉나라를 토벌할 계책을 세운 것은 마음에 겁이 없기 때문이오. 겁이 없으면 반드시 촉나라를 격파할 수 있소. '패장은 용맹을 말하지 말고, 나라를 망친 대부는 생존을 꾀하지 말라'고 했으니, 종회에게 딴 배짱이 있다손 치더라도 촉나라 사람들이 도와주려 들겠소? 위나라 사람들이야 승리를 거두었으면 반드시 돌아갈 생각을 할 것이고, 종회를 따라서 돌아서려 하지 않을 것이니 두려울 것은 없소. 이 말은 나와 그대만이 알고 있는 것이니 절대로 누설하지 마시오."

소제는 탄복할 뿐이었다.

종회는 영채를 다 세운 다음 누대에 올라 모든 장수들을 집합시켜 놓고 지령을 내렸다.

"대장 한 사람을 선봉으로 내세워서 산이 닥치면 길을 뚫고, 물을 만나면 다리를 놓고 해야겠소. 누가 해내겠소?"

이때 선뜻 나서는 사람이 있었다.

"소생이 가고 싶습니다."

허저의 아들 허의(許儀)였다. 종회는 그의 청을 받아들였다.

허의는 명령을 받자 군사를 인솔하고 떠났다.

종회는 뒤따라 10만 대군을 인솔하고 밤낮을 헤아리지 않고 진군을 개시했다.

한편 등애는 농서에서 이미 촉나라를 토벌하라는 조명을 받자 천수 태수 왕기, 농서 태수 견홍(牽弘), 금성 태수 양흔(楊欣) 등을 시켜서 각각 본부병을 집결하도록 했다.

등애는 군마가 운집하고 있는 어느 날 밤에 꿈을 꾸었다.

높은 산에 올라가서 한중을 바라보고 있으려니까 홀연 발밑에서 샘이 용솟음쳐 오르더니 물줄기가 굉장하게 뻗쳤다. 그 순간에 깜짝 놀라 잠을 깨니 전신에 땀이 흘러 그대로 앉아서 아침이 되기를 기다려 호위 소완을 불러서 물었다.

"역(易)에서는 산 위에 물이 있으면 건(蹇)이라고 하는데, 이 패는 서남이 이롭고 동북이 불리한 것이니 이번에 출전하시면 반드시 촉나라를 격파하겠지만, 애석하게도 불운한 일이 생겨서 돌아오시지 못하게 되실 것입니다."

등애는 이 말을 듣고 우울하기 이를 데 없었다.

이때 홀연 종회의 격문이 도착되었는데, 등애더러 군사를 일으켜 가지고 함께 한중을 공략하자는 것이었다.

등애는 드디어 옹주 자사 제갈서를 시켜 군사 1만 5천을 거느리고 먼저 강유의 귀로를 끊게 하였다. 그 다음으로 천수의 태수 왕기를 시켜서 군사 1만 5천을 거느리고 왼편으로부터 답중을 공격케 하고, 농서 태수 견홍을 시켜서 군사 1만 5천을 거느리고 답수(沓水)를 공격케 하였다.

또 금성 태수 양흔을 시켜서 군사 1만 5천을 거느리고 감송(甘松)에서 강유의 배후를 치도록 했으며, 등애 자신은 군사 3만을 거느리고 각지로 왕래하면서 접응하기로 했다.

종회가 출전하던 날, 백관들이 성 밖까지 전송했고 정기(旌旗)가 하늘을 뒤덮고 무기가 서릿발 같았으며, 인마가 모두 든든하니 위풍이 늠름했다.

이를 부러워하지 않는 사람이 없었으나 유독 상국참군 유실(劉實)만이 빙그레 웃으며 말이 없었다.

태위 왕상(王祥)은 유실이 냉소하는 것을 보자, 말 위에서 그의 손을 잡으며 은근히 물었다.

"종회와 등애가 이번 길에 촉나라를 평정할 수 있겠소이까?"

"촉나라를 격파하는 것은 틀림이 없겠지만, 아마 환도하지는 못할 것이오."

왕상이 그 까닭을 물어 보았으나 유실은 웃기만 하고 말하려 하지 않으므로 그 이상 더 묻지 않았다.

답중에 있는 강유는 세작에 의하여 확실한 정세를 파악하고, 후주에게 표를 올려서 좌거기장군 장익에게 양평관을, 우거기장군 요화에게 음평교(陰平橋)를 지키도록 해 줄 것을 요청했다.

또 이 두 지점은 가장 중요한 곳으로서 이곳을 상실하면 한중은 보존키 어렵다는 점을 역설하고, 사자를 파견하여 오나라에 원병을 청해 주면 자기는 답중으로부터 출전하여 적군을 막아내겠다고 간청했다.

이때 후주는 경요 5년을 염흥 원년(炎興元年)으로 고치고 환관 황호와 허구한 날 궁중에서 환락에만 도취해 있었는데, 강유의 표를 받자 역시 황호와 상의했다.

황호는 그것이 강유가 공명을 탐내는 소치라 일축해 버리고 아무런 걱정도 할 필요가 없는 일이니 성 안의 유명한 무당을 불러다가 길흉이나 점쳐 보면 좋을 것이라고 말했다.

후주는 그 말을 믿고 무녀를 불러다가 옥좌에 앉히고 친히 향불을 피우고 기도를 올렸다. 무녀는 머리를 풀어 헤치고 맨발로 전상(殿上)을 수십 번이나 껑충껑충 뛰어 돌아다니더니 제단 위를 빙글빙글 돌아다니며 말했다.

"나는 서천의 토신입니다. 폐하께서는 태평을 즐기시고 다른 일은 걱정하실 필요가 없습니다. 수년 후에는 위나라의 강토도 폐하께로 돌아오고 말 것입니다."

무녀는 기고만장한 소리로 외쳤다.

후주는 이 어리석은 말을 믿고 강유의 진언에는 귀도 기울이려 들지 않으며 궁중에서 주연과 환락에만 빠져 있었다.

강유가 연거푸 표를 올려도 그것은 번번이 황호가 가로채 버렸으니, 이것 때문에 대사를 그르치지 않을 수 없게 되었다.

종회의 대군은 한중을 향하여 진격을 개시했는데, 선봉 허의는 자기의 공로를 세우기에만 급급해서 무작정 남정관을 들이치다가, 이 관을 지키는 촉장 노손(盧遜)이 공명이 남기고 간 연노법(連弩法)으로 활을 쏘아대자 위준은 대패했고, 수십 기가 거꾸러지면서 뿔뿔이 흩어져 버렸다.

허의가 달려와서 종회에게 보고하자 종회는 말을 몰고 나가서 노손의 5백 기와 대결했다. 그러나 다리 위로 말을 몰아 몸을 피하다가 다리 위의 흙이 꺼지는 바람에 말의 발이 빠져 노손의 창 끝에 목숨이 위험하게 되었다.

이 찰나에 위군의 병사 순개가 활을 쏘아 노손은 그 화살을 맞고 말에서 떨어져 죽었으며, 종회는 휘하의 군사를 몰아서 어렵게 관을 점령할 수 있었다.

종회는 그 자리에서 순개를 호군(護軍)으로 승진시켰고, 허의를 장막으로 불러들여서 힐책했다.

"그대는 선봉으로서 마땅히 산에 길을 뚫고 물에 다리를 놓아가며 행군의 편리를 도모해야 했거늘, 나는 방금 다리 위에서 말의 발이 흙 속에 빠져 하마터면 다리에서 떨어질 뻔하지 않았느냐. 순개가 아니었다면 나는 벌써 죽었을 것이다. 그대는 이미 군령을 위배했으니 군법에 의하여 처단하는 것뿐이다."

좌우 측근들이 그의 부친 허저의 많은 공로를 생각해서라도 그를 용서해 주라고 했으나, 종회는 격분을 참지 못하고 결국 허의의 목을 베어 버림으로써 모든 장수들은 겁을 집어먹었다.

이때 촉군의 장수 왕함(王숌)은 낙성을 지키고 있었으며, 장빈은 한중을 지키고 있었는데, 위병의 세력이 대단한 것을 보자 감히 나와서 싸우지 못하고 문을 닫고 지키고만 있었다.

종회가 결단을 내렸다.

"군사란 신속함을 귀중히 여기는 것이니 잠시도 우물쭈물할 수 없다!"

편군 이보(李輔)에게 명령해서 낙성을 포위케 하고, 호군 순개를 시켜서 한성을 포위케 한 다음, 자기는 친히 대군을 거느리고 양평관을 공략하기로 했다.

양평관을 지키고 있던 촉장 부첨은 부장 장서와 전투에 임하는 작전을 상의했다. 쳐 나갈 것이냐 지키고만 있을 것이냐, 두 사람이 망설이고 있을 때 위군의 대군이 쳐들어온다는 보고가 날아들었다. 두 장수가 관 위에 올라가 보니, 과연 종회가 채찍을 휘두르며 공격을 시도하고 있었다.

"내 이제 10만 대군을 거느리고 여기 왔으니 빨리 항복하라! 만약에 고집을 부리고 항복하지 않는다면 관을 일거에 격파하고 옥석의 구별 없이 모조리 불질러 버릴 테다!"

부첨은 격분하여 장서에게 관을 맡기고 자신은 군사 3천 명을 거느리고 달려 내려갔다. 종회가 싸우지도 않고 휘하의 병사들을 일제히 후퇴시키자 이를 추격했더니 난데없이 위병이 다시 세력을 합쳐 가지고 몰려들었다.

부첨이 후퇴하여 관으로 들어가려 했을 때에는 이미 관 위에 위군 깃발이 휘날리고 있었으며 장서가 소리를 높이고 있었다.

"나는 벌써 위나라에 항복했다!"

부첨은 좌충우돌 결사적으로 싸웠으나 몸을 빼낼 수가 없게 되자 제 손으로 목을 찔러 자결해 버렸다.

한편 강유는 답중에서 위나라의 대군이 쳐들어온다는 소식을 듣자 요화·장익·동궐(童厥)에게 병사를 거느리고 싸움을 거들

러 오라고 명령해 놓고, 한편 친히 군사와 장수를 단단히 배치하여 놓고 대기하고 있었다.

이때 위군의 병사가 쳐들어왔다는 보고가 들어오자 즉각 군사를 거느리고 대적했다. 위군의 선두에 나선 대장은 천수의 태수 왕기였는데, 말을 몰아 나오며 호통쳤다.

"우리는 백만대군에 상장 1천여 명을 거느리고 20로(路)로 갈라져서 이미 성도에 이르렀다. 그러니 그대가 빨리 항복할 생각을 하지 않고 항거한다면 그야말로 천명을 모르는 무모한 짓이다!"

강유는 격분하여 창을 휘두르며 곧장 왕기에게 덤벼들었다. 왕기는 3합도 싸우지 못하고 대패하여 도주했다.

강유가 군사를 몰고 10여 리나 추격했는데, 징과 북소리가 요란스럽게 울리더니 앞으로 일군의 병사들이 가로막고 나섰다. 깃발에는 농서 태수 견홍이라고 쓰여 있었다.

강유가 웃으면서 말했다.

"이 쥐새끼 같은 놈아, 나의 적수가 될 수 있다는 거냐?"

강유는 군사를 몰고 추격했다.

20여 리쯤 쫓아갔을 때 군사를 이끌고 달려드는 등애와 맞닥뜨리게 되었다.

양군은 혼전을 계속했다. 강유는 앞으로 나서서 등애와 10여 합을 싸웠으나 승부가 나지 않았다. 다시 뒤에서 징과 북소리가 들려왔다. 강유가 급히 후퇴하려고 했을 때, 후군에서 보고가 들어오기를 감송의 여러 영채를 금성 태수 양흔이 모조리 불을 질러 태워 버렸다는 것이었다.

강유는 대경실색하여 급히 부장에게 명령하여 거짓 군호를 내걸어서 등애를 막아 내고 있도록 해놓고 자기는 스스로 후군으로 물러나서 감송을 구원하러 달려갔다.

그때 양흔과 맞닥뜨리게 되었다. 그러나 양흔은 감히 교전하지 못하고 산길을 향하여 도주했다.

강유는 뒤따라 쫓아갔다. 산 아래에 이르렀을 때 위에서 목석이 빗빌치듯 쏟아져 내려와 더는 전진하지 못했다.

할 수 없이 되돌아서 오는 도중에 촉군의 병사는 등애에게 참패했고 위군의 병사가 대거 습격해 와서 강유를 포위했다. 강유는 여러 기마병을 인솔하고 포위망을 돌파하여 영내로 들어가서 든든히 지키며 구원병이 도착하기만 기다렸다.

홀연 유성마가 도착해 보고하기를 종회는 양평관을 격파했고, 장서는 투항했으며 부첨은 전사했고, 한중도 위군에게 점령당했다는 것이다. 그리고 낙성의 왕함, 한성의 장빈도 한중을 빼앗겼음을 알자 역시 성문을 열고 투항했으며, 호제도 적군을 감당하지 못하고 성도로 구원병을 청하러 돌아갔다는 것이었다.

강유의 놀라움은 이만저만이 아니었다. 즉각 철수령을 내렸다.

그날 밤 강천(彊川) 어귀까지 왔을 때 앞에서 일군이 길을 막고 나섰다. 앞장을 선 위군의 장수는 바로 금성 태수 양흔이었다.

강유는 격노하여 말을 달려 칼끝을 맞대고 싸웠다. 한 합도 채 못 싸우고 양흔이 패하여 도주하니 강유는 활을 뽑아 쏘았지만 모두 맞지 않았다.

강유는 화를 참지 못하고 자기 활을 자기 손으로 꺾어 버리고 창을 휘두르며, 쫓아가다가 말이 앞다리가 부러져서 땅바닥에 나뒹굴게 되었다.

양흔은 말머리를 돌려 강유에게 달려들었다. 재빨리 몸을 일으켜 세운 강유는 한 창에 양흔의 말을 정통으로 찔렀다. 이때 배후에서 위병이 노도처럼 몰려들어 간신히 양흔을 구출해 냈다.

강유가 말을 바꾸어 타고 추격해 가려고 했을 때, 홀연 뒤에서 등애의 군사가 쳐들어왔다. 강유는 앞뒤를 동시에 돌아다볼 수 없어 그대로 병사를 수습해 가지고 한중을 탈환하러 가려고 했다.

그런데 초마(哨馬)가 보고하기를 옹주자사 제갈서(諸葛緒)가 이미 귀로를 끊어 버렸다는 것이었다. 강유는 어쩔 수 없이 산 속 험난한 곳에 영채를 세웠고, 위군의 병사들은 음평교 어귀에다 둔병했다. 앞뒤의 길이 막힌 강유가 긴 탄식을 하며 말했다.

"드디어 하늘이 나를 버리셨다!"

이 말을 듣고 부장 영수(寧隨)가 말했다.

"위군의 병사가 음평교를 끊었다고는 하지만, 옹주에도 반드시 남아 있는 군사가 많을 것이니 장군께서 만약에 공함곡으로부터 쳐들어가서 옹주를 공격하시면 제갈서는 반드시 음평의 군사를 철수시킬 것입니다. 그러니 이렇게 되면 장군께서는 군사를 거느리고 검각으로 달려가서 그곳을 지키면서 한중을 회복하실 수 있을 것입니다."

강유가 이 말대로 즉각 공함곡으로 향하니 세작에게서 정보를 입수한 제갈서는 대경실색하여 얼마 안 되는 군사를 남겨놓고 남쪽 길로 옹주를 구하러 달려갔다.

강유는 북쪽 길로 가는 체하다가 되돌아서서 제갈서의 영채를 들이치고 불을 질러 버렸다.

제갈서가 교두(橋頭)에서 불이 일어났다는 소식을 듣고 군사를 이끌고 돌아왔을 때에는 강유가 이미 통과해 버린 지 반나절이나 넘었으므로 추격할 수가 없었다.

강유가 교두를 넘어서 행군하고 있노라니 뜻밖에도 앞으로부터 좌장군 장익과 우장군 요화가 달려왔다. 어찌 된 일인가 하고 물었더니 장익이 하는 말이 황호가 무당의 말만 믿고 군사를 동원시키려 하지 않아서, 한중이 위태롭다는 소식을 듣고 자진해서 군사를 동원하여 달려왔다는 것이었다.

그리고 양평관은 이미 종회에게 점령당했고, 강장군이 위기에 빠졌다는 말을 듣고 응원하러 달려왔다는 것이었다. 강유는 그 말을 듣고 병력을 한 군데로 집결시키기로 했다.

이때 요화가 의견을 내놓았다.

"이제 사방에서 적군의 공격을 받게 되어 양도도 통하지 않으니 잠시 물러나서 검각을 지키면서 다시 좋은 대책을 새우는 게 좋겠습니다."

강유가 망설이고 결단을 내리지 못하고 있는 판인데, 홀연 종회와 등애가 10여 경로로 군사를 몰고 쳐들어온다는 보고가 들어왔다. 강유는 장익과 요화의 병력을 나누어서 대결하려고 했으나 요화가 다시 말했다.

"백수는 길이 협착해서 싸울 만한 지점이 못됩니다. 우선 검각부터 구원해야지 검각을 상실케 되면 길이 아주 끊어지고 말게 됩니다."

강유는 그 말대로 군사를 인솔하고 검각으로 달려갔다.

관 앞까지 접근해 갔을 때 갑자기 북과 피리소리가 일어나며 고함소리가 천지를 진동했다. 정기가 앞으로 꽂히면서 일군이 관 어귀를 가로막았다.

보국대장군 동궐은 위군의 병사가 10여 경로로 나누어져 쳐들어온다는 소식을 듣자 방비를 든든히 하고 있었다.

그리고는 말을 달려 진두에 나가 보니 천만 뜻밖에도 강유·요하·장익 세 장수가 나타나는지라 기뻐서 어쩔 줄 모르며 영접해 들이고, 눈물을 흘리며 황호의 비행을 호소했다.

강유는 자기가 있는 한 그 따위 위인은 걱정할 것이 없다고 위로해 주었다. 그때 제갈서가 군사를 몰고 쳐들어온다는 보고가 날아들었다. 그러나 제갈서가 강유를 당해 낼 도리가 없었다.

강유는 즉각에 병사 5천 명을 거느리고 위군의 진지로 쳐들어가며 좌충우돌, 제갈서를 수십 리 밖으로 쫓아 버렸고 촉병은 무수한 마필과 무기를 빼앗아 가지고 관으로 돌아왔다.

종회가 검각으로부터 20리쯤 떨어진 지점까지 왔을 때 제갈서가 사죄를 하러 나타났다. 그러나 종회는 크게 격분하여 당장 목을 베라고 호통쳤다.

그가 등애의 부하라는 점을 고려해서 여러 장수들이 간곡히 목숨만 살려 주자고 애원하자 종회는 제갈서를 함거에 실어서 낙양으로 보내어 진공의 처분을 기다리게 하고, 그가 거느리고 있던 병사들은 자기의 부하에 수용해 들였다.

이런 사실을 알게 된 등애는 노발대발하며 같은 장군이요, 같이 공로를 세워오는 처지에 어찌 종회가 그런 짓을 마음대로 할 수 있느냐고 펄펄 뛰었다.

등충이 그와 불목하게 되면 국가 대사를 그르치게 된다고 간곡히 말하자 등애는 화를 꾹 참았으나 더는 참지를 못하고 역시 10여 기를 거느리고 가서 종회를 한번 만나 보기로 했다.

등애가 온다는 것을 미리 알아차린 종회는 영채 안의 경비를 삼엄하게 했다. 등애는 이 점에 불안을 느끼고 다른 말을 했다.

"장군이 이번에 한중을 점령하게 된 것은 진실로 국가를 위하여 다행한 일이오. 이번에는 시급히 계책을 세워서 검각을 공격하셔야 할 게 아니겠소?"

"무슨 좋은 계책이 있소이까?"

등애는 아무 말도 대답하지 않으려 했으나 종회가 어찌나 짓궂

게 질문을 하는지 견디다 못해서 대답했다.

 그 계책이란 음평의 샛길로 한중의 덕양정(德陽亭)으로 나가서 기병 작전을 써서 성도로 쳐들어가면 강유가 구원하러 달려나올 것이니 그 허를 찔러서 검각을 공격하면 수월하게 점령할 수 있다는 것이었다.

 종회는 그 말을 듣더니 크게 기뻐하면서 그것은 지극히 묘한 계책이니 등애에게 한번 나가서 그 계책대로 싸워 주면 자기는 첩보나 기다리고 있겠다 하였다.

 그러면서 두 사람은 술잔을 서로 나누고 헤어졌다.

 종회는 본영으로 돌아와 여러 장수들에게 말하기를, 사람들은 등애가 유능하다고 하지만 오늘 자기가 대해 보니 보통 사람에 불과하다고 했다.

여러 장수들이 그 까닭을 묻자 대답했다.

"음평의 좁은 길은 모두 고산 준령이라 촉군 1백여 명만 가지고 요로를 지키고 귀로를 끊는다면 등애의 군사는 모두 굶어 죽고 말 것이오. 허지만 나는 이 정도만 가지고 진격해도 촉지를 격파하지 못할 걱정은 없단 말이오."

그는 높은 사닥다리와 포를 쏠 수 있는 포대를 마련해 가지고 검문관을 맹렬히 공격했다. 그러나 등애가 이만한 눈치를 채지 못할 장수가 아니었다.

그가 본채로 돌아왔을 때 사찬과 등충 등 뭇 장수들이 오늘 종회를 만나서 무슨 의논을 했느냐고 물었다.

등애는 비웃듯이 말했다.

"나는 진심으로 말을 하는데도 그는 나를 용재로 취급하였소! 그는 지금 한중을 점령한 것을 막대한 공로로 알고 있지만, 따지고 보자면 그것도 내가 강유를 답중에서 둔전하고 있게 꼼짝 못하도록 지켜 주었기 때문이요. 이제 내가 성도만 점령하면 한중을 점령한 것보다는 훨씬 나을 것이요!"

등애가 그날 밤 영채를 철수하고 몰래 음평의 샛길로 진출해서 검각에서 7백 리 떨어진 지점에 진을 치니, 종회는 그것은 어리석은 짓이라고 웃고만 있었다.

등애는 밀서를 작성해서 사마소에게 보냈다. 그리고 여러 장수들을 모아놓고 성도를 공략하는 데 대해서 결심과 태도를 확인한 다음에, 우선 아들 등충에게 정병 5천 명을 주어서 의갑을 입지 말고 각각 도끼와 끌 같은 기구로 험준하고 위험한 곳을 파헤쳐서 길을 만들고 다리를 놓아서 행군에 편리하도록 하게 했다.

등애는 3만의 군사를 뽑아 그해 10월에 음평을 떠나 20여 일동안에 7백여 리를 진격했는데도 그 도중에 사람의 그림자라고는 통 볼 수가 없었다.

마천령이라는 산에 다다랐을 때 말이 앞으로 나가지 못하자 등애는 걸어서 올라갔다. 등충과 길을 내는 장사들이 모두 울상을 짓고 있었다.

그 까닭을 묻자 등충이 대답했다.

"이 산 서쪽 등성이는 깎아지른 것 같은 절벽이어서 길을 뚫을 수 없고 헛수고만 하고 있어 큰 걱정입니다."

그러자 등애가 격려했다.

"우리 군은 이미 여기까지 7백여 리를 왔다. 여기만 넘어서면 바로 강유(江油)인데 어찌 이대로 돌아설 수 있단 말이냐?"

등애는 병사들에게 호랑이 굴에 들어가지 않고 어찌 호랑이 새끼를 잡을 수 있느냐고 호령을 하고, 성공한 뒤에는 부귀를 같이 할 것이니 용기를 내라고 격려했다.

등애는 먼저 군기를 버리게 하고 자신의 몸을 담요로 둘둘 감은 다음에 먼저 굴러 떨어졌다. 부장들도 털옷을 가지고 있는 사람들은 그것을 입고 몸을 내리 굴렸으며, 털옷이 없는 사람은 각각 동아줄로 허리를 묶어서 차례차례 내려갔다.

이렇게 해서 등애와 등충 그리고 2천 명의 군사들은 한 사람도 빠짐없이 마천령을 넘어설 수 있었다.

다시 의갑과 기구를 정돈하고 앞으로 나가는데 길 옆에 비석이 하나 서 있었다.

거기에는 '승상 무후 제함'이라고 쓰여 있었으며 비문에는 '두 불(二火)이 비로소 일어나서(初興) 이곳을 넘어가는 이 있으리라. 두 선비가 저울을 다투다가(爭衡), 오래지 않아서 스스로 죽으리라'고 쓰여 있었다.

두 불이란 곧 염을 말하고, 두 선비란 곧 등애와 종회를 말한다는 점에 짐작이 갔을 때, 등애는 대경실색하여 황망히 비석 앞에서 재배하고 말했다.

"무후는 정말 신인이다! 이 등애가 사사하지 못했음이 한이다!"

등애가 이렇게 몰래 음평을 넘어서서 군사를 거느리고 앞으로 나가고 있을 때, 한 군데 널찍한 공채를 발견했다.

주변 장수들이 말했다.

"옛적에는 무후가 병사 1천 명을 동원해서 이 요로를 지키게 했는데, 현재에는 촉주 유선이 철수시켰습니다."

등애는 이왕 여기까지 왔으니 결사적으로 전진할 각오를 하고 도보로 2천여 명 군사의 앞장을 서서 밤낮을 가리지 않고 강유성(江油城)으로 향했다.

강유성의 수장 마막(馬邈)은 동천을 이미 뺏겼다는 소식을 듣고 방비를 든든히 하기는 했지만, 단지 큰 길가를 막고 있었을 뿐이었고, 강유의 군사가 검각관을 지키고 있다는 것만 믿고 무슨 대단한 일이 있으랴 하고 마음을 놓고 있었다.

하루는 인마를 조련하고 집으로 돌아와서 부인 이씨와 화로를 끼고 술을 마시고 있었는데, 그 부인이 마막에게 물었다.

"변경의 정세가 심히 긴박하다는 말을 누차 들었는데 장군께서는 도무지 근심하시는 빛이 없으시니 무슨 까닭인가요?"

"대사는 강백약(姜伯約)이 장악하고 있는데 내가 무슨 근심이 있단 말이오?"

"그렇다지만 장군께서 성지를 지키시는 책임이 중하지 않을 수야 있나요?"

"천자는 황호의 말만 믿고 주색에 빠져 계시니 내 생각 같아서는 화가 닥쳐올 날이 멀지 않은 것 같소. 위병이 쳐들어오면 항복하는 게 상책이지 뭐 걱정할 게 있소?"

그의 부인은 너무 놀라 남편 마막을 꾸짖었다.

"당신도 남자로 태어나서 여태까지 불충불의의 마음을 먹고 국가의 작록을 엉터리로 받았구료. 무슨 얼굴을 들고 나를 다시 보려 드시오?"

마막은 부끄러워서 아무 말도 못했다.

그때 집안 사람들이 당황스럽게 뛰어들며 알렸다.

위나라 장수 등애가 2천여 명의 군사를 이끌고 일거에 성 안으로 달려들어왔다는 것이었다.

마막은 대경실색하여 황망히 뛰어나가서 항복하고 공당 아래 배복하고 울면서 등애에게 호소했다.

"소생은 투항할 마음을 먹은 지 오래였습니다. 이제 성중 거민과 본부 인마가 모두 장군께 항복하기를 원합니다."

등애는 그의 투항을 받아들였다. 그리고 그곳의 군마를 휘하에 수용하고 마막은 향도관으로 쓰기로 했다.

이때 보고가 들어왔는데, 마막의 부인이 목을 매고 자살했다는 것이었다. 등애가 그 까닭을 물었더니 마막은 사실대로 고백했다.

등애는 그 부인이 충의에 감탄하고 후례를 갖추어 장례를 지내주었고, 친히 나가서 제사를 지냈다.

위나라 사람들은 이 소문을 듣고 감탄하지 않을 수 없었다.

등애는 강유성을 점령하자 곧 음평 소로의 군사를 그곳에 집결시켜 가지고 곧장 부성을 들이치려고 했다.

그런즉 부장 전속(田續)이 병사들이 산을 넘어오느라고 피로했으니 며칠 쉬도록 하자고 제의했다.

등애는 이에 격분하여 목을 베려고 했는데, 여러 장수들이 목숨만은 살려 주자고 애원하여 마지못해 용서해 주었다. 이리하여 등애가 친히 군사를 몰고 부성에 이르니 성 안의 관리와 군민들은 하늘에서 내려온 군사들인가 의심하고 모두 나와서 항복했다.

촉인이 성도로 비보를 전했더니, 후주는 당황해서 황호를 불러들였다. 그러나 황호는 어디까지나 그것이 와전된 말이니 믿을 필요가 없다는 것이었다.

후주가 또다시 무당을 불러들여서 물어 보려고 했을 때에는 무당은 벌써 어디론지 가 버리고 찾을 길이 없었다.

이때 각지에서 위급을 고하는 표문이 빗발치듯 몰려드니, 후주는 대경실색하여 조정에 백관을 소집했으나 그들은 서로 얼굴만 쳐다볼 뿐 한 마디도 말이 없었다.

이때 극정이 나서서 아뢰었다.

"사태는 이미 급박해졌습니다. 폐하께서는 무후의 아드님을 부르셔서 물리칠 계책을 상의하심이 좋으실까 합니다."

무후의 아들 제갈첨(諸葛瞻)은 자가 사원(思遠), 그 어머니 황씨는 황승언(黃承彦)의 딸이었다. 황씨는 용모가 아주 못생기기는 했으나 기재가 있어 위로는 천문에 통하고 아래로는 지리를 잘 알며, 도략과 둔갑술에 대한 책을 모르는 게 없었다.

무후가 남양에 있었을 적에 그녀가 현부임을 알고 아내로 맞은 것이니 무후의 학문에는 부인의 도움이 많았고 무후가 죽은 뒤에는 부인도 세상을 떠났는데, 임종시의 유교도 단지 충효로써 그 아들 제갈첨을 격려했었다.

제갈첨은 어려서부터 총명했으며 후주가 딸을 주어서 부마도위를 삼았다. 그 후에는 무후의 작위를 계승했고 경요 4년에는 행군호위장군으로 승진했으나, 그때에는 황호가 멋대로 일을 다스리고 있었을 때라 병을 핑계하고 나오지 않았다.

그제야 후주는 극정의 진언을 받아들여서 조서를 세 통이나 연거푸 보내서 그를 불러내 호소했다.

"등애의 군사가 이미 부성에 들어왔으니 성도가 위태롭게 됐소. 경은 선군의 체면을 생각하여 짐의 목숨을 구해 주시오."

제갈첨도 눈물을 흘리면서 아뢰었다.

"소신의 부자는 선제의 은덕을 받자왔고, 폐하께서도 각별한 대우를 받자왔으니 목숨을 바친들 어찌 다 보답하겠습니까? 원컨대 폐하께서는 성도의 군사를 동원하시어 소신이 인솔하고 가서 한번 결사적으로 싸우도록 허락해 주십시오."

제갈첨은 후주로부터 성도의 군사 7만 명을 맡아 가지고 여러 장수를 모아놓고 선봉으로 나설 만한 사람이 없느냐고 물었다.

이때 선뜻 나선 인물은 제갈첨의 맏아들 제갈상(諸葛尙)이었다. 제갈상은 겨우 19세에 불과했으나 갖가지 병서를 읽었으며 무예에 능통하였다.

이에 제갈첨이 대견해하며 크게 기뻐했다.

한편 등애는 마막에게 한 권의 지리도를 받았다. 거기에는 부성에서 성도에 이르는 1백 60리의 길과 산천과 도로의 험준한 요로까지 일일이 자세히 그려져 있었다.

그것을 보고 난 등애는 깜짝 놀랐다.

"부성에만 있다가 촉인이 앞산을 가로막는다면 어떻게 성공하겠느냐? 시일을 지연시키다가 강유의 군사가 쳐들어오면 우리 군사는 위태로울 수밖에 없다."

등애는 시급히 사찬과 아들 등충을 불러서 분부하였다.

"그대들은 일군을 거느리고 밤을 헤아리지 말고 면죽으로 쳐들어가서 촉병을 막아라. 나는 곧 뒤따라서 도착할 것이니 절대로 태만하지 말 것이며, 적군에게 그 지점을 먼저 점령당한다면 그대들의 목을 자르리라!"

사찬과 등충은 군사를 이끌고 면죽에 도착하자 곧 촉군의 병사와 맞닥뜨렸다. 양군이 진을 치자 두 사람이 말을 몰아 문기(門旗) 아래 나가보니 촉군은 팔진의 진법으로 진을 치고 있었다.

북소리가 세 번 울리고 문기가 양편으로 갈라지더니 수십 명의 대장들이 사륜거 한 채를 호위하고 나왔다.

수레 위에 단정히 앉아 있는 사람은 윤건과 우선에 학창을 입었는데, 뒷자락이 모가진 것이며, 수레 옆으로는 누런 깃발이 휘날리는데 거기에는 한 승상 제갈무후라고 쓰여 있었다.

사찬과 등충은 어찌나 놀랐는지 전신에 땀이 비오듯하며 군사들을 돌아보고 말했다.

"알고 보니 공명이 아직도 살아 있었구나! 우리도 이젠 어찌할 수가 없다!"

급히 군사를 후퇴시키려고 했을 때, 촉병이 덤벼드니 위병은 대패하여 도주했으며 촉병은 20여 리나 그대로 추격해 오다가 등애의 구원병이 나타난 것을 보자 군사를 거둬들였다.

등애는 본채로 돌아와서 사찬과 등충을 불러 문책했다.

"그대들 두 사람은 어찌 싸우지도 않고 후퇴했는가?"

등충이 대답했다.

"촉군의 진중에서는 제갈공명이 군사를 영솔하고 있기 때문에 그대로 후퇴했습니다."

등애가 격분해서 말하였다.

"설사 공명이 다시 살아났다 한들 무엇이 두렵단 말이냐? 그대들은 경솔히 후퇴하여 싸움을 패하게 했으니 마땅히 즉각 목을 베어서 군법을 바로잡아야겠다!"

여러 사람들이 간곡히 말리는지라 그제야 등애의 노기가 풀렸다. 사람을 내보내어 정탐해 봤더니 돌아와서 말하기를 공명의 아들 제갈첨이 대장이요, 첨의 아들 제갈상이 선봉이며, 수레 위에 앉아 있던 것은 목각으로 만든 공명의 좌상이라는 것이었다.

"성공과 실패의 기회는 이번 한 번에 달렸다. 그대들이 또다시 승리를 거두지 못한다면 반드시 참할 것이다."

사찬과 등충은 또다시 군사 1만 명을 거느리고 출전했는데 제갈상은 혼자 달려나와 용감무쌍하게 두 사람을 물리쳐 버렸다.

이때 제갈첨이 또 좌우 양군을 지휘하면서 달려나와 진중으로 육박하여 좌충우돌 무찌르니 위병은 대패하고 물러났다.

사찬과 등충도 열심히 싸웠지만 부상을 입고 도주했다.

제갈첨은 군마를 몰고 20여 리나 추격했다. 사찬과 등충이 돌아와서 등애를 만나 보았는데, 등애가 보니 두 사람이 모두 부상을 당했는지라 아무런 문책도 하지 않고 여러 장수들과 다시 상의하였다.

"촉군의 제갈첨은 부친의 뜻을 훌륭히 계승하여 두 차례에 걸쳐 우리 인마를 1만 이상이나 죽였소. 이제 속히 격파하지 않으면 반드시 화가 미칠 것이오."

감군직을 맡고 있는 구본(丘本)이 말하였다.

"어째서 글을 써서 유인해 보지도 않으십니까?"

등애는 그 말대로 편지를 작성해 사자를 시켜서 촉나라 영채로 보냈다. 수문장이 장하로 인도하여 그 편지를 올렸다.

제갈첨이 그 편지를 보니, 등애는 천자의 명령을 받들고 대군을 거느리고 나와서 촉나라를 토벌하여 그 땅을 대부분 점령했으며, 성도의 위기도 조석으로 박두했는데, 공은 어째서 하늘의 뜻에 따라 투항하지 않느냐는 말이었다.

또 천자에게 진언해서 제갈첨을 낭야왕으로 봉할 것이니 조종(祖宗)을 빛나게 하라 했고 절대로 이 내용이 거짓이 아니라고 적혀 있었다.

제갈첨은 그 편지를 읽고 나더니 크게 노하여 편지를 발기발기 찢어 버리고 즉석에서 사자의 목을 베어 종자를 시켜서 그 목을 위나라 영채로 가지고 가서 등애에게 보여 주도록 했다.

등애는 격분하여 당장 싸우기로 했다.

이때 구본이 간하였다.

"장군께서 경솔히 나가시면 안 됩니다. 마땅히 기병 작전을 써서 이기셔야 됩니다."

등애는 그 말대로 천수의 태수 왕기와 농서의 태수 견홍의 양군을 배후에 매복시켜 놓고 친히 군사를 인솔하고 내달았다.

이때 마침 제갈첨도 도전하고 싶은 생각이었는데, 홀연 등애가 친히 군사를 이끌고 나왔다는 보고를 받자 격노하여 즉각 병사를 거느리고 달려나와 위군의 진중으로 쳐들어갔다.

등애는 패주했고 제갈첨은 뒤를 쫓았다. 그때 양편에서 복병이 내달으니 촉병은 대패하여 면죽으로 물러났고, 등애가 포위령을 내리니 위병들은 일제히 고함을 지르며 면죽을 철통같이 둘러싸 버렸다.

제갈첨은 성 안에서 적군이 박두해 오는 것을 보자 팽화(彭和)에게 명령하여 편지를 가지고 포위망을 돌파하여 동오로 가서 구원병을 청하도록 했다.

팽화는 동오에 도착하여 오주 손휴(孫休)를 알현하고 급함을 고하는 제갈첨의 서신을 전달했다.

오주는 그것을 보고는 여러 신하들과 대책을 상의하며 말했다.

"촉중이 위급하다니 내 어찌 가만히 앉아서 보기만 하고 구원하지 않겠소?"

 드디어 노장 정봉(丁奉)을 대장으로 하고, 정봉(丁封)과 손이(孫異)를 부장으로 내세워서 군사 5만 명을 거느리고 촉나라를 구원하러 가라는 명령을 내렸다.

 정봉은 출전 명령을 받자, 정봉과 손이에게 군사 2만을 주어서 면죽으로 향하게 하고, 자기는 친히 3만의 군사를 이끌고 수춘(壽春)으로 향하여 삼로로 군사를 나누어 구원하기로 했다.

 제갈첨은 원군이 빨리 도착하지 않자 생각했다.

 "이렇게 지키고만 있는 것은 좋지 않아!"

 이렇게 생각하고 아들 제갈상과 상서 장준(張遵)을 성에 남겨두고 친히 무장을 갖추고 말에 올라 삼문을 활짝 열어젖히고 앞으로 나갔다.

 등애는 이 광경을 보자 싸우지도 않고 후퇴해 버렸다.

 제갈첨이 맹렬히 추격했을 때 홀연 한 발의 포성이 일어나더니 사면에서 군사들이 몰려들어서 제갈첨을 포위해 버렸다.

 제갈첨은 군사를 이끌고 좌충우돌 수백 명을 죽여 버렸다. 등애가 활로 쏘라고 명령하니 촉병은 사방으로 흩어졌다.

 제갈첨은 화살을 맞고 마상에서 떨어졌다.

 "나도 이제는 다했나 보구나. 이젠 죽음밖에 길이 없다!"

 스스로 칼을 뽑아 목을 찌르고 절명했다.

 아들 제갈상은 부친이 군중에서 죽는 것을 보자, 노발대발하여 무장을 갖추고 말에 올랐다.

 장준이 간하며 이를 말렸다.

 "소장군, 경솔히 나가지 마십시오!"

 제갈상은 크게 탄식하였다.

 "우리 부자 조손(祖孫)은 나라의 후은을 받았는데, 이제 부친이 적군에게 돌아가셨으니 내 홀로 살아 있어 뭣하겠소!"

그대로 말을 몰고 나가더니 진중에서 장렬히 죽고 말았다.

등애는 두 사람의 충의를 가엾게 여겨 부자를 합장케 하고, 이 틈을 노려서 면죽으로 쳐들어갔다.

장준・황숭(黃崇)・이구(李球) 세 사람이 각각 일군을 이끌고 나와서 대결했으나 위나라의 대군을 당해낼 도리가 없어 세 사람이 다같이 전사했다.

이리하여 면죽을 점령한 등애는 군사를 위로해 주고자 다시 성도로 쳐들어갔다.

후주의 항복

한편 후주는 성도에서 이미 등애가 면죽을 점령하였고, 제갈첨 부자가 이미 죽었다는 소식을 듣고는 대경실색해 문무 제관을 급히 소집해 놓고 대책을 상의했다.

근신들이 아뢰었다.

"성 밖의 백성들은 늙은이와 어린것들을 살피며, 통곡소리가 천지를 진동하는 속에서 목숨을 건지려고 도주하고 있습니다."

후주가 당황하여 어쩔 줄 모르고 있는데 홀연 염탐 병사가 보고하기를, 위병이 성 아래까지 밀고 들어왔다는 것이었다.

여러 중신들이 상의한 끝에 간했다.

"군사도 그 수가 적으니 적과 대결하기는 어렵습니다. 일찌감치 성도를 포기하고 남중의 칠군으로 임시 피하는 게 좋겠습니다. 그 땅은 험준하여 자연적으로 방비할 수 있으니 만병의 힘을 빌어서 다시 극복해도 늦지는 않을 것이옵니다."

광록대부 초주(譙周)가 나서며 말했다.

"아니 되오. 남만은 오랫동안 돌보지도 않던 곳이라 평소에 아무런 혜택도 준 일이 없는데 이제 아쉬워서 가면 반드시 큰 화를 입을 것이오."

여러 중신들이 합심해 간했다.

"촉나라와 오나라는 이미 동맹을 맺고 있었으니 이렇게 사태가 급박한 때는 그곳으로 갈 수 있다고 생각됩니다."

이에 초주가 다시 나섰다.

"자고로 남의 나라에 의지해서 천자가 된 사람은 없었습니다. 신의 생각으로는 위나라는 능히 오나라를 점령할 수 있어도, 오나라는 위나라를 점령하지 못합니다. 오나라에 가서 신하가 된다는 것이 첫째 치욕입니다. 또 만약에 오나라가 위나라에게 점령당한다면 폐하께서는 또다시 위나라에 칭신하셔야 될 것이오니 이것은 두 번째 치욕입니다. 차라리 오나라에 투항하지 마시고 위나라에 귀순하심이 좋겠습니다. 위나라에서는 반드시 국토를 나누어서 폐하께 봉해 드릴 것이오니, 위로는 친히 종묘를 지킬 수 있고, 아래로는 백성을 안전케 할 수 있으실 것이옵니다. 원컨대 폐하께서는 깊이 생각하시기 바랍니다."

후주는 결단을 내리지 못하고 여러 사람들은 이론이 분분하였다. 초주는 사태가 급박함을 알고 또다시 표를 올려 간했다.

후주가 초주의 말대로 투항하러 나서려고 했을 때, 홀연 병풍 뒤에서 한 사람이 나타나더니 초주를 노려보며 외쳤다.

"목숨만을 아까워 하는 썩어빠진 놈아! 어찌 함부로 사직의 대사를 망령되게 궁리한단 말이냐?"

후주가 바라보니 바로 다섯째 아들 북지왕(北地王) 유심이었다.

후주는 아들 일곱을 낳았는데 장자가 유선이요, 차자가 유요(劉瑤), 셋째가 유종, 넷째가 유찬, 다섯째가 바로 북지왕 유심이었고, 여섯째가 유순(劉恂), 일곱째가 유거였다.

일곱 아들 가운데서 오직 유심만이 어렸을 적부터 총명하고 지나치게 영민했으며, 나머지는 모두 나약하고 착하기만 했다.

후주가 유심에게 물었다.

"대신들은 모두 투항함이 마땅하다고 하는데 너 혼자만이 혈기지용을 믿고 만백성을 유혈에 빠뜨리겠다는 것이냐?"

"옛적에 선제께서 재세시에 초주는 국정에 관여한 일이 없었사온데, 이제 망령되게 대사를 논의하고 말을 함부로 하오니 심히 이치에 맞지 않은 일입니다. 신이 간절히 생각하옵건대, 성도의 군사는 아직도 수만 명은 있사옵고 강유의 전사가 모두 검각에 있사오니, 만약 위병이 성도에 침범하는 줄만 안다 하오면 반드시 구원하러 올 것이오니 내외에서 공격하면 전공을 거둘 수 있습니다. 어찌 썩어빠진 선비의 말을 들으시고 경솔히 선제의 기업을 폐하시려 하십니까?"

그러자 후주가 말하였다.

"너 따위 어린 녀석이 어찌 천시라는 것을 알겠느냐?"

유심은 통곡하며 말했다.

"만약에 힘이 다해 화가 미쳐오는 것이라고 하오면 부자와 군신 다 같이 성을 등에 지고 한번 싸워서 사직과 함께 죽어 선제를 뵈옴이 옳거늘 어찌 적에게 투항을 하겠습니까?"

유심이 간곡히 말했으나 후주는 그래도 말을 듣지 않았다. 유심은 다시 간했다.

"선제께서는 용이하게 기업을 창립하신 바 아니온데, 어찌 일조일석에 이것을 버리겠습니까? 저는 차라리 죽는 한이 있더라도 그런 모욕은 당하지 않겠습니다."

후주는 마침내 근신에게 명령하여 유심을 궁문 밖으로 끌어내게 하고, 초주를 시켜서 항서를 작성케 하여 사서시중 장소, 부마도위 등양을 파견하여 초주와 함께 옥새를 가지고 낙성으로 가서 투항케 했다.

이때 등애는 매일 수백의 철기를 시켜서 성도를 염탐케 했다. 그날 항복한다는 기가 세워진 것을 보고 등애가 기뻐서 어쩔 줄을 모르고 있는데, 잠시 후 장소 일행이 도착하니 등애는 사람을 시켜서 맞아들이게 했다. 세 사람은 섬돌 아래 배복하고 항관(降款) 옥새를 바쳤다. 등애는 항서를 뜯어보고 크게 기뻐하며 옥새를 받고 장소·초주·등양 일행을 정중히 대접했다.

등애는 또 회서를 작성해서 세 사람에게 주어 성도로 돌려보내 인심을 안정시키도록 했다. 세 사람은 등애에게 절하고 성도로 급히 돌아와서 후주를 입견하고 회서를 올렸으며, 등애가 대접을 잘 하더란 말을 상세히 보고했다.

후주는 그것을 뜯어 보더니 크게 기뻐하며 즉시로 태복 장현(蔣顯)에게 칙령을 내려서 강유에게 가서 항복하라 명령하고, 상서랑 이호를 시켜서 등애에게 문부를 전달시켰는데, 호수가 도합 28만, 남녀 94만, 대갑장사 10만 2천, 관리 4만, 식량 40여만, 금은 3천 근, 비단이 각 20여만 필이나 되었다.

나머지 물건은 창고 속에 남아 있어 수효에 넣지 않았고, 12월 초하루를 택하여 군신이 다같이 나가서 항복하기로 했다.

북지왕 유심은 이 소식을 듣자 노기 충천하여 즉각 칼을 차고 궁중으로 들어왔다. 그의 아내 최 부인이 의아해하며 물었다.

"대왕께서는 오늘 안색이 이상하시니 무슨 까닭이십니까?"

그러자 유심이 흥분된 소리로 대답하였다.

"위병이 머지 않아서 닥쳐들 것이오. 부황께서는 이미 항관을 바치셨고, 명일이면 군신이 나가서 항복한다 하니 우리 사직은 이것으로 멸망하는 것이오. 나는 먼저 죽어서 선제를 지하에서 뵙는 한이 있더라도 타인 앞에 무릎을 꿇지는 않을 것이오!"

"훌륭하십니다. 훌륭하십니다! 어차피 돌아가신다 하오면 처음부터 죽여 주시고 왕께서 돌아가셔도 늦지는 않을까 합니다."

말을 마치자 최 부인은 머리를 기둥에 부딪쳐 죽고 말았다.

유심은 세 아들을 자기의 손으로 죽이고, 아내의 목을 베어 가지고 소열묘(昭烈墓)로 가서 땅에 엎드려 통곡하였다.

"소신은 기업을 타인에게 버려줌이 부끄러워 볼 수 없기로 먼저 처자를 죽여서 거리낌을 끊고 나서 이 한 목숨으로 조부님께 보답코자 하오니 영혼이 계시다 하오면 이 손자의 마음을 알아 주시옵소서."

유심은 한바탕 방성통곡을 하고, 피를 흘리며 자기 손으로 목을 찔러 죽고 말았다. 촉인들 중 이 소문을 듣고 애통해하지 않는 사람이 없었다. 후주는 북지왕이 자살했다는 소문을 듣고 사람을 시켜서 매장케 했다.

이튿날 위나라 군사는 대거 도착했고 후주는 태자제왕과 여러 신하 60여 명을 인솔하고 자신을 결박하더니 상여를 타고 북문 10리 밖에 나가서 투항했다. 등애는 후주를 부축해서 일으키며 친히 그 결박한 것을 풀어 주었고, 타고 온 상여를 태워 버리고 난 후 수레를 나란히 하여 성으로 들어왔다.

이리하여 성도의 사람들은 모두 향화를 들고 영접했고, 등애는 후주를 표기장군으로 모셨으며, 나머지 문무 제관들에겐 각각 계급의 고하에 따라서 벼슬을 주었다.

후주를 궁중으로 돌아가게 한 후 방을 내붙여서 민심을 안정시키고 창고의 이관을 받았다. 또 태상 장준, 익주의 별가(別駕) 장소를 각 군으로 파견하여 군민을 항복시키게 하고, 강유에게도 사람을 보내어 항복을 설득시키도록 했다.

이리하여 한나라는 마침내 멸망하고 말았다.

이때 태복 장현이 검각에 도착하여 후주의 칙명을 전달하고 투항했다는 사실을 알리자, 강유는 어찌나 놀랐든지 입만 벌리고 말을 못했다. 장하의 모든 장수들은 그 소식을 알자 일제히 눈을 부릅뜨고 이를 악물었다.

"우리들은 목숨을 내걸고 싸우고 있는데 어째서 먼저 항복을 했단 말이냐!"

강유는 인심이 아직도 한나라를 생각하고 있음을 알고 이들을 말로써 어루만져 주었다.

"여러 장수들은 걱정 마시오. 나에게 한실을 부흥시킬 수 있는 한 가지 계책이 있소이다."

강유는 여러 장수들의 귓전에다 대고 무엇인지 속삭여서 계책을 알려주었다. 즉각 검문관에는 온통 항기가 꽂혔다.

그리고 먼저 사람을 시켜서 종회의 영채로 보고하게 해서 강유가 장익·요화·동궐을 거느리고 항복하겠다고 말하게 했다.

종회는 기뻐서 어쩔 줄 모르며 사람을 시켜서 강유를 영접케 했다. 강유가 장으로 들어가자 종회는 다정히 말했다.

"백약(伯約), 왜 이렇게 늦게 왔소?"

강유는 정색을 하고 눈물을 흘리면서 반겼다.

"국가의 모든 게 나에게 있으니 여기 온 것도 오히려 빨리 온 셈이오."

종회는 심히 기특한 말이라 생각하고 자리에서 내려와 맞절을 하고 상빈으로 대접했다. 강유가 종회를 보며 말했다.

"듣자니 장군께선 회남 이래 계책마다 어긋남이 없었고, 사마씨의 극성함도 모두 장군의 힘이라기에 이 강유는 항복을 달게 여겨 이렇게 머리를 수그린 것이오. 만약에 등사재(鄧士載)가 나의 상대였다면 마땅히 결사적으로 싸웠지 어찌 이렇게 투항하려 들었겠소이까?"

종회는 화살을 꺾어서 맹세하고 강유와 형제를 맺었으니, 그 정이 심히 두터웠으며 여태까지 마찬가지로 병사를 영솔하도록 하라고 했다. 강유는 남몰래 기뻐하면서 장현을 성도로 돌려보냈다.

한편 등애는 사찬을 익주자사로 하고 견홍과 왕기도 각각 주군을 맡도록 해주고, 또 면죽에 축대를 쌓아서 전공을 표창하고 촉중의 여러 관원들을 소집하여 주연을 베풀고 술을 마셨다.

술기운이 거나하게 돌아가고 있을 때 등애는 관원들을 손으로 가리키며 말했다.

"그대들은 다행히 나를 만났기 때문에 오늘의 영광이 얻었소. 만약에 다른 장수를 만났다면 모두 몰살당했을 것이오."

여러 관원들이 몸을 일으켜서 배사하고 있을 때, 홀연 장현이 나타나더니 강유가 자진하여 종회에게 투항했다고 전했다. 이에 등애는 종회를 몹시 미워하고 마침내 사람을 시켜서 편지를 가지고 낙양에 가서 진공 사마소에게 전하도록 했다.

'신 등애 간절히 아룁니다. 군사에는 명예가 앞선 다음에 실상이 뒤따른다고 합니다. 이제야말로 촉나라를 평정한 기세로써 오나라를 쳐 석권하기에 좋은 시기입니다. 그러나 큰 일을 치른 뒤인지라 군사들이 피로하여 곧 쓸 수가 없게 됐으므로 농우(?右)의 군사 2만과 촉병

2만 명을 남겨 염전과 광산 일을 돌보게 하고 아울러 배를 만들게 해서 계책에 대비해 두고, 사신을 보내어 설득하면 오나라는 토벌하지 않고도 평정할 수 있으리라고 생각합니다. 또 유선을 후대하였다가 손휴를 치게 함이 좋을 것이옵니다. 만약에 지금 곧 유선을 내경케 한다면 오에서 반드시 의심할 것이오니, 이것은 귀순하여 향화하는 마음을 권하는 일이 못되므로, 우선 촉나라에 머물러 있게 해 두었다가 내년 겨울에 상경케 할까 합니다. 이제 즉시 유선을 부풍왕(扶風王)에 봉하시고 재물을 주어서 좌우의 측근자들을 먹이게 하고, 그 아들에게 작을 내려 공경을 삼으시는 은혜를 주신다면 오인은 위엄을 두려워하고 덕을 품어 바람결을 따르듯이 복종하게 되리라고 생각합니다.'

사마소는 이 편지를 보고는 등애가 제멋대로 하고 싶은 마음이 있지나 않을까 깊이 의심하고 우선 위관에게 따로 수서(手書)를 보내놓고 나서 등애를 봉하는 조서를 내렸다.

'정서장군 등애는 위엄을 빛내고 무용을 발휘하여 적경에 깊이 들어가 참호지주를 자진해서 귀항케 함에 있어서 군사는 때를 넘지 않았고, 싸움은 날을 다하지 않고, 출전한 지 미구에 구름이 걷히듯 돗자리를 말듯 파촉을 탕정하였다. 그 공훈이 백기가 강오를 격파하고, 한신이 힘센 조나라를 이겨낸 데 못지 않도다. 이에 등애를 태위로 삼아 2만 호를 증읍(增邑)하고 두 아들을 정후에 봉하여 각각 식읍(食邑) 1천 호를 주게 하노라.'

등애가 조서를 받고 나니 감군 위관이 사마소의 수서를 꺼내서 등애에게 주었다. 그 편지 속에는 등애가 말한 바 일은 나중에 주보할 것이며, 아무렇게나 청할 일이 아니라고 적혀 있었다.

등애는 벌컥 화를 내었다.

"장수는 밖에 있으면 군명도 받을 수 없을 때가 있다는데, 내가 조명을 받들고 출정한 이상 어째서 나의 의사를 함부로 가로막아버린단 말인가?"

등애는 또 편지를 써 사자를 낙양으로 보내어 전달케 했다.

이때에 조정 안에서는 모든 사람들이 등애가 반드시 모반할 마음을 품고 있다고 하는지라, 사마소는 점점 더 의심을 품고 그를 꺼려하게 됐는데 마침 사자가 돌아와서 등애의 편지를 올렸다.

'등애, 명령을 받들고 서정한 이래 원흉이 이미 굴복하였으므로 권도에 의하여 일을 처리하여 귀순한 지 얼마 안 되는 자들을 안정시켰습니다. 만약에 국명만을 기다리고 있었다면 왕복 오가는 길에 시일만 지연되었을 것입니다. 춘추지의(春秋之義)에도, 대부가 나라를 나왔으면 사직을 안정하고 국가를 이롭게 함이 가하다 했습니다. 이제 오나라가 아직 귀순하지 않은 채 촉나라와 연결을 맺고 있으니 대수롭지 않은 일에 구애되어 사기를 잃어서는 안 됩니다. 병법에도 앞으로 나감에 명을 구하지 않고 뒤로 물러섬에 죄를 피하지 않는다고 했습니다. 제가 비록 옛사람의 절개가 없다 할지라도 어디까지나 나라에 해를 끼치지는 않을 것이므로 우선 이쯤 아뢰옵고 옳다고 여기시면 시행하심을 바랍니다.'

사마소는 이를 보고 몹시 놀라 황망히 가충과 대책을 강구하였다.

"등애가 공로만 믿고 교만해져서 제멋대로 행사를 하니 배반할 의사는 명백히 드러났소. 어찌했으면 좋겠소이까?"

가충이 대답했다.

"주공께서는 어째서 종회에게도 벼슬을 봉하시어 등애를 제거하시지 않으십니까?"

사마소는 그 말대로 사자를 시켜 조명을 받들고 가서 종회를 사도에 봉하게 했다. 그리고 위관(衛瓘)에게 명령하여 양로군을 감독하도록 하고, 또 그에게 수서를 주어서 종회와 함께 등애의 거동을 감시하여 변고를 방지하도록 했다.

종회는 봉을 받자 곧 강유를 불러 상의했다.

"등애는 나보다 많은 공을 세워서 태위의 직을 봉했는데, 사마공은 그에게 배반할 마음이 있지나 않은가 의심하여 위관을 감군에 명령하고 나에게 조명을 내려 그를 제지케 하였소. 백약께선 무슨 고견이 없겠소?"

"듣자니 등애는 출신이 미천하며 어렸을 적에는 시골서 소나 몰며 자랐다는데, 이번에 요행히 나무에 오르고 절벽에 매달려서 음평을 빠져나왔기 때문에 큰 공을 세운 것이지, 결코 지략에서 이루어진 일은 아니오. 국가의 흥복에 덕을 본 것뿐이오. 만약에 장군이 이 강유를 검각에 몰아넣지 않았다면 어찌 성공을 했겠소? 이제 촉주를 부풍왕에 봉하려 하는 것은 촉인의 마음을 사로잡자는 꾀이니 그 배반하려는 마음이야 알 수 있는 일이오. 그러니 진공(晉公)이 의심하는 것은 바로 이 점이오."

그리고선 강유는 종회에게 조용히 이야기하고 싶은 일이 있으니 좌우 측근들을 물러나게 해달라고 넌지시 말하고 나서, 한 장의 도면을 꺼내어 종회에게 주었다.

옛날 무후가 이 도면을 선제에게 바쳐서 익주가 옥야 천 리 백성은 평화롭고 나라는 부강한 땅임을 설명했기 때문에 선제가 성도에서 창업했던 것인데, 등애도 그곳에 들어갔으니 미칠 듯이 날뛸 것이 뻔하다고 말해 주었다.

종회는 어떻게 등애를 처치했으면 좋겠느냐고 강유에게 상의했다. 강유는 진공이 의심을 품고 있을 때 급히 표를 올려서 등애가 모반하고 있는 사실을 보고하면, 곧 종회에게 등애를 토벌하라는 명령이 내릴 것이니 그때 등애를 당장에 붙잡을 수 있을 것이라고 계책을 세워 주었다.

종회는 곧 낙양으로 사자를 보내어 표를 올리고 등애가 불원간 반드시 배반하리라는 구체적 사실을 들어서 보고했다.

사마소는 종회의 표를 받아 보자 격노하여 당장에 종회에게 사신을 보내어 등애를 체포하라 명령했고, 가충에게 군사 3만을 주어서 야곡으로 출동케 하고, 자기 자신도 위주 조환(曹奐)을 출동시켜서 친정에 나서도록 했다.

이때 서조의 아전 소제(邵悌)가 나서며 말했다.

"종회의 군사는 등애의 여섯 배나 되오니 그에게 명령하시어 등애를 잡도록 하실 것이지, 친히 출정하실 필요는 없을 듯합니다."

사마소는 껄껄껄 웃으면서 말했다.

"그대는 예전에 종회가 배반할 것이라고 나에게 말했던 것을 잊었소? 내가 가는 것은 등애 때문이 아니고 종회 때문이오."

"소생은 공께서 그런 사실을 잊어버리시지나 않았나 해서 말씀드린 것이오니 절대로 누설되지 않도록 해야겠습니다."

드디어 사마소는 대군을 동원하여 떠났다.

이때 가충도 종회에게 배반할 마음이 있는 것이 아니냐고 걱정스럽게 사마소에게 넌지시 말했다.

"그렇다면 그대를 보내놓으면, 이번에는 그대마저 의심해야겠군! 어쨌든 장안에 도착하면 자연 명백해질 것이오."

사마소는 넌지시 말했다. 이런 사실을 세작이 종회에게 알렸다. 종회는 사마소가 이미 장안으로 오고 있다는 사실을 알게 되었다.

종회는 강유를 불러서 등애를 붙잡을 계책을 상의하였다. 강유의 말인즉, 감군 위관(衛瓘)을 시켜서 등애를 붙잡도록 해보고, 등애가 만약에 위관을 치려고 한다면 그것은 배반할 의사가 명백한 것이므로, 그때 종회가 군사를 일으켜서 토벌하는 것이 좋겠다는 계책을 제공했다.

종회가 기뻐하면서 즉시 위관에게 명령하여 부하 수십 명을 거느리고 성도로 가서 등애 부자를 체포하라고 명령했다. 그때 위관의 부하는 이런 계책의 밑바닥만 보고 가지 말라고 만류했다.

그러나 위관은 걱정 말라고 하였다.

"나는 나대로 생각하는 바가 있소."

위관은 떠나기 직전에 2, 30통의 격문을 각처로 뿌렸다. 그 격문에는 조명을 받들고 등애를 체포하러 가는데, 다른 사람들은 추호도 관련이 없으니 일찍 귀순하면 전직에 따라서 벼슬도 줄 것이며, 출두하지 않는 자는 삼족을 멸하겠다고 적었다.

그리고는 함거 두 채를 마련해 가지고 성도로 달려갔다.

닭이 울고 날이 밝을 무렵에 격문을 보게 된 등애의 부장들은 일제히 위관의 말 앞에 나와서 항복했다.

등애는 마침 부중에서 일어나지 않고 있었는데, 홀연 위관이 부하 수십 명을 거느리고 뛰어들어와 호통을 쳤다.

"조명에 의하여 등애 부자를 잡으러 왔다!"

깜짝 놀라 침상에서 굴러 떨어지는 등애를 위관은 무사들에게 명령하여 결박시켜 함거 속에 처박았다. 영문도 모르고 달려나온 아들 등충도 역시 붙잡혀서 함거 속에 처박혀졌다.

이때 벌써 한편에서는 종회의 대군이 쳐들어왔다고 일대 혼란이 일어나고 있었다. 종회는 강유와 함께 말을 버리고 부중으로 뛰어들었는데, 등애의 부자가 이미 결박되어 있는 것을 보고 채찍으로 후려갈겼다.

"소나 몰던 자식이 어찌 감히 버르장머리 없는 짓을 하느냐!"

강유도 역시 등애를 꾸짖었다.

"되지 못한 놈이 요행만 믿고 까불었기 때문에 오늘 혼이 나는 것이다!"

그러자 등애도 지지 않고 욕설을 퍼부었지만 종회는 등애 부자를 낙양으로 보내고 말았다.

성도로 들어간 종회가 등애의 군사를 모조리 수하에 포섭하고는 위세가 당당해져서 이제야말로 우리는 비로소 소원 성취를 했다고 말하자, 강유가 나서며 말했다.

"이제 공께서는 큰 공을 세우시고 그 위력이 사마공만 못지않게 되셨으니, 이제부터는 배를 타시고 행방을 감추시어 옛적에 한나라의 장량(張良)이 했듯이 신농시대의 선인 적송자(赤松子)를 따라서 공부나 하시는 게 어떠시겠소?"

종회는 껄껄 웃으며 말했다.

"우리는 이제 겨우 40 미만, 이제부터 공명을 세울 터인데 그렇게 세상을 도피할 까닭은 없다고 생각하오."

"그렇게 한가한 신세가 되기 싫으시다면 물론 좋은 계책이 있으실 것이니, 이는 공이 알아서 하실 노릇이지, 이 노부의 말이 구지 필요하겠소?"

이때부터 두 사람은 매일같이 대사를 상의하게 됐으며, 강유는 비밀리에 후주에게 서신을 보내어 조금만 더 참고 있으면 반드시 기울어진 사직을 다시 바로잡고 한실을 부흥시킬 날이 머지않아 다가올 것이라고 연락해 주었다.

종회와 강유가 모반을 획책하고 있을 때, 홀연 사마소의 편지가 날아들었는데, 자기는 종회가 등애를 잡지 못하고 놓쳐 버리지나 않나 걱정이 되어서 장안까지 나왔다는 것이었다.

종회는 그 의미를 재빨리 알아차렸다. 등애의 몇 갑절의 병력을 가진 자기가 등애를 잡지 못할까 걱정한다는 것은 다른 의심에서 나온 소행이라는 것을 간파했다.

종회는 배짱을 든든히 하고 최후의 사태를 각오했으며, 그 옆에서 강유가 또 꾀를 냈다.

"곽 태후께서 돌아가셨다고 하는데, 사마소를 주살하여 시살죄를 다스리라는 태후의 조명을 받으셨다 하면 좋지 않겠소. 공의 재간을 가지면야 중원을 석권하기는 쉬운 노릇이오."

종회는 강유를 선봉으로 내세우기로 약속하고 원소절(元宵節)을 기하여 주연을 베풀어 장수들을 한자리에 모아놓고 그들의 심중을 타진해 보기로 했다.

강유는 남몰래 기쁨을 금치 못하고 있었다.

그 이튿날 주연 석상에서 술이 몇 순배 돌아가고 있을 때 종회는 술잔을 손에 든 채 홀연 소리 높여 엉엉 울었다. 장수들이 깜짝 놀라서 그 까닭을 묻자 종회가 눈물을 닦으며 말했다.

"곽 태후는 임종시에 나에게 유명을 내리셨소. 사마소가 대역무도하여 남궐에서 시군(弑君)하고 조만간 위나라를 찬탈하려고 하니 토벌하라고 하시었소. 그대들도 각자 명을 받들어 함께 성사토록 하기 바라오."

여러 장수들은 놀라 서로 얼굴만 쳐다볼 뿐이었다.

"내 말에 거역하는 사람은 참할 것이오!"

종회가 칼을 뽑아들고 호령을 하니 모든 사람들은 부들부들 떨면서 어쩔 수 없이 첨명을 했다. 그리고 난 다음에 종회는 장수

들을 궁중에 감금하고 무사들을 시켜서 감시케 했다.

이때 강유가 종회를 부추겼다.

"내 생각 같아서는 여러 장수들이 복종하지 않는다면 차제에 제거해 버리는 게 좋겠소."

"나도 벌써 궁중에 갱을 파게 하고 만반 준비를 갖추고 있소이다. 큰 몽둥이를 수천 자루나 마련해 뒀으니 복종하지 않는 놈은 때려죽여서 묻어 버리겠소."

두 사람이 주고받는 말을 종회가 가장 아끼는 부장 구건(丘建)이 옆에서 들었다. 구건은 본래 호열(胡烈)의 수하에 있었는데, 그때 마침 호열도 궁중에 감금당해 있었는지라 종회가 한 말을 몰래 호열에게 알려 주었다.

너무 놀란 호열은 눈물을 흘리며 부탁했다.

"아들 호연(胡淵)이 군사를 거느리고 이곳을 포위하고 있을 터인데 그놈은 종회가 이런 못된 마음을 먹고 있는 줄은 전혀 모르고 있을 것이니 예전의 정리를 생각하고 한마디만 그놈에게 전해 주시오."

구건은 이런 부탁을 받고 종회에게 가서 간했다.

"지금 장수들이 궁중에 감금되어 있사온데 음식이 불편한 모양이오니 한 사람이 드나들며 시중들게 하심이 좋겠습니다."

종회는 구건을 믿고 있었기 때문에 바로 구건에게 그 일을 감독해서 선처하라고 명령하였다. 그러면서 비밀이 누설되지 않도록 천만 조심하라고 신신당부했다.

구건은 종회가 추호도 의심치 않도록 대답해 놓고 몰래 호연의 심복을 궁중으로 들여보내어 밀서를 부탁하여 호연의 영내로 전달하도록 했다. 호연은 그 밀서를 두루두루 각 영으로 돌려서 여러 사람이 다 알도록 했다. 여러 장수들이 분개하기 시작했다.

"우리가 비록 이대로 죽는다 할지라도 어찌 역적에게 복종할 수 있겠소?"

"정월 18일에 궁중으로 쳐들어갑시다."

감군 위관은 호연의 계책을 심히 기뻐하고 즉각 군사를 정비해 놓고, 구건에게 명령하여 이런 사실을 호열에게 전달시키고, 호열은 또다시 여러 장수들에게 알렸다.

이러한 때 강유가 또 종회를 부추겼다.

"장수들은 모두 복종치 않을 모양이오. 살려 두었다가는 반드시 해가 미칠 것이니 일찌감치 죽여 버리는 게 좋겠소."

종회는 그 말대로 강유에게 명령하여 무사들을 거느리고 위나라의 장수들을 죽이러 가라고 명령했다. 강유가 행동을 개시하러 나서려고 할 때, 갑자기 일진의 가슴앓이가 일어나 졸도하니 부하들이 부축해 일으켜서 한참 만에야 정신이 들었다.

이때 궁전 밖에서 홀연 사람들이 소동을 일으키고 있다는 보고가 들어왔다. 종회가 사람을 내보내어 무슨 일인가 알아보려 할 때 벌써 무수한 군사들이 문 안으로 달려들었다.

종회가 문을 잠글 새도 없이 군사들이 전위에서 기왓장을 벗겨 마구 던지니 순식간에 수십 명의 사상자를 내고 말았다.

그리고 궁전 안팎에서는 불길이 치밀었다. 쳐들어온 군사들은 문을 부수고 몰려들었다. 종회는 친히 칼을 휘두르며 순식간에 몇 명을 찔러서 거꾸러뜨렸다.

그러나 그도 마침내 빗발치듯 퍼붓는 화살을 맞고 쓰러지지 않을 수 없었다. 여러 장수들은 종회의 목을 베어 버렸다.

강유도 칼을 뽑아 들고 전으로 뛰어 올라와서 싸웠으나 불행히도 가슴앓이가 다시 치밀어서 쓰러졌다. 그는 하늘을 우러러보며 탄식하고는 스스로 목숨을 끊었다.

"나의 계획은 실패했다! 이것이 천명이다!"

그의 나이 59세였다. 궁중의 사망자는 수백 명에 달했다.

위관이 명령을 내렸다.

"중군은 각각 영소로 돌아가서 왕명을 기다려라!"

그러나 격분한 위나라 병사들은 그 말에는 귀도 기울이지 않고 강유의 신변으로 달려들어 원수를 갚으려고 배를 갈랐다.

대장들은 또 가족을 잡아서 하나도 남기지 않고 모조리 죽였다. 등애의 부하들은 종회와 강유가 죽은 것을 보자 밤을 이용해 등애를 찾으려고 달려갔다.

이때 이런 사실을 재빨리 위관에게 알려준 사람이 있었다.

"등애는 내가 잡았다. 이제 그를 살려둔다면 나는 몸을 묻을 곳이 없게 될 것이다."

위관이 말하자 호군 전속(田續)이 나서며 말했다.

"전에 등애가 강유를 공략했을 때, 소생은 놈에게 하마터면 죽을 뻔했습니다. 오늘이야말로 그 원수를 갚아 주고 싶습니다."

위관은 심히 기뻐하면서 즉석에서 그에게 군사 5백 명을 주어서 뒤를 쫓게 하였다.

전속이 면죽까지 쫓아갔을 때 마침 등애 부자는 함거에서 구출되어 성도로 돌아가려는 판이었다. 등애는 자기편 사람이 나타난 줄로만 알고 아무 생각 없이 영접하다가 전속의 일도에 목이 날아가 거꾸러져 버렸다. 등충도 역시 난군 중에서 절명했다.

강유·종회·등애가 이미 죽었고, 장익도 난군 중에 죽었으며 태자 유선, 한수정후(漢壽亭侯) 관이도 모두 위나라 병사들에게 살해당했다. 군민간에 일대 소동이 일어나서 아우성을 치고 서로 디디고 밟고 하는 바람에 죽는 사람도 부지기수였다.

열흘이 지나서야 사태는 겨우 진정이 되었다.

가충이 방을 내붙이고 민심을 안정시켰기 때문에 소란은 겨우 가라앉았다. 위관을 성도에 남겨두고 후주는 낙양으로 옮겨갔는데, 그를 따르는 사람으로는 상서령 번건, 시중 장소, 광록대부 초주(譙周), 비서랑 극정밖에 없었다.

요화와 동궐 등은 모두 병을 핑계로 두문불출하다가 울화병으로 죽었다.

이때 위나라는 경원 5년을 함희 원년(咸熙元年)으로 고쳤다.

봄 5월에 오나라 대장 정봉은 촉나라가 멸망한 것을 알자, 오나라로 되돌아왔는데 중서승 화핵이 오주 손휴에게 아뢰었다.

"오나라와 촉나라는 순치의 관계에 있습니다. 입술이 망하면 이가 견딜 수 없다고 합니다. 소신의 생각으로는 사마소가 미구에 우리를 공격하리라고 봅니다. 그러니 폐하께서는 부디 깊이 방어지책을 강구하셔야 하겠습니다."

손휴는 그 말대로 육손의 아들 육항(陸抗)을 진동대장군에 봉하고, 형주목(荊州牧)에 임명하여 양강 어귀를 지키게 하였다.

그리고 좌장군 손이에게 남서(南徐)의 각처 요로를 든든히 지키게 하고, 또 장강 연안 일대의 수백 영에 둔병하여 노장 정봉이 통솔 감독하도록 해서 위나라 군사를 방비하고 있었다.

건녕 태수 곽과는 성도를 지키지 못하게 되었음을 알자, 소복을 입고 서쪽 하늘을 사흘 동안이나 바라다보며 통곡했다. 이를 보고 여러 장수들이 간하였다.

"한주께서 이미 자리를 잃으셨는데, 어째서 빨리 투항하지 않습니까?"

곽과는 울면서 말했다.

"길이 멀리 막혀서 우리 주공의 안위도 알 수 없고, 만약에 위주가 예의를 갖추어 대접한다면 성을 다 내놓고라도 투항해도 늦지 않지만, 만약에 우리 주공을 위욕한다면, 주인이 욕을 보면 신하는 죽는 법이니 어찌 투항하겠소."

여러 사람들도 이 말에 찬성하고 낙양으로 사람을 급히 보내어 후주의 소식을 탐지하도록 했다.

후주가 낙양에 도착하니 사마소는 이미 조정에 돌아와 있었으며 맹렬히 후주를 공격했다.

"그대는 주색에 빠져서 현자를 물리치고 실정했으니 마땅히 법으로 다스려야 할 것이오."

후주는 얼굴이 흙빛이 되어서 어찌할 바를 몰랐다. 문무백관이 모두 나서서 말렸다.

"촉주께서는 이미 국기(國紀)를 그르치셨다고는 하지만 다행히 일찍 귀항하셨으니 면죄하심이 좋을까 합니다."

사마소는 유선을 안락공(安樂公)에 봉하고 집과 비단 1만 필, 동비 1백 명을 딸려 주었다. 아들 유요와 구신 번건·초주·극정

등에게도 후작을 봉해 주었다.

황호는 나라를 좀먹고 백성을 해쳤다 해서 무사에게 명령하여 저잣거리에 끌어내어 목을 쳤다.

곽과도 후주가 안락공에 봉해진 것을 알고 부하를 거느리고 투항했다. 이튿날 후주는 친히 사마소의 부하에 가서 배사하였다. 사마소는 주연을 베풀고 정중히 대접했다.

촉나라 관원들은 슬픔을 금치 못하였으나 후주 혼자만은 희색이 만면했다. 사마소는 또다시 촉인을 시켜서 촉나라 음악을 그 앞에서 연주케 하여 들려 주었다.

촉의 관리들은 모두 눈물을 흘렸는데, 후주만은 희희낙락하였다. 술좌석이 한창 어우러지고 있을 때 사마소가 가충을 보고 물었다.

"사람이 매정하기 이 지경이라면, 비록 제갈공명이 있었다손 치더라도 오랫동안 온전히 보좌할 수 없었을 것이며 하물며 강유를 가지고야 말이 되겠소."

사마소는 후주에게 물어 보았다.

"촉나라 생각이 나지 않으시오?"

"이곳이 나날이 즐거우니 촉나라의 생각은 나지 않소이다."

그리고 후주는 몸을 일으켜 옷을 갈아입으려고 했다. 극정이 따라나가서 말하였다.

"폐하께서는 어째서 촉나라 생각이 나지 않는다 하십니까? 만약 그가 또 물으면 선인의 분묘가 멀리 촉나라 땅에 있으니 마음이 아프며 생각하지 않는 날이 없다고 대답하십시오. 그래야만 진공이 폐하를 촉나라로 돌아가시도록 해드리게 됩니다."

후주는 그 말을 기억하고 자리로 들어갔다.

술이 거나하게 취했을 때 사마소가 또 물었다.

"촉나라 생각이 나시오?"

그러자 후주는 극정이 말하라고 한 대로 대답했다. 그런데 아무리 울려고 해도 눈물이 나지 않아서 그대로 눈을 감아 버렸다.

그러자 사마소는 후주의 얼굴을 빤히 쳐다보며 물었다.

"어째서 극정의 말과 똑같소?"

후주는 깜짝 놀라 눈을 떴다.

"사실로 말씀하신 것이 틀림없소."

그러자 사마소와 좌우 측근자들이 모두 웃음을 터뜨렸다. 이래서 사마소는 후주가 솔직한 것을 기뻐했고 그를 의심치 않았다.

조정의 대신들은 사마소가 촉나라를 평정한 공적을 찬양하고 그를 왕으로 모시려고 했다.

위주 조환은 천자라는 것은 이름뿐이요, 아무 일도 마음대로 하지 못하는지라 온갖 대권을 장악하고 있는 사마소의 일에 반대할 수 없었다.

그래서 진공 사마소를 진왕에 봉하고 그의 부친 사마의에게는 선왕, 형 사마사에게는 경왕(景王)이라는 시호를 내렸다.

사마소의 처는 왕숙(王肅)의 딸로서 두 아들을 낳았는데, 장남 사마염(司馬炎)은 체구가 거대하고 머리털이 땅을 쓸며 두 손이 무릎에까지 내려오는 아주 총명하고 담량이 대단했다.

둘째아들은 사마유(司馬攸)인데 성격이 온화하고 청렴하고 효가 커서 사마소가 심히 사랑했는데, 사마사에게 아들이 없었기 때문에 사마유를 주어서 뒤를 잇도록 했었다.

사마소는 평소에 이런 말을 자주 했다.

"천하는 우리 형님의 것이다!"

자기가 진왕이 되면서 둘째아들 사마유를 세자로 세우려고 했다. 그러나 산도(山濤)가 장자를 폐하고 둘째를 세움은 예의에 어긋나는 일이라고 간곡히 간했기 때문에 결국 맏아들 사마염을 세자로 세웠다.

여러 대신들이 사마소의 이런 처사를 지극히 찬양하니 그는 기뻐하면서 왕궁으로 돌아와 밥을 먹으려 할 때 돌연 말을 할 수가 없게 되었다. 그 이튿날에는 생명도 위태로울 지경이었다.

태위 왕상(王祥), 사도(司徒) 하증(何曾), 사마 순개와 그 밖의 여러 대신들이 문병을 갔을 때 사마소는 말을 못하고 손으로 사마염을 가리키면서 숨을 거두었다.

"천자의 대권은 진왕께 있었으니 태자를 진왕으로 모시고 나서 장례를 치르도록 합시다."

하증이 말하니 그 말대로, 당일로 사마염을 진왕의 자리에 모시고 하증을 진나라 승상에, 사마망을 사도에, 석포(石苞)를 표기장군에, 진건을 거기장군에 봉하고, 부친 사마소에게 문왕(文王)이란 시호를 올렸다.

장례가 끝나자 사마염은 가충과 배수를 비밀리 청하였다.

"조비도 한나라 천자의 자리를 계승했으니, 내가 위나라 천자의 자리를 계승함이 잘못된 일은 아닌가 하오."

그러자 가충과 배수가 재배하면서 말했다.

"전하께서는 조비의 법을 따르시어 수선대(受禪臺)를 마련하시어 천하에 포고하시고 대위에 오르심이 좋을까 합니다."

사마염은 기뻐하며, 그 이튿날 칼을 찬 채 후궁으로 들어갔다. 이때 위주 조환은 연일 조정에 나오지 않고 심신이 어지러워 어찌할 바를 모르고 있었다.

사마염이 후궁으로 달려들어가니 조환은 황망히 어탑에서 일어서서 영접했다. 사마염은 자리 잡고 앉은 다음 물었다.

"위나라의 천하는 누구의 힘입니까?"

조환이 대답했다.

"모두 진왕 부조의 은혜요."

사마염은 웃으면서 재덕 있는 사람에게 왕위를 양보하라고 권고했다. 조환이 대경 실색하여 말도 제대로 못하니, 옆에 있던 황문시랑 장절(張節)이 호통을 쳤다.

"진왕의 말씀은 잘못입니다. 전일에 위나라의 무조 황제께서는 동쪽을 소탕하시고 서쪽을 토벌하시고 남북을 정벌하셨으니 천하를 용이하게 얻으신 게 아니었습니까. 이제 천자께서는 유덕 무죄하신데 무슨 까닭으로 자리를 남에게 양보하십니까?"

사마염은 격분해 소리쳤다.

"이 사직은 바로 대한의 사직이오. 조조가 천자를 끼고 제후를 시켜서 스스로 위왕이 되어서 한실을 찬탈한 것이오. 우리 조부 삼세는 위나라를 보필하여 천하를 얻은 것이지, 결코 조씨(曹氏)의 힘으로 된 것이 아니며 사실 사마씨의 힘으로 이루어졌다는 것은 사해가 다 아는 바요. 그러니 오늘날 내가 위나라의 천하를 맡을 수가 없단 말이오?"

그러자 장절은 더욱 소리쳤다.

"그런 일을 하시면 나라를 빼앗은 역적이 되십니다."

사마염은 격노하여 외쳤다.

"내가 한가의 원수를 갚겠다는데 무엇이 안 된단 말이냐?"

무사에게 호령하여 장절을 전 아래로 끌어내서 목을 베었다. 조환은 울면서 꿇어앉아 사마염의 뜻을 받아들였고, 가충에게 수선대를 세우라고 명령했다.

이리하여 12월 갑자일(甲子日)에 조환은 친히 전국의 옥새를 받들고 수선대 위에 나서서 문무백관을 소집해 놓고, 진왕 사마염

을 단상에 청해 올려 옥새를 넘겨주었다.

가충이, 천명이 진나라에 있어서 사마씨가 공덕으로 제위에 오른다는 말과 조환을 진류왕(陳留王)에 봉하므로 즉시 금용성 밖으로 나갈 것이며, 조명 없이는 두번 다시 입경하지 말 것을 선언하니 조환은 눈물을 흘리며 물러섰다.

이날 문무백관은 수선대 아래에서 재배하고 만세를 불렀으며 사마염은 위나라의 국통을 계승해서 국호를 대진(大晋)이라 하고, 연호를 태시 원년(泰始元年)으로 고쳤으며, 천하에 대사령을 내리니 마침내 위나라는 멸망하고 만 것이었다.

진제(晋帝) 사마염은 사마의에게 선제(宣帝), 백부 사마사에게 경계(景帝), 부친 사마소에게 문제(文帝)라는 시호를 올렸고, 칠묘(七廟)를 세워서 조종을 영광되게 했다.

이 칠묘라 함은 사마균·사마량·사마전·사마방·사마의·사마사·사마소 일곱 사람의 묘다.

이리하여 진나라의 대사가 이미 작정되니 매일 설조(設朝)하고 오(吳)를 토벌할 계책을 강구하게 되었다.

천하가 진나라로

 오주 손휴는 사마염이 위나라의 제위를 찬탈했다는 소식을 듣고, 그가 반드시 오나라를 토벌할 것이라는 근심 걱정 때문에 병이 들어 자리에서 일어나지 못하게 되었다.

 그리곤 승상 복양흥을 궁중으로 부르고 태자 손만을 불러들여서 서로 인사를 시키더니 손만의 팔을 붙잡고 복양흥을 가리키면서 숨을 거두었다.

 복양흥은 여러 관원들과 협의하여 태자 손만을 천자로 세우려고 했으나, 좌전군 만욱과 좌장군 장포(張布)가 다같이 그의 나이가 어리다는 이유로 반대하므로, 망설이기만 하다가 주태후(朱太后)에게 입주했다.

 그러나 과부가 어찌 국가의 대사를 알겠느냐 하며 좋도록 하라고만 하므로 복양흥은 드디어 손호(孫皓), 자는 원종(元宗)을 모셔다가 태자로 세웠다.

손호는 손권의 태자 손화(孫和)의 아들이었다.

그해 7월에 즉위하여 연호 원흥 원년(元興元年)이라고 고쳤는데, 일단 제위에 오르게 되자 손호는 날이 갈수록 흉포해졌고, 주색에 빠져서 중상시 잠혼(岑昏)을 총애하는지라 복양흥과 장포가 간했더니 두 사람의 목을 베어 버리고 삼족을 멸했다.

해가 바뀌자 연호를 또다시 보정 원년(寶鼎元年)이라 고치고 육개(陸凱)와 만욱을 좌우 승상으로 삼았는데 당시의 손호는 무창(武昌)에 있었기 때문에 양주의 백성들은 양곡을 공급하느라고 장강을 거슬러 올라오기에 여간 고생을 하지 않았다.

그런데도 손호는 사치에만 빠져 있어 공사가 뒤죽박죽이 되었고, 이를 보다못한 육개가 상소하여 간했다.

좌우 측근자 모두 그 인간됨이 어질지 못하여 저희들 멋대로 도당을 만들어서 충의지사와 현자를 배척하는데 이는 정사를 어지럽게 하고 백성을 해롭게 하는 일이니, 여러 가지 부역을 폐지하고 주살을 폐지할 것과 궁녀의 수를 줄이고 백관을 잘 뽑아서 기용해달라는 권고였다.

그 소주문(疏奏文)을 보자 손호는 심히 불쾌히 여기면서 여전히 뉘우치는 기색이 없이 술사를 불러들여 점을 쳐보니 모든 일이 길조라고만 하는지라, 손호는 중서승 화핵(華?)을 불러들여서 상의했다.

"짐은 한나라의 땅을 아울러 점령하여 촉주를 위하여 원수를 갚고자 하는데 어느 땅부터 공략함이 좋겠소?"

화핵은 덕으로써 오나라 백성을 안정시킴이 상책이지 애써서 군사를 동원할 필요가 없다고 간했다. 손호는 노발대발하여 화핵이 구신만 아니라면 목을 베겠다고 호통을 치고 무사를 시켜서 궁중에서 축출해 버렸다.

화핵은 이때부터 국운이 기울어져 감을 탄식하고 은거생활을 했으며, 손호는 자기 고집대로 진동장군 육항(陸抗)의 병사를 양강 어구에 주둔시켜서 양양을 넘보게 했다.
　하루는 양호가 여러 장수를 거느리고 사냥을 나갔는데, 저편에서도 육항이 사냥을 나와서 마주치게 되었으나 양호는 어디까지나 경계선을 침범하지 말라고 자기의 장수들에게 엄명했고, 사냥에서 돌아온 뒤에도 잡은 짐승들을 조사해서 오나라 군사들이 먼저 쏘아서 잡은 것은 일일이 사자를 시켜서 돌려보냈다.
　이런 사나이다운 태도에 감격한 육항은 오래 저장해 두었던 두주 한 병을 사자에게 주면서 그대의 도독에게 올려 달라고 해서 돌려보냈다.
　양호의 사자가 술을 가지고 돌아간 뒤에 부하들이 그 까닭을 묻자 육항이 미소 지으며 말했다.
　"상대방이 덕을 베푸니 내 어찌 그대로 있을 수 있겠소?"
　사자가 돌아와서 육항이 술을 보냈다고 양호에게 내놓았다. 그러자 양호는 기뻐했다.
　"흠! 그도 내가 술을 잘 마시는 것을 알고 있는 모양이군!"
　당장에 술병 마개를 열고 마시려고 했다. 어떠한 간계가 들어있는지 모를 일이니 그 술을 마시지 말라고 부하들이 권고했으나 양호는 개의치 않았다.
　"육항은 사람에게 독을 먹일 위인이 아니니 걱정할 것 없소!"
　양호는 한 방울도 남기지 않고 병을 기울여 다 마셔 버렸다.
　이런 일이 있은 뒤부터 양편에서는 서로 사자를 내왕시키고 있었는데, 어느 날 육항의 사자가 양호에게 왔을 때 육 장군은 건재하시냐고 물어 봤더니 며칠 동안 건강이 좋지 않아서 자리에 누워있다는 것이었다.

이 말을 들은 양호는 무엇인가 생각하더니 자기에게 좋은 약이 있으니 육 장군에게 갖다 드리라고 사자에게 주어 돌려보냈다.
"그의 병도 아마 나의 병과 같을 거야!"
육항의 측근들은 적군의 장수가 보낸 약은 반드시 독약일 것이라 하며, 마시지 말라고 육항에게 권고했지만 육항은 그 약을 마시고 이튿날부터 몸이 좋아졌다.
"손호는 남을 독살시킬 사람이 아니니까 의심할 것이 없어!"
그리고 장수들에게 말했다.
"저편에서 덕으로 대하는데 이편이 폭력으로 대한다면 그것은 저편이 싸우지 않고 이편을 굴복시키는 것이오. 우리는 각자가 각자의 국경선을 지키는 데 전념할 뿐, 사소한 이해 관계를 따질 필요가 없소."
이때 오주가 파견한 사자가 도착해서 진군에게 지지 않도록 진격을 개시하라는 명령을 전달했다. 그러나 육항은 즉시 표를 작성해서 사자에게 주어 돌려보냈다. 그런데 그 표에는 국내의 일을 다스리기에 전심할 일이지 함부로 싸움을 시작할 일이 아니라는 점을 역설했다.
이 표를 받아 본 손호는 노발대발하며 육항이 변경에서 적군과 내통하고 있다는 풍문이 과연 사실이라 생각하고 즉각 사자를 파견하여 육항의 병권을 박탈하여 사마로 떨어뜨리고, 좌장군 손기(孫冀)에게 대신 군사를 지휘케 했다.
손호는 건형(建衡)이라고 연호를 고치고 봉황 원년(鳳凰元年)에 이르기까지, 병사들의 괴로움은 안중에 없이 싸움만 일삼고 있었는지라, 상하의 원성이 그칠 날이 없었다.
승상 만욱, 장군 유평(留平), 대사농 누현(樓玄)은 보다 못해서 직언을 했기 때문에 모두 살해당하고 말았다. 전후 10여 년에 살

해당한 충신이 40여 명이나 되었다. 그리하여 신하들은 손호의 위력 앞에 벌벌 떨 뿐 아무도 감히 간하는 사람이 없었다.

한편 양호는 육항이 병권을 잃고 손호가 덕망이 없어져 가는 것을 알자, 오나라를 격파할 절호의 기회라 생각하고 표를 작성하여 낙양으로 보내어 이 기회에 사해를 평정함이 좋겠다고 역설했다.

사마염은 이를 보고 심히 기뻐하면서 즉각 군사를 일으키려고 했지만 가충·순욱·풍환이 완강히 반대하는지라 결국 싸울 것을 단념했다.

천자가 자기의 뜻을 받아들여주지 않자 양호는 함녕(咸寧) 4년에 입주하여 고향에 돌아가 병을 다스리겠다는 청을 하였다. 사마염이 다시 한번 군사를 거느리고 국가를 위하여 오나라를 격파해달라고 했으나, 양호는 사실 늙고 병든 몸이 되어서 그해 11월에는 병이 위독하여 자리에 눕게 되었다.

사마염은 친히 그를 찾아가서 문안을 드렸다. 사마염이 와탑 앞에 이르니 양호는 눈물을 흘리며 그를 맞았다.

"신은 만 번 죽어도 폐하께 보답하지 못하게 됐습니다!"

그러자 사마염도 눈물을 흘렸다.

"짐도 경의 오나라 정벌의 묘책을 쓰지 못함을 항시 유감스럽게 생각하오. 이제 누구를 시켜서 경의 뜻을 계승시켰으면 좋겠소?"

양호가 눈물을 머금고 말했다.

"신은 이미 죽은 목숨이오니 어리석은 의견이나마 말씀드릴까 합니다. 우장군 두예가 임무를 감당할 만합니다. 만약 오나라를 토벌하시려면 언제나 그를 기용하시기 바랍니다."

양호는 말을 마치자 그대로 절명했다.

사마염은 방성통곡하며 궁중으로 돌아와서 태부 거평후(鉅平侯)의 직위를 내리도록 칙명을 내렸다. 형주의 백성들은 그의 죽음을 알자 철시를 하고 통곡했으며, 강남 국경을 지키는 장사들도 울지 않는 사람이 없었다.

양양 사람들은 양호가 생전에 현산(峴山)에 잘 놀러 왔던 일을 생각하고 그곳에 묘를 세우고 사시로 제사를 지내 주었고, 그곳을 왕래하는 사람들도 비석을 보면 눈물을 흘리지 않는 사람이 없는지라 '타루비(墮淚碑)'라는 이름이 붙게 되었다.

진주(晉主)는 양호의 말대로 두예를 진남대장군을 삼아서 형주를 장악하도록 했다.

두예는 위인이 의젓하고 속이 트인 데다가 굉장히 공부하기를 즐겨하며 앉으나 누우나 항시 책을 옆에 끼고 있었다. 어디를 나갈 때면 반드시 사람을 시켜서 이 좌씨춘추전을 말 앞에 가지고 있도록 하는지라, 당시의 사람들이 좌전벽(左傳癖)이라고까지 불렀다.

두예는 진주의 명령을 받게 되자 양양에서 민심을 안정시키고 군사를 양성하여 오나라를 토벌할 준비를 했다.

이때 오나라에서는 정봉과 육항이 모두 죽었고, 오주 손호는 여러 신하를 모아놓고 주연을 베풀 때마다 취하도록 마시라 명령했고, 또 황문랑(黃門郎) 10명을 두어서 규탄관(糾彈官)이라 하여 감시케 하였다.

주연이 파한 뒤에는 여러 사람의 잘못을 규탄관을 시켜서 보고케 해서 비위에 거슬리는 자는 잔인하게도 얼굴 껍질을 벗기거나 혹은 눈알을 뽑는 소름끼치는 것을 예사로 했다. 그래서 나라 안의 온갖 사람들이 겁을 집어먹고 부들부들 떨었다.

진나라 익주자사 왕준은 상소하여 오나라를 토벌하자고 했다.
"왕공의 말은 양도독의 말과 우연히도 일치되오. 짐은 결심했소이다."
시중 왕혼이 아뢰었다.
"신이 듣자옵건대 손호는 북쪽으로 쳐올라 오려고 군세가 이미 완전히 정비되었고, 그 성세가 대단하여 대결하기 어렵다 합니다. 다시 1년쯤 더 기다려서 그들의 기세가 수그러졌을 때 토벌하시면 성공하실 수 있을까 합니다."
진주는 그 말대로 즉각 조명을 내려서 출전을 중지하여 움직이지 못하게 해놓고 후궁으로 물러나 앉아서 비서승상 장화(張華)와 바둑을 두며 소일했다.

한편 진나라 도독 두예는 강릉으로 출전하자 아장 주지에게 명령하여 수수(水手) 8백 명을 인솔하고 조그만 배를 타고 몰래 장강을 건너가서 낙향(樂鄕)을 야습하도록 하였다.
정기를 산림 속에 많이 세우고 낮에는 포를 쏘고 북을 울리며 밤에는 각처에서 횃불을 올리도록 했다.
주지는 명령을 받자 여러 사람을 인솔하고 강을 건너가서 파산(巴山)에 매복했다. 그 이튿날, 두예는 대군을 거느리고 수륙 양면으로 동시에 쳐들어갔다.
그때 전초에서 보고가 들어왔다.
"오주는 오연을 파견하여 육로로 출동하게 했고 육경을 수로로 출동케 했으며, 손흠을 선봉으로 해서 삼로로 대결해 볼 작정이라 합니다."
두예가 군사를 인솔하고 전진하니 손흠의 배가 벌써 도착했다. 양편 군사가 처음으로 싸우게 됐을 때 두예는 곧 뒤로 물러났다.

손흠이 군사를 거느리고 강안으로 올라와서 추격했을 때, 20리도 못 가서 한 발의 포성이 들리더니 사방에서 진병이 대거 습격해 오는지라 오병은 재빨리 후퇴했다. 두예는 이 기회를 놓치지 않으려고 그대로 들어가니 오병의 사상자는 부지기수였다.

손흠이 성변으로 달아났을 때, 주지의 군사가 8백여 명이나 그 속에 휩쓸려 들어갔다가 성 위로 올라가자마자 횃불을 올렸다.

이에 손흠은 대경실색하였다.

"북쪽에서 온 군사들은 강을 날아서 건너왔단 말인가?"

손흠은 급히 후퇴하려고 했으나 일도에 목이 말 아래로 떨어져 버렸다.

육경이 배 위에서 바라다보니 강남 언덕 위에 불길이 치솟고 파산 위에서 깃발 한 폭이 바람에 휘날리는데, 그 위에는 진 진남대장군 두예(晉 鎭南大將軍杜預)라고 쓰여 있었다.

육경은 깜짝 놀라서 강 언덕 위로 올라와서 목숨이나 건지려고 도망을 치다가 달려드는 장상(張尙)의 칼을 맞고 역시 목이 달아나 버렸다.

오연은 각 군이 모두 패하는 광경을 보자 성을 포기하고 도주하다가 복병에게 붙잡혀 결박당해서 두예 앞에 끌려갔다.

"살려두어서 무엇에 쓴단 말이냐!"

두예는 무사에게 명해 목을 베게 하고 마침내 강릉을 점령하였다.

이렇게 되니 원강(沅江)과 상강(湘江) 일대에서 황주 각 군에 이르는 태수와 현령들은 소문만 듣고도 모두 인(印)을 가지고 나와 투항했다.

두예는 사람을 시켜서 절월을 가지고 그들을 안심케 하고 추호라도 괴롭히지 말도록 했으며, 드디어 군사를 몰고 무창을 공격하니 무창 역시 투항했다. 두예는 군위를 크게 떨치고 여러 장수들을 총집합시켜서 건업을 점령할 계책을 함께 상의했다.

호분은 겨울이 되기를 기다려서 일거에 공격을 하는 게 좋겠다고 했지만, 두예는 지금의 파죽지세를 이용해 그대로 밀고 나가야만 두 번 다시 손을 댈 여지도 없이 격파할 수 있다고 주장하며, 여러 장수들에게 격문을 보내어 일제히 건업을 점령하기 위하여 진격을 개시하라고 지시했다.

이때 왕준은 수병을 인솔하고 장강을 내려오고 있었는데, 오군이 쇠사슬과 철추를 물 속에 장치해 두었다는 것을 알자 코웃음을 쳤다.

그는 수백의 뗏목을 만들어서 그 위에 풀을 묶어서 사람처럼 만들어 갑옷을 입히고 무기를 들려서 세워 물결을 따라 떠내려가게 했다. 적군이 나타났다고 오병이 뿔뿔이 흩어졌다.

그러나 뗏목은 유유히 강물을 따라 내려오면서 철추를 뽑아 떠내려가게 하고, 마유(麻油)에 붙여진 불에 쇠사슬은 저절로 녹아서 풀어지고 흩어져 버렸다.

이에 왕준은 순식간에 대군으로 양로로부터 무찔러 들어가니 이겨내지 못할 곳이 없었다.

동오의 승상 장제(張悌)는 좌장군 심형, 우장군 제갈정을 거느리고 진나라 군사와 맞서 보려고 나섰는데, 심형이 제갈정에게 간했다.

"상류의 제군은 방비가 신통치 않으니 진군은 반드시 여기까지 쳐들어올 것이오. 힘을 다하여 승리를 거두면 강남은 그대로 안전할 것이고 강을 건너가서 싸우다가 불행히 패하게 되면 대사는 끝장나고 마는 것이오."

"공의 말이 옳소."

제갈정의 대답이 채 끝나기도 전에 보고가 들어오기를, 진병이 강을 따라 쳐들어오는데 도저히 막아낼 도리가 없다는 것이었다.

두 사람은 놀라 급히 장제에게로 달려와서 상의했다.

"동오도 위태롭습니다. 왜 빨리 피하지 않으십니까?"

그러자 장제가 한탄하며 말했다.

"오나라가 망하리라는 것은 현우(賢愚)를 막론하고 다 아는 일이지만, 만약에 군신이 모두 투항하고 한 사람도 국난에 죽은 사람이 없다면, 이 역시 욕된 일이 아니겠소."

제갈정은 눈물을 흘리며 돌아갔다.

장제와 심형은 군사를 풀어서 적을 막았으나 진병은 그들을 포위해 버렸다. 주지가 제일 먼저 오나라로 무찔러 들어갔다.

장제 혼자서 고군 분투했으나 난군 중에서 절명했고, 심형도 주지의 한 칼에 죽었으며 오병은 패하여 사방으로 도주했다.

진나라 군사는 우저(牛渚)를 격파하고 오나라 국경 안으로 깊숙이 들어갔다.

왕준이 사람을 보내어 첩보를 전했더니 진주 사마염은 그 소식을 듣고 크게 기뻐했는데 가충이 이에 간했다.

"우리 군사는 오랫동안 밖에 나가서 지쳤고 기후 또한 고르지 못했으니 반드시 질병이 생길 것입니다. 마땅히 군사를 거둬들이시어 다시 싸우실 계책을 세우심이 좋겠습니다."

그러나 장화는 이 말에 반대했다.

"이미 우리 대병은 적의 소굴로 들어갔으며 오나라 사람들의 간담을 서늘케 했으니 한 달도 못 가서 손호(孫皓)는 반드시 붙잡히고 말 것입니다. 만약에 군사를 소환하신다면 전공이 허사가 되고 마니 애석하기 이를 데 없는 일입니다."

진주가 미처 대답도 하기 전에 가충이 장화에게 호통을 쳤다.

"그대는 천시 지리란 것도 모르고 함부로 공명심에 사로잡혀서 사졸들을 곤페케 하니, 그대를 참하여도 천하에 사죄할 길이 없을 것이오."

그러자 사마염이 나서며 말했다.

"이것은 짐의 뜻이오. 장화는 짐과 뜻이 같으니 말다툼할 필요는 없소."

그때 두예가 급히 표를 올렸다는 보고가 들어왔다.

지주가 그 표를 받아 보았더니 역시 시급히 군사를 진격시킴이 마땅하다는 내용이었다. 진주는 더 이상 망설이지 않고 즉각 전진의 명령을 내렸다.

왕준 등은 진주의 명령을 받들고 수륙 병진하여 풍뢰가 울리듯 쳐들어가니 오나라 사람들은 깃발만 보고도 투항했다.

오주 손호는 이 소식을 듣자 대경 실색했다. 그때 여러 신하들이 아뢰었다.

"북쪽 군사는 나날이 박두해 오고 강남 군민들은 싸우지도 않고 투항하니 어찌하면 좋겠습니까?"

"어째서 싸우지 않는 거요?"

"오늘날의 화근은 모두가 잠혼의 죄입니다. 폐하께서는 그를 참하여 주십시오. 신 등은 성 밖으로 나가서 결사적으로 한번 싸우겠습니다."

"환관 한 사람이 어찌 나라를 망칠 수 있겠오."

손호가 말하니, 여러 사람들이 큰 소리로 외쳤다.

"폐하께서는 촉나라의 황호(黃皓)를 보지 않으셨습니까?"

그들은 드디어 오주의 명령도 기다리지 않고 일제히 궁중으로 몰려 들어가 잠혼을 잡아서 사지를 찢어 죽였다.

그때 도준(陶濬)이 아뢰었다.

"신이 영솔하고 있는 전선은 모두가 너무나 작습니다. 원컨대 군사 2만을 큰 배에 태우고 가서 한번 싸우면 넉넉히 격파할 것 같습니다."

손호는 그 말대로 드디어 어림 제군을 도준에게 주어서 상류에 나가 적과 대결케 했고, 전장군 장상은 수병을 거느리고 장강으로 내려가면서 적군과 싸우게 했다.

두 사람의 부병이 진격하려고 했을 때, 뜻밖에 서북풍이 맹렬히 일어나서 오병은 깃발을 세울 수 없고 모조리 배 안에 거꾸로 박히니 군사들은 배를 타려 하지 않고 사방으로 흩어져 달아났고, 단지 장상의 군사 수십만 명이 적군과 대결하려고 하였다.

한편 진나라 대장 왕준은 돛을 올리고 쳐들어왔는데, 삼산(三山)을 지났을 때 사공이 머뭇거리며 말했다.

"풍파가 대단하니 배가 갈 수 없습니다. 잠시 풍세를 기다렸다가 다소 가라앉거든 가시는 것이 어떨지요?"

그러나 왕준은 격노하여 칼을 뽑아들고 호통쳤다.

"나는 지금 석두성(石頭城)을 점령하려 하는데 그것을 가로막다니 그게 무슨 소리냐?"

드디어 북을 울리며 거침없이 나아갔다.

이때 오장 장상이 자기 종군을 인솔하고 투항을 청해 왔다.

왕준은 이를 보고 말했다.

"만약에 진심으로 투항하는 것이라면 앞장서서 공을 세워라!"

장상은 본선을 되돌려 곧장 석두성 아래로 가서 소리쳐 성문을 열게 하고 진나라 군사를 맞아들였다.

손호는 진병이 입성하자 자결하려 했으나 중서령 호충(胡沖)과 광록훈 설형의 권고를 받아들여 자신을 스스로 결박해서 상여를 타고 문무제관을 인솔하고 왕준의 군전으로 가서 항복했다.

왕준은 그의 결박한 줄을 풀어 주더니 상여를 태워 버리고 왕례를 갖추어 그를 맞았다.

이리하여 동오의 모든 것이 송두리째 대진에 귀속되고 말았다. 대사가 이미 끝장이 나자 방을 내붙여 민심을 안정시키고 국고는 모조리 봉폐했으며, 바로 그 이튿날 도준의 군사는 싸우지도 않고 저절로 자취를 감춰 버렸다.

낭야왕(瑯?王) 사마주와 왕융(王戎)의 대군이 모두 도착하여 왕준이 큰 공을 이루었음을 보고 기뻐서 어쩔 줄을 몰랐다.

또 그 이튿날에는 두예도 도착하여 3군을 위로해 주고, 창고를 열어 오나라 백성을 도와주니 그들도 그제야 마음을 놓았다. 오직 건평 태수 오언(吳彦)만은 성 안에서 항거하며 투항하지 않다가 오나라가 완전히 망한 것을 알고야 할 수 없이 항복했다.

왕준이 표를 올려 첩보를 알리니, 조정에서는 진주가 축하의 술잔을 손에 들고 눈물을 흘리며 오늘날이 있게 된 것은 양태부의 공로인데, 살아 생전에 보여 주지 못했음이 한이 된다고 했다.

표기장군 손수(孫秀)는 조정을 나와서 손호가 강남을 고스란히 포기해 버린 것을 원통히 생각하고 남쪽을 향하여 대성통곡했다.

왕준은 군사를 철수하여 오주 손호를 낙양으로 데리고 와서 천자께 배알시켰다.

이 자리에서 가충이 손호에게 물었다.

"남방에 계셨을 때 사람의 눈알을 파내시고 얼굴 가죽을 벗기시고 한 것은 무슨 형벌이었습니까?"

그러자 손호가 말했다.

"인신으로서 인군을 시살하거나 간망불충(奸妄不忠)한 자에게는 이 형벌을 가했소."

가충은 묵묵히 부끄러움을 금치 못할 따름이었다. 진제는 손호를 귀명후(歸命侯)에 봉했고, 그 자손을 중랑에 봉했으며 또한 승상 장제는 전사하였는지라 대신 자손을 봉했으며, 왕준을 보국대장에 봉하였다.

이리하여 삼국은 진제 사마염에게로 돌아갔고 통일의 기틀이 마련되었다.

그후 후한 황제 유선은 진나라 태강(太康) 7년에 죽었고, 위주 조환은 태강 원년, 오주 손호는 태강 4년에 각각 임종했다.
 후인들은 이런 사실을 서술하여 다음과 같은 절절한 시 한 편을 후세에 남겼다.

고조가 칼을 뽑아 들고 함양에 들어가니
찬연히 타오르는 붉은 해가 부상에서 떠올랐다
광무가 용감히 일어나 대통을 이룩하니
금빛 까마귀 하늘 한복판으로 날아 올라갔다
슬프다! 헌제가 뒤를 이었건만
붉은 해가 서쪽 함지 곁에 떨어졌다!
하진이 꾀가 없어 환관이 어지럽게 하니
양주의 동탁이 조당에 자리잡았다
왕윤이 계책을 세워 반역의 도당을 주멸하니
이각과 곽사가 칼을 휘둘렀다
사방의 도적이 개미처럼 모여들고
천지 사방의 간웅들이 모두 매처럼 설치고 뽐내게 되도다
손견과 손책이 강남에서 일어나고
원소와 원술이 하양에서 떨쳤다
유언 부자는 파촉에서 할거했고
유표의 군사는 형양에 주둔했다
장연과 장로는 남정에서 패자가 되었고
마등과 한수는 서량을 지켰다
도겸과 장수, 공손찬은
각각 웅재를 발휘하여 한쪽을 점령했다
상부에서 전권을 잡은 조조는 영준한 인물들을 손아귀에 넣고
문무를 사용했다

그 위력이 천자를 떨게 하고 제후를 명령했으며

용맹한 군사를 모조리 거느리고 중토를 진압했다

누상의 현덕은 본래 황족의 자손으로, 관운장과 장비를 의로써 맺어 주공을 도우려 했지만

동서로 분주히 달리며 집 없음을 한탄했고

장수가 적고 군사가 미약하여 정처없이 헤매는 나그네 신세가 되었다

남양을 세 번 찾은 정은 그 얼마나 깊었던가

와룡을 한번 보자 천하를 갈랐네

먼저 형주를 점령하고 나중에 서천을 점령하니

패업과 왕도가 천부에 있었다

오호라! 3년만에 이 세상을 떠나니

백제성에서 고아를 맡길 때, 아프고 쓰라림을 참았도다

공명이 여섯 번이나 기산 앞에 나갔으니

한 손으로 하늘을 받들려 했다

역수가 여기 와서 끝나고,

장성이 아닌 밤중에 산 언덕에 떨어질 줄이야 어찌 알았으랴!

강유가 혼자 재주 높은 것만 믿고 중원을 아홉 번이나 토벌하여 헛수고만 했다

종회와 등애가 군사를 나누어 진격하니 한실의 강산이 모두 조씨에게 속하게 됐다

비·예·방·모를 거쳐 간신히 환에 이르렀다가

사마씨가 또다시 천하를 교체받았다

수선대 앞에는 운무가 일어나고

석두성 아래에는 파도가 잠잠했다

진류왕이 안락공과 더불어 귀명하니

왕후와 공작은 뿌리로부터 다시 싹터 났다

분분한 세상사는 무궁무진하며
천수는 망망하여 피할 길이 없다
정족이 삼분됨은 이미 꿈이 되어 버렸고
후인은 이들을 조상한다 하며 가슴 태울 뿐이로다

〈제10권 大尾〉

옮긴이 **김길형**
중앙대 철학과 졸업
월간 現代詩學 편집장 역임, (주)금성출판사 · 동아출판사 근무
공감사 대표, 海東文學 편집국장
한국문협 · 국제펜클럽 · 한맥문협 회원
隨想集「계절의 빈손」·「두레박 지혜」외 다수
編著「원효대사」·「칸트의 생애」(위인문고) 외 10여권

原本 **三國志** 제10권

- 초판1쇄 발행 2010년 2월 10일
- 초판3쇄 발행 2011년 12월 15일

- 지은이 | 나관중
- 옮긴이 | 김길형
- 펴낸이 | 박효완
- 펴낸곳 | 아이템북스

- 출판등록 2001. 8. 7 | 제2-3387호

- 주　소 | 서울특별시 마포구 서교동 444-15
- 전　화 | (02) 332-4337 　· 팩스 | (02) 3141-4347

- 값 8,800원

※ 잘못된 책은 교환해 드립니다.